pulp
master

Garry Disher wurde 1949 im Süden Australiens geboren und wuchs auf einer Farm auf. Über dreißig Bücher gehen nunmehr auf sein Konto, darunter preisgekrönte Kinderbücher, klassische Romane, Sachbücher und Crime Fiction. Hierzulande gelang ihm mit letzterem auf Anhieb der Durchbruch: sein Romandebüt um den Berufsverbrecher Wyatt wurde mit dem deutschen Krimipreis ausgezeichnet. Inzwischen ist auch sein erster Polizeiroman erschienen. Garry Disher lebt mit seiner Familie auf der Mornington Halbinsel.

Garry Disher

Hinterhalt

Ein Wyatt-Roman

pulp master

pulp master
Band 12

Erschienen bei Pulp Master, Berlin

Deutsche Erstausgabe
Erste Auflage 2002

Titel der australischen Originalausgabe: Deathdeal

Herausgegeben von Frank Nowatzki
Übersetzt aus dem Australischen von Bettina Seifried
Lektorat: Angelika Müller
Redaktion: Ute Nowatzki
Cover: 4000
C.o.U.: Hannes Schütte
Umschlagsgestaltung und Layout: MM-Grafomat
Druck und Verarbeitung: NORHAVEN, DK-Viborg

ISBN 978-3-927734-26-5

www.pulpmaster.de

Eins

Sie waren zu zweit und blitzschnell, wussten genau, wo das Bett stand, und bauten sich rechts und links davon auf. Wyatt rollte sich auf die Seite und griff nach dem Rucksack auf dem staubigen Teppich. Den Finger am Abzug, zog er die .38er aus der linken Seitentasche, als der Totschläger seinen Handrücken traf. Blei in Rindsleder. Der Arm war sofort taub. Dann der Schlag über den Schädel, und nicht nur seine Hand, auch Überlegungen, wer die Kerle waren und wie sie ihn hatten finden können, wurden so bedeutungslos wie alles andere um ihn herum.

Als er wieder zu sich kam, lag er auf dem Fußboden und atmete Staub. Das schwache Leuchten des fluoreszierenden Streifens über dem verdreckten Waschbecken in der Ecke stahl sich durch den Raum. Wyatt hielt die Augen geschlossen. Nur eine kurze Muskelkontraktion, um die verletzte Hand zu testen, ansonsten verharrte er reglos. Die Männer hatten sich seinen Rucksack vorgenommen und schienen irritiert und amüsiert zugleich.

»Mann, ein Funkabhörgerät«, sagte der eine, packte den Rucksack Stück für Stück aus und legte alles auf die schäbige Kommode. »Handy, Knarre, Wäsche zum Wechseln. Klassische Tramperausrüstung, was?«

»Und die Kohle?«

»Nichts.«

»Whitney, der Typ hat Lohngelder abgegriffen.«

»Dann schau doch selbst nach!«, entgegnete der Mann namens Whitney.

Nun untersuchte der andere sämtliche Seitentaschen, die Nahtkanten und Träger des Rucksacks. Er ging methodisch vor und bald würde er die zwanzigtausend Dollar, die Wyatt auf seine persönlichen Sachen verteilt hatte, gefunden haben. Fünftausend Dollar hier, fünftausend Dollar da, eingerollt in Socken, verstaut in einer Aspirinschachtel, unter den Kragen eines Hemds geklemmt. Eigentlich hätten es dreihunderttausend Dollar sein sollen, doch irgendjemand war ihm zuvorgekommen, und die zwanzigtausend waren alles, was Wyatt geblieben war.

Er bewegte sich jetzt, die Beine angewinkelt, drückte er sich vom Teppich ab, bereit zum Sprung. Whitney bemerkte ihn zuerst.

»Vorsicht, Moss!«

Wyatt stürzte nach vorn. Er hatte keinen Plan, hoffte nur, einen von ihnen außer Gefecht zu setzen und den anderen aufhalten zu können. Als er geduckt auf sie zuschoss, sah er, wie beide zur Seite traten. Er machte eine Drehung und rammte dem Typ, der nun mit dem Rücken zu ihm stand, die Schulter in die Kniekehlen, vollführte noch eine Drehung, um mit dem anderen in den Clinch zu gehen. Es gab weder Schreie noch Rufe, nur die Geräusche von Anstrengung und verzweifelter Gegenwehr: Ächzen und Stöhnen, den Widerhall harter Fäuste auf Fleisch, Stakkato-Atmen, schließlich ein Tasten an der Tür und das leichte Quietschen von Turnschuhen auf dem blanken Betonstreifen, der das Gebäude umgab.

Den Totschläger in der Hand, saß Wyatt rittlings auf einem seiner Angreifer, der sich in Erwartung des Schlages krümmte und schützend den Arm vor das Gesicht hielt.

»Ich ergeb mich. Ich geb auf«, sagte der Mann.

Wyatt entspannte seinen Arm. Dann bemerkte er die offene Tür und das Fehlen seines Rucksacks. Hinter dem Motel wurde ein Anlasser betätigt, ein Motor sprang an und durchdrehende Reifen wirbelten knirschenden Schotter auf. Wyatt stand auf. »Dein Kumpel hat sich gerade abgeseilt.«

»Schlag nicht zu.«

Wyatt ging zur Tür und schaute nach draußen. Es war zwei Uhr morgens, und wäre das hier eine anständige Bleibe gewesen, gäbe es bereits Aufregung und Fragen unter den anderen Bewohnern. Aber das hier war keine anständige Bleibe; Wyatt war auf der Flucht und hielt sich nachts in abgewrackten Trailerparks oder heruntergekommenen Motels in der Nähe gottverlassener Städte auf. Soweit er es ausmachen konnte, befand er sich momentan am Mt. Gambier, unweit von Melbourne. Er hatte nicht den direkten Weg genommen, da er Straßensperren und Kontrollen in Bussen und Zügen vermutete. Vom Outback im Süden nach Melbourne über Mt. Gambier war mit Sicherheit ein Umweg, ersparte ihm aber den Kontakt mit den Bullen. Wer also waren diese beiden Schwachköpfe, und woher wussten sie von dem Überfall auf den Lohntransporter?

Er schloss die Tür und drehte sich um. Der Mann lag winselnd am Boden.

»Steh auf.«

»Nicht schlagen!«

»Ich tu dir nichts, steh auf.«

Wyatt sah, wie schmerzvoll das Zusammenspiel der Muskulatur und Glieder war, als der Mann sich hochrappelte, um dann schwankend vor ihm auf dem Teppich zu stehen. »Setzen«, sagte er und stieß den Mann aufs Bett.

Wyatt baute sich direkt vor ihm auf und der schwache Lichtschein hinter seinem Kopf war genau dort, wo Wyatt ihn haben wollte. Wenn der Typ zu ihm hochschaute, würde er nichts als die Kompaktheit einer unerbittlichen Gestalt wahrnehmen. Wyatt verlieh seiner Stimme einen leicht drohenden Unterton.

»Wie heißt du?«

»Mostyn.«

»Mostyn und Whitney«, sagte Wyatt. »Nett.«

Der Typ schwieg und Wyatt fuhr fort: »Dein Name ist bedeutungslos. Ich möchte wissen, wer du bist und was du hier suchst.«

»Wir haben einen Auftrag«, murmelte Mostyn und sah zu Boden. Er trug einen schwarzen Trainingsanzug und abgewetzte Basketballschuhe. Rötlicher Flaum überzog seinen Handrücken und rötliche Stoppeln im Skinhead-Look zierten seinen Schädel. Er war höchstens fünfundzwanzig.

»Von wem?«

»Nun«, sagte Mostyn, »jemand engagierte den Boss, um dich zu finden, und der Boss hat Whitney und mich drauf angesetzt.«

»Über welchen Boss sprechen wir?«

Der Typ sah hoch. Sommersprossen und beängstigend schiefe Zähne in einem schmalen Gesicht mit schuppiger Haut. »Mack Stolle.«

»Kenn ich nicht.«

»Detektei Stolle?« Der fragende Tonfall sollte ausdrücken, dass Wyatt bestimmt schon von der Detektei Stolle gehört hatte.

»Whitney, der Typ, der sich verpisst hat, und du, ihr seid Privatdetektive? Du meine Güte.«

Mostyn befeuchtete die Lippen. »Mit Lizenz. Wirklich.«

»Ein paar Cowboys also. Und ihr hattet den Auftrag, mich zu filzen?«

Mostyn schaute ins Leere. »Nein.«

»Wer hat eurem Boss den Auftrag gegeben? Der Sicherheitsdienst, der den Lohntransport bewachen sollte?«

Mostyn hob die Hände, ließ sie aber sofort wieder sinken. »Nein, nicht die. Der Boss meinte, es war privat, irgendeine Tussi aus Queensland. Mehr weiß ich nicht. Ich schwör's.«

Wyatt kannte niemand in Queensland. Er kannte auch nur wenige Frauen und keine, die sich an ihn erinnern oder ihn zurückhaben wollten. An diesem Punkt kam er nicht weiter, deshalb fragte er: »Wie habt ihr mich gefunden?«

Stolz mischte sich in Mostyns Tonfall. »Wir sind Spezialisten, was das Aufspüren von Leuten betrifft. Seit du den Transporter überfallen hast, sind wir dir auf den Fersen.«

Wyatt beugte sich nah zu Mostyn hinunter. »Ich will dir mal was sagen. Ich hab die Lohngelder nicht angerührt. Irgendjemand ist mir zuvorgekommen.«

»Das erklärt die Tramperei und die Trailerparks. Unserer Meinung nach hättest du mit dreihundert Riesen nämlich gut die Flatter machen können«, murmelte Mostyn wie zu sich selbst.

»Und ihr beiden Komiker habt euch gedacht, mal sehen, ob wir den Typ ablinken und uns mit dreihundert Riesen einen schönen Lenz machen können. Was wolltet ihr denn eurem Boss erzählen? Dass ihr mich leider nicht gefunden habt?« Mostyn wurde rot und sah zur Seite. Wyatt liebkoste ihn mit dem Totschläger; nicht allzu heftig, doch der Kontakt des prallen Leders mit Mostyns Wange war deutlich zu vernehmen. »Leer deine Taschen.«

Widerwillig warf Mostyn der Reihe nach eine Brieftasche, ein Taschentuch, einen Satz Dietriche und ein kleines Etui aus Vinyl aufs Bett.

»Was ist in dem Etui?«

Mostyn zog den Reißverschluss auf und öffnete es: eine Spritze und eine Ampulle mit einer farblosen Flüssigkeit.

»Ein Junkie«, stöhnte Wyatt. Er hasste Junkies. Sie hatten der Kriminalität ein besonderes Gepräge gegeben. Weil sie ausnahmslos verzweifelt, brutal und unberechenbar waren. Nie würde er mit einem Junkie zusammenarbeiten.

Doch Mostyn schüttelte energisch den Kopf. »Keine Bohne. Das sind K.-o.-Tropfen. Manchmal wollen eben die Leute nicht mehr nach Hause.«

Ein kaltes Lächeln kroch über Wyatts schmales Gesicht. Mostyn wusste sofort, was die Stunde geschlagen hatte. »Hey, nicht doch!«

Wyatt zog ihm den Totschläger über die Nase, vermied dabei nur knapp einen Nasenbeinbruch. »Was ist dir lieber? Ein sanfter Schlaf oder das Koma nach einem Kopftreffer?«

Wortlos streckte Mostyn ihm den Arm entgegen.

»Mach's selbst«, befahl Wyatt.

Für einen kurzen Augenblick war Mostyn wie erstarrt. Dann holte er mit kleinen, spinnenartigen Bewegungen die Spritze aus dem Etui und setzte die Ampulle auf die

Kanüle. Im Schein des schwachen Lichts zog er die Flüssigkeit hoch, bewegte den Kolben um einige Millimeter, rollte seinen Ärmel hoch und klopfte mit zwei Fingern vorsichtig auf die Vene in seiner Armbeuge. Beide Männer beobachteten, wie sich die Nadel unter die Haut und in die Vene schob. Mostyn drückte den Kolben durch. Die Vene schwoll an. Er zog die Nadel wieder heraus, presste einen Finger auf die Einstichstelle und stützte sein Kinn in die linke Hand.

»Es dauert nicht lange.«

Einen Augenblick später begann Mostyns Blick zu flackern und sein Oberkörper schwankte leicht, dann fiel der Kopf zur Seite und Schultern und Arme wurden schlaff. Wyatt stieß ihn an. Mostyn sank auf dem Bett zusammen.

Wyatt öffnete Mostyns Brieftasche. Er fand mehrere Kreditkarten, einen Führerschein und einen Ausweis, der besagte, dass Mostyn eine Lizenz als Privatdetektiv im Bundesstaat Victoria besaß. Außerdem fand er zweihundert Dollar in bar. Klasse, von dreihunderttausend zu zwanzigtausend und jetzt zweihundert Dollar, dachte Wyatt und steckte das Geld ein.

Es war Zeit abzuhauen. Das Zimmer hatte er im Voraus bezahlt, also würde ihn keiner vermissen und die Cops rufen, wenn er morgen früh verschwunden war. Er rechnete auch nicht damit, dass Whitney zurückkam. Wenn jedoch die Putzkolonne Mostyn am Morgen fände, würde man die Polizei alarmieren. Das hier war eine ziemlich entlegene Gegend, nur wenige Straßen führten hier weg. Wussten sie erst einmal, dass er hier gewesen war, würden sie ihn binnen kürzester Zeit stellen.

Er hatte keine Wahl, er musste Mostyn loswerden. Neben dem Motel war eine durchgehend geöffnete Tankstelle mit einer Raststätte. Auch während der Nacht schoben sich dort schwere Trucks rein und raus. Wyatt nahm den Hinterausgang, Mostyns schlaffe Gestalt über der Schulter. Es war einfacher, als er erwartet hatte. Ein Autotransporter, der nach Adelaide fuhr, stand an einer spärlich beleuchteten Stelle des Parkplatzes, fünf Honda Legends auf der Laderampe. Einer bequemen Schlafwagenreise auf dem Rücksitz eines der Hondas stand Mostyn nichts mehr im Wege.

Wyatt machte sich zu Fuß auf den Weg in die Ortschaft. Die Nacht war stockdunkel, Wolken verdeckten den Mond und scharfe Windböen trieben ihr Spiel mit der einsam leuchtenden Ampel über der Kreuzung. Es war Samstagnacht, doch hier gingen die Bewohner früh zu Bett. Gegenüber des von Taubendreck übersäten Kriegerdenkmals, einem Soldaten aus dem Ersten Weltkrieg mit aufgepflanztem Bajonett, befand sich der Fuhrpark der Kreisverwaltung. Die Fahrzeuge standen auf einem Hof hinter dem Verwaltungsgebäude. Wyatt entschied sich für einen Falcon-Pick-up. Vor Montag früh würde den keiner vermissen. Wenn überhaupt.

Zwei

Er fuhr Richtung Osten, erst durch Kiefernwälder, dann durch Farmland. Hier und da rissen lautlose Winde die Wolkendecke auf und er konnte das Meer im Mondlicht schimmern sehen. Nahe der Fischerdörfer bohrten sich schmale Molen wie Stacheln in die silbernen Fluten. Die

Nacht und die Straße zogen sich endlos hin und das nährte in Wyatt ein Gefühl des Losgelöstseins, als wäre er nicht mehr Gast in seinem Körper, sondern schwebe neben ihm.

Einige Stunden zuvor war er flexibel gewesen, mobil, ausgerüstet mit Technik – Waffe, Funkabhörgerät, Handy. Er hatte auch genug Geld besessen, um ein paar Monate unterzutauchen oder einen Schlag gegen die Mesics zu finanzieren, die nun statt seiner das Geld aus dem Lohngeldraub hatten, der so richtig in den roten Sand der Dreckswüste Südaustraliens gesetzt worden war. Und jetzt? Jetzt besaß er zweihundert Dollar, ein paar Dietriche und an Kleidung nur das, was er am Leibe trug.

Er fuhr durch Portland und Warrnambool, Städte mit Banken und Bausparkassen. Ein anderes Mal. In Melbourne würde sich etwas finden lassen, dort hatte er Kontakte, wenn nicht sogar Freunde. Nur ein Vollidiot würde eine Bank knacken, des Nachts, allein und völlig unvorbereitet.

Das Licht der Scheinwerfer zerrte ihn über die Erdkrümmung, und so etwas wie Angst machte sich in ihm breit. Alleinsein war sein natürlicher Zustand. Er erledigte alles auf diese Weise, insbesondere die Planung eines Jobs. Fern des Aufhebens, das andere von sich machten, in Schweigen gehüllt, konnte er sich erfolgreich entfalten. Er fühlte sich nie einsam, Einsamkeit war nur eine Illusion. All diese Dinge waren ihm bekannt, dennoch, in diesem durch die Dunkelheit der Ebene gleitenden Pick-up fühlte er, wie ihm die Verbindung zur Welt abhanden kam. Es war nicht das erste Mal, dass er vor dem Nichts stand, dass er gezwungen war, wieder ganz von vorn anzufangen, gezwungen war, einen finanziellen Grundstock anzulegen und ein neues Zuhause zu finden. Doch dieses Mal schien es eine gewaltige Aufgabe zu sein. Er ertappte sich bei dem Gedanken, dass er es nicht unbedingt allein durchstehen wollte. Dieses Mal.

Er hatte sich wieder gefangen, war konzentriert und spürte das Leben. Schließlich fuhr er geradewegs in die ersten Sonnenstrahlen hinein und einen Unfall konnte er sich nicht leisten. Nicht mit dem Preis, der quasi auf seinen Kopf ausgesetzt war, und mit den Händen am Steuer eines fremden Wagens. Also beendete er die Nabelschau und konzentrierte sich auf den nächsten Schritt – die Geldbeschaffung.

Gegen halb neun erreichte er Geelong. Die Stadt wirkte sonntäglich verschlafen und er war überzeugt, keine Aufmerksamkeit zu erregen, wenn er hier tanken, frühstücken und telefonieren würde. Zweihundert Dollar. Für fünfzehn tankte er, bestellte Kaffee, Toast und Rührei in einer Raststätte für weitere fünf Dollar und entdeckte ein Motel auf der anderen Seite des Highways, die Zimmer zu 35 Dollar. Das war billiger als in Melbourne und was ihn in Melbourne erwartete, wusste er nicht, seit die Dinge dort kürzlich so aus dem Ruder gelaufen waren.

Zimmer 18 befand sich auf der Rückseite des Gebäudes, und er stellte den Falcon so ab, dass das Emblem der Kreisverwaltung auf der Fahrertür von einer kleinen Mauer verdeckt wurde. Momentan bedeutete der Wagen kein Problem, anders jedoch am Montag. Doch bis dahin hatte er einen anderen fahrbaren Untersatz und war längst weiter.

Neun Uhr. Zuerst rief er Rossiter an. Bevor alles den Bach runtergegangen war, war Rossiter sein wichtigster Verbindungsmann gewesen. Rossiter versorgte ihn mit Informationen, stellte Kontakt zu Leuten her und warnte ihn, wenn die Bullen oder irgendwelche Idioten, die ein Problem mit ihm hatten, hinter ihm her waren.

Eileen, Rossiters Frau, nahm ab. »Hallo?«

»Hier ist Lake«, sagte Wyatt. Lake war einer seiner Tarnnamen. Er benutzte ihn in Motels oder wenn er den Verdacht hatte, dass die Telefonleitung abgehört wurde.

Eileen Rossiter kümmerte dies offensichtlich wenig. »Wyatt? Du hast vielleicht Nerven, hier anzurufen!«

Wyatt sagte nichts.

»Hörst du mich? Deinetwegen haben sie meinen Alten fast erwürgt!«

»Sugarfoot«, seufzte Wyatt. Sugarfoot war einer der Durchgeknallten, die ihm zuletzt hinterhergehetzt waren.

»Genau. Er kam her und wollte deine Adresse. Ross hatte keine Wahl. Der Strick um seinen Hals war zu überzeugend.«

»Tut mir Leid. Ist Ross da? Ich muss ihn dringend sprechen.«

»Machst du Witze?«

Wyatt stand am anderen Ende der nun toten Leitung, das Echo eines wütend aufgelegten Telefonhörers im Ohr. Als Nächstes versuchte er es bei Loman. Loman war der Mann, wenn es darum ging, Fahrzeuge, Sprengstoff, Fahrer oder Spezialisten für Geldschränke zu organisieren. Die Stimme, die sich meldete, war ihm unbekannt.

»Ich will Loman sprechen.«

Pause.

»Wer will Loman sprechen?«, kam es barsch und argwöhnisch.

»Ein Freund.«

»Er ist nicht da.«

»Wann kommt er zurück?«

»Sagen Sie mir, worum es geht, dann kann ich vielleicht weiterhelfen.«

Wyatt dachte nach. Das Ganze gefiel ihm nicht. »Er soll einen Kontakt für mich herstellen.«

»Mit wem?«

»Vergessen Sie's«, sagte Wyatt. »Ich versuch's später noch mal.«

»Wer, soll ich sagen, hat angerufen?«

Wyatt zögerte einen Augenblick. Er könnte von jedem Punkt Australiens aus angerufen haben. Um zu sehen, was es in Gang setzte, nannte er seinen richtigen Namen: »Wyatt.«

Schlagartig war der andere im Bilde. »Sieh mal einer an! Der berühmte Wyatt! Spitzenreiter jeder Hitparade.«

»Ich muss mit Loman sprechen.«

Bellendes Gelächter. »Oder mit dem, was von ihm übrig ist.«

Wyatt schwieg. Er hörte das röchelnde Atmen des anderen.

Dann dessen Stimme: »Er ist buchstäblich verkohlt. Ist alles sehr mysteriös. Jemand hat das arme Schwein einfach abgefackelt. Mir scheint, Dich können wir jetzt von der Liste unserer Verdächtigen streichen.«

Unvermittelt beendete Wyatt das Telefonat. Melbourne war ein Flop – es gab niemanden mehr dort. In Geelong würde es möglicherweise besser laufen. Er nahm einen letzten Anlauf. Ein Anruf bei einer Chemiefabrik in

Corio. Ein Mann namens Mike Harbutt war dort beim Brandschutz tätig. Hin und wieder besserte er jedoch sein Gehalt auf, indem er für Leute wie Wyatt arbeitete. Harbutt war ein ruhiger, verschwiegener Mensch ohne Nerven, hatte keine Angehörigen, schuldete niemanden etwas, und das machte ihn für Wyatt gerade jetzt besonders wertvoll.

Die Verbindung ließ auf sich warten, doch dann knurrte eine Stimme: »Harbutt.«

»Wyatt hier. Hast du mal kurz Zeit?«

»Und ob. Vor fünf Jahren hat's hier das letzte Mal gebrannt. Wenn das so weitergeht, bin ich bald arbeitslos. Was gibt's?«

»Ich muss wissen, was so verbreitet wird.«

»Wo bist du?«

»Ganz in der Nähe«, erwiderte Wyatt.

»Sehr gut. Bleib da. Überall sonst ist der Boden für dich zu heiß.«

»Soll heißen?«

»Soll heißen, die Cops haben Fingerabdrücke von der Farm auf der Mornington-Halbinsel, sie wissen deinen Namen und haben jeden in die Mangel genommen, der dich kennen könnte. Wenn du in Melbourne auftauchst, wird irgendeiner dich verpfeifen oder der Sydney-Bande ausliefern. Die haben Kopfgeld auf dich ausgesetzt.«

»Das Syndikat.«

»Genau.«

»Und auf welcher Seite stehst du?«

»Ich? Ich will in Würde altern und meine Freunde behalten.«

Beide schwiegen. Schließlich sagte Harbutt: »Was die Sache mit den Lohngeldern angeht ...«

Wyatt erklärte noch einmal, dass er das Geld nicht habe. »Nichts für ungut, aber ich würde dich nicht anrufen, wenn ich es hätte.«

»Na immerhin haben die Presse und das Fernsehen ‘n bisschen was dran verdient. Wie viel brauchst du?«

»Es geht nicht um Geld.«

»Verstehe«, sagte Harbutt. Und dann: »Denken ist nicht mein Ding, Wyatt. Ich bin mehr für den Körpereinsatz. Gib mir ’nen Vorschlaghammer, ’nen Bohrer, Sprengstoff, damit kann ich was anfangen.«

»Aber du könntest einen Kontakt herstellen, zu jemand aus der Gegend, der mein Gesicht nicht kennt.«

Harbutt dachte kurz nach, dann sagte er: »Da gibt es ’nen Typ, für den hab ich schon ’n paar Dinger gedreht. Ray Dern. Hat ’ne Menge guter Ideen, kommt aber meistens nicht aus der Hüfte. Gibt eben zu wenig Talente hier.«

»Arrangier ein Treffen mit ihm.«

»Wann?«

»Noch heute Abend.«

»Wo?«

Wyatt überlegte. Harbutt konnte er vertrauen, und wenn dieser Ray Dern nicht einmal seinen Namen kannte, geschweige denn sein Gesicht, war das Motel ein sicherer Ort für ein Treffen. Er erläuterte Harbutt die Details. »Um sechs«, sagte er.

Er schlief bis drei. Dann fuhr er mit dem Bus in die Stadt. In einer Nebenstraße fand er einen Billigladen, der geöffnet hatte. Er kaufte Socken, Unterwäsche, ein Paar Jeans, ein Hemd, Windjacke und Einwegrasierer. Die ganze Kollektion war in einem dunklen Ton gehalten. Nichts passte richtig. Ihm blieben noch einhundertundsechs Dollar. Im Motel duschte und rasierte er sich und zog die neuen Sachen an. Seine alten Sachen wusch er in der Münzwaschmaschine des Motels. Hinterher legte er sich auf das Bett, dachte nach und wartete.

Er versuchte sich vorzustellen, was für ein Typ dieser Dern war. Es war ein Bekannter von Harbutt, also war er sicher okay. Wyatt wusste, dass Berufsverbrecher seines Kalibers eine aussterbende Gattung darstellten. Es gab für sie keine Betätigungsfelder mehr. Für ihn war klar, dass Drogen, der elektronische Geldtransfer und Fortschritte in der Sicherheitstechnologie diese Entwicklung beschleunigt hatten. Jobs, bei denen es um Bares ging, wurden zunehmend rarer. Betrachtete man das Verhältnis von Risiko und Gewinn, mussten bewaffnete Raubüberfälle heutzutage als mehr oder weniger unergiebig angesehen werden.

Es klopfte an der Tür und gleich darauf standen Harbutt und ein anderer Mann im Zimmer. Sie waren in Begleitung einer Frau.

Drei

Sie hatte Harbutt den Vortritt gelassen, war als Letzte hereingeschlüpft und hielt sich betont im Hintergrund. Sie legte Sanftmut an den Tag, die, das wusste Wyatt, weniger eine Frage des Charakters als ein Zugeständnis an den Mann neben ihr war. Irgendwann einmal hatte Wyatt einige Tage mit ihr verbracht und damals hatte es keinerlei Hinweise auf Sanftmut bei ihr gegeben, also musste es an dem Mann liegen. Dern war um die fünfzig und der Prototyp der überragenden, gütigen und weisen

Vaterfigur in einem übergewichtigen, sinnlichen Körper. Er strahlte und streckte Wyatt seine breite, sonnengebräunte Hand entgegen.

»Mr. Lake. Ich freue mich, Ihre Bekanntschaft zu machen. Darf ich Ihnen Thea vorstellen?«

Thea deutete einen Knicks an, lächelte hastig und gab Wyatt die Hand. Damals hatte sie sich Maxine genannt. Sie sah ihm direkt in die Augen, eine blasse Wasserstoffblondine im engen Rock. Warnend bohrte sich der Nagel ihres Ringfingers in Wyatts Handfläche; ihre Art, ihm zu sagen, sie werde seine Identität nicht preisgeben, solange er dasselbe tue.

»Thea also«, sagte Wyatt, und sie ließ seine Hand los.

Er lehnte sich gegen die Wand und bat die anderen, Platz zu nehmen. Harbutt schnappte sich den einzigen Stuhl im Raum, Dern und Thea setzten sich eng nebeneinander auf das Bett. Erwartungsvoll sah Dern in die Runde. Ganz offensichtlich gab er den professionellen Strahlemann, stolz auf sein noch immer dichtes, schwarzes Haar und die junge Frau an seiner Seite. Er trug einen teuren, legeren Anzug, die geblümte Krawatte locker gebunden und elegante italienische Schuhe. »Lasst uns anfangen, ja?« Seine Stimme war tief und hatte einen selbstgefälligen Klang.

Harbutt beugte sich vor. »Ich habe Lake erzählt, dass du ein paar Jobs am Start hast, die einen echten Profi erfordern.«

»So ist es.«

Wyatt mochte den Typ nicht, konnte seine narzisstische Art nicht ausstehen. Dann fielen ihm die einhundertundsechs Dollar in seiner Tasche ein und er fragte: »Was für Jobs?«

Dern zwinkerte ihm zu, als wäre ihm eine Runde Small Talk und der Austausch von Nettigkeiten willkommener. Aber er sagte: »Sie haben Recht, packen wir den Stier bei den Hörnern.« An seinen etwas zu kurz geratenen Fingern zählte er ab: »Nummer eins, ein Verkaufswochenende in einem großen Lagerhaus. Nummer zwei, ein Rennpferd. Drei, eine private Kunstsammlung. Dazu brauche ich jemand, der die Sache aus allen Richtungen beleuchtet, unter Einbeziehung der Sicherheitsvorkehrungen ausarbeitet, einen sauberen Job hinlegt et cetera et cetera.

Wyatt schaute zu Thea. »Was ist ihre Rolle dabei?«

Dern kicherte onkelhaft-amüsiert in sich hinein und sagte dann: »Sie hat mich auf den ersten Job aufmerksam gemacht. Mein Kätzchen arbeitet nämlich zufällig für ein paar Leute, die sich auf Räumungsverkäufe und Wochenend-Verkaufsaktionen in großen Lagerhäusern spezialisiert haben.«

Das Kätzchen schenkte dem Onkel ein verschämt süßes Lächeln, und als dieser fortfuhr, streifte sie Wyatt mit einem müden Blick. »Um die Kosten so gering wie möglich zu halten, haben sie nur einen Wachmann engagiert und lassen die Einnahmen nicht jeden Abend abholen, sondern erst am dritten Tag, nach Ende der Verkaufsaktion. Bis dahin können gut und gern zweihundert Riesen im Safe gelandet sein. Wir gehen einfach rein und holen sie uns, bevor der Geldtransporter anrollt.«

Wyatt verschränkte die Arme. »Die Hälfte der zweihunderttausend ist in Form von Schecks oder Buchungsbons von irgendwelchen Kreditkarten zu erwarten.«

Dern schien skeptisch. Schließlich gewann der Optimismus die Oberhand. »Immerhin, selbst hundert Riesen sind eine Stange Geld.«

»Geteilt durch vier macht fünfundzwanzigtausend für jeden. Sie sprachen von einem Lagerhaus. Wir müssten den Ort für die Aktion vollkommen abriegeln. Womit haben wir zu rechnen? Mit vier Toren? Sechs, zehn? Wissen wir, um welchen Typ Safe es sich handelt? Und so weiter. Ist der Aufwand fünfundzwanzigtausend wert?«

Thea wurde rot, als hätte er sie kritisiert und nicht die Idee. Sie war hübsch, auf eine leichte, nicht definierbare Weise, doch unter der hübschen Oberfläche lauerte ständige Verbitterung, die alles zunichte machte. Wyatt erinnerte sich, dass sie Kränkungen sammelte und aufbewahrte, und nun war eine weitere hinzugekommen. Er bemühte sich, seinem Gesichtsausdruck und seiner Stimme eine versöhnliche Note zu geben, und sagte: »Trotzdem, die Idee zeugt von sicherem Instinkt für lukrative Jobs. Ich halte sie nicht für völlig abwegig.«

Sie lächelte ihn an. Dern bemerkte es und seine Augen verzogen sich zu engen Schlitzen, als hätte er ein nicht vorhandenes Knistern zwischen ihnen bemerkt. Doch er fing sich sofort wieder. »Wie gesagt, ich hab ein paar Ideen, aber ich bin auf Leute wie Sie angewiesen, die die Fallstricke erkennen. Nächster Punkt: das Rennpferd, Almanac.«

Harbutt runzelte die Stirn: »Wir sollen ein Rennen manipulieren?«

Dern hob beide Hände und grinste breit. »Aber nein, nicht doch, nein! Ihr sollt den Gaul klauen.«

Wyatt schüttelte den Kopf. »Räumt er Trophäen ab, dieser Almanac?«

»Hat in vier Jahren über 1,6 Millionen abkassiert«, erklärte Dern. »Ein Kumpel von mir hat Anteile an ihm.«

»Versicherung?«

»Garantiert. Wenn nicht, blechen die Besitzer für ihren Goldesel.«

Wyatt sah Dern kalt an. »Erstens, wie sollen wir das Pferd transportieren? Zweitens, wo bringen wir es unter? Drittens, wer kümmert sich um ihn und viertens, was ist, wenn die nicht zahlen?«

Diesmal dominierten Ärger und Missfallen Derns Mimik. »Ich wiederhole mich. Ich fertige nur grobe Skizzen. Wo liegt das Problem? Ich meine, eine Farm zu mieten und ein paar Ballen Heu zu besorgen kann doch nicht so schwer sein.«

»Dern, der Grund, warum ich im Gegensatz zu meinesgleichen nicht nur draußen, sondern auch am Leben bin, ist folgender: Ich nehme mir die groben Skizzen vor und betrachte sie Strich für Strich.«

»Ach«, rief Dern ungehalten und winkte mit der rechten Hand ab, die linke tätschelte unterdessen Theas Knie. So beiläufig die Geste auch schien, sie sollte Wyatt davon abhalten, ein Auge zu riskieren, und Thea daran erinnern, wer momentan ihre Garderobe und Miete finanzierte.

»Kommen wir zur Kunstsammlung«, sagte Wyatt.

»Ein Versicherungsjob. Ein stinkreicher Viehzüchter aus dem Westen hat das ganze Anwesen voller Antiquitäten und Ölgemälde. Alles Originale und sehr alt.«

»Sie sagen das so, als wären Sie überzeugt, dass ein Gemälde allein deshalb wertvoll ist, weil es in Öl gemalt und unten signiert ist. Zuerst muss ich mir die Sammlung ansehen.«

»Nanu, warum bin ich jetzt nicht überrascht?«, rief Dern. »Klingt denn keiner meiner Vorschläge verlockend? Lässt nicht einer das alte Herz höher schlagen?« Er sah Harbutt an. »Du hast gar nicht erwähnt, dass dein Freund ein solcher Waschlappen ist, Mike.«

Wyatt löste sich von der Wand. »Ich hab noch nicht nein gesagt, Dern. Geben Sie mir die Adressen, dann nehm ich alles unter die Lupe. Sollte eine Sache infrage kommen, melde ich mich bei Ihnen. Aber das wäre nur der Anfang. Wir brauchen die nötige Ausrüstung, Fahrzeuge, einen Schlupfwinkel. All das kostet Geld. Haben Sie welches?«

Dern machte ein finsteres Gesicht. Seine Haut glänzte. Dies war kein Zeichen von stabiler Gesundheit oder Enthusiasmus, es war der Schweiß, den er produzierte. Sein Enthusiasmus hatte sich verflüchtigt, war zermahlen worden unter den Stempeln, die Wyatt den Fakten knallhart aufdrückte. Dern zog ein Notizheft aus seinem Jackett und kritzelte etwas darauf. »Ich kann fünftausend lockermachen«, sagte er, riss das Blatt heraus und reichte es Wyatt.

Wyatt steckte es ein. »Sehr gut. Wir treffen uns morgen wieder. Selbe Uhrzeit.«

»Hier?«

Wyatt schüttelte den Kopf. »Nein, ich ziehe es vor, nicht länger als nötig am selben Ort zu bleiben. Harbutt wird Sie auf dem Laufenden halten.«

Als sie gegangen waren, legte sich Wyatt aufs Bett und starrte an die Decke. Weiß gestrichener Rauputz, hier und da Wasserflecken. Das Zimmer erinnerte an eine Gefängniszelle – mönchisch, nüchtern, schmuddelig. Er dachte an Dern und die Frau. Dern war ein Windbeutel.

Thea könnte zum Stolperstein werden. Er traute ihr nicht über den Weg. Sie trug eine Menge Kränkungen mit sich herum und könnte leicht alle gegeneinander ausspielen.

Dann dachte er an eine andere Frau, Anna Reid, die ihm vor einigen Monaten in Melbourne die Suppe versalzen hatte. Sie war berechnend, behielt selbst unter Druck die Kontrolle, ein echter Profi. Auch bei ihr stand der Job an erster Stelle, und dabei war er ihr im Weg gewesen. Sie hatte ihre eigene Agenda. Schließlich war er ihr auf die Schliche gekommen und hatte ihre Pläne durchkreuzt. Allerdings zu spät, um noch zu verhindern, dass er, seines Refugiums, seines Basislagers beraubt, die Flucht antreten musste. Er hätte sie umbringen sollen. Schließlich war es ein wichtiger Artikel in Wyatts Bekenntnis, niemandem eine zweite Möglichkeit zu geben, ihn aufs Kreuz zu legen. Aber etwas hatte ihn davon abgehalten, das Vielleicht-hätte-es-was-werden-Können, das damals in der Luft lag, und die Tatsache, dass er sie verstehen konnte und in ihr den Partner, nicht den Gegner sah.

Die, die sich Thea nannte, hielt keinem Vergleich stand.

Zwei Stunden verbrachte er so. Als es gegen acht Uhr an seiner Tür klopfte, wusste er instinktiv, wer es war. Bullen pochten niemals zaghaft an Türen.

Er stand auf und öffnete. »Du machst einen Fehler.«

Zur Sicherheit verschränkte sie schon mal die Arme. »Willst du mich nicht wenigstens hereinbitten?«

Sie wartete die Antwort nicht ab, sondern schob sich an ihm vorbei ins Zimmer. Ihr Gehabe war betont affektiert, sie warf die Schultern zurück, schoss scharfe Blicke auf ihn ab und setzte das falsche, schiefe Grinsen einer Ehefrau auf, die sich gezielt daneben benehmen will. Wyatt checkte die Lage draußen und schloss dann die Tür. »Du hättest nicht kommen sollen.«

»Ein Drink wäre jetzt genau das Richtige. Du hast uns vorhin nicht mal eine Tasse Tee angeboten.«

Wyatt zeigte auf den kleinen Kühlschrank in der Ecke. »Bedien dich.«

Sie machte einen Schmollmund. »Wie reizend. Und so zuvorkommend.«

»Sag, was du zu sagen hast, und dann verschwinde.«

Sie beugte sich über die offene Kühlschranktür.

»Scotch ... Gin ... Ich glaube, ich genehmige mir einen Wodka.«

Sie hockte sich auf die Bettkante und öffnete die kleine Flasche. »Cheers.«

»Weiß Dern, dass du hier bist?«

»Dern. Ein wirklich netter Mann, aber mehr so in Richtung knuddeliger Onkel.«

»Was ist dein Problem, Maxine?«

»Du bist mein Problem – kannst du dir das nicht denken? Wir haben noch was offen.« Sie suchte nach Worten. »Eine Art Schlusspunkt, das hab ich damals vermisst. Du hast dich einfach abgesetzt.«

»Es war vorbei.«

»Aber nicht für mich. Als ich dich heute Abend so in deinem Element gesehen habe, wie du jede ach so clevere Idee von Dern zerpflückt hast, hab ich mir gedacht, was mach ich eigentlich mit dem Typ? Warum bin ich nicht mit dir zusammen? Du und ich, wir wären ein Spitzenteam und hätten garantiert viel Spaß.«

Wyatt schüttelte den Kopf. In diesem Moment war der

Fall für ihn erledigt. Keine gemeinsame Sache, weder mit Dern, noch mit Harbutt, noch mit irgendjemand anderem. »Verschwinde«, sagte er.

Sie rückte näher an ihn heran und legte beide Hände auf seine Brust. »Das meinst du nicht so. Soll ich nicht noch ein bisschen bleiben? Ray glaubt, ich bin bei einer Freundin.«

Wyatt packte ihre Handgelenke, bis der Schmerz ihr Gesicht verzerrte, und schob sie Richtung Tür. »Raus«, sagte er.

Doch in diesem Moment leuchteten Scheinwerfer hinter der Gardine auf, und er wusste, es war zu spät. Zwei Wagen waren vorgefahren, die Scheinwerfer wurden ausgestellt und Türen zugeknallt. Dann hämmerte Dern wie wild an die Tür. »Lake, du Dreckskerl, bist du da drin? Thea! Ich weiß, dass du da bist. Komm raus, du Schlampe!«

Wyatt öffnete die Tür. Vor ihm stand Dern in Kampfstellung, die Fäuste vor der Brust. Dahinter lehnte Harbutt an der Fahrertür des zweiten Wagens. Er zuckte nur entschuldigend mit den Schultern.

»Tut mir Leid, Kumpel.«

Dern stürmte ins Zimmer, ein erregter Fleischberg, der unkontrolliert die Fäuste schwang. Kaltblütig nutzte Wyatt eine Lücke in den rasenden Bewegungen, um Dern ein Knie in den Unterleib zu rammen. Der schwere Kerl fiel vornüber und ging zu Boden. Er japste nach Luft und krümmte sich vor Schmerzen.

»Ray«, hauchte Thea und beugte sich über ihn. »Hat er dir wehgetan?«

Dern stieß sie weg. »Verpiss dich.«

»Ich hab doch nur mit ihm über den Job gesprochen.«

Dern schrie: »Ich sagte, verpiss dich! Mein Gott, tut das weh!«

Thea war nicht abzuschütteln. »Du musst wissen, dass er nicht Lake heißt, sondern Wyatt. Und er ist nicht ohne. Mit jemandem wie ihm solltest du nicht so mir nichts, dir nichts zusammenarbeiten. Ich wollt ihm doch nur auf den Zahn fühlen.«

Wyatt schleifte sie aus dem Zimmer und stieß sie unsanft gegen Derns Fairmont. Dann holte er aus und schlug ihr so hart ins Gesicht, dass sie in die Knie ging. »Bleib mir vom Leib und hör auf, der ganzen Welt zu verkünden, wer ich bin. Steig ins Auto deines Freundes und halt endlich die Klappe.«

»Hey, Kumpel.«

Harbutt kam näher, eine Zigarette in der Hand. »Tut mir Leid, Kumpel. Er hatte plötzlich diese fixe Idee, zwischen euch könnte was laufen, und wollte unbedingt hierher zurück. Ich hab versucht, ihm das auszureden.«

Wyatt nickte ihm kurz zu. »Vergiss den Job. Ich bin draußen.«

Harbutt schnippte die Kippe weg. »Hab mir schon gedacht, dass du so reagierst. Schade. Ein paar Sachen klangen ganz vielversprechend.«

Wyatt hatte darauf nichts zu erwidern. Er ging zurück ins Motelzimmer. Dern war im Bad, man konnte Wasser plätschern hören. Wyatt vermutete, dass er sich die schmerzenden Körperteile kühlte.

Er verstaute seine Sachen in einer Plastiktüte und ging nach draußen. Harbutt rauchte schon wieder.

»Hey, Kumpel. Ich hab gesehen, was los war, dass alles nur von Thea ausgegangen ist. Ich werd Dern sagen, dass nichts gewesen ist, dass du kein Interesse hattest.«

»Es ist mir egal, was du ihm erzählst. Es interessiert mich auch nicht, was er denkt. Mit der Sache hab ich nichts zu tun.«

Das Letzte, was er von Thea sah, war ihr zugerichtetes Gesicht. Sie kauerte auf Derns Beifahrersitz und bat Harbutt um eine Zigarette. Wyatt verschwand in der Dunkelheit und staunte einmal mehr über die merkwürdigen Verstrickungen, in die Menschen ihrer Gefühle wegen gerieten.

VIER

»Wir hatten ihn bereits«, sagte Mack Stolle, »aber dann ist er uns leider wieder entwischt.«

Er nahm den Hörer ans andere Ohr, griff nach einem Stift und kritzelte auf dem Block herum, der vor ihm lag. Er arbeitete gerade an der Seeschlacht von Trafalgar, und zwar mit allen Schikanen: Nelson, Hornblower, rauchende Kanonen, zerstörte Takelage über Häuptern wilder Matrosen mit Entermessern zwischen den Zähnen.

»Genau das hab ich gesagt und dazu steh ich«, sagte Stolle. »Achtundsiebzig Prozent Erfolgsrate beim Aufspüren vermisster Personen.«

Er malte einen gefährlichen Riss in den Bauch einer französischen Fregatte. »So ist es, in der Nähe von Mt. Gambier. Er ist auf der Flucht. Sind Sie sicher, dass Sie den Kerl finden wollen? Schließlich hat er meine Mitarbeiter ganz schön Maß genommen und ist ihnen durch die Lappen gegangen.«

Stolle blickte hoch und nahm den Mann ins Visier, der

ihm gegenüber auf einem Stuhl hing. »Natürlich, ich werde nicht dieselben Mitarbeiter drauf ansetzen. Ich nehm den Fall selbst in die Hand.«

Ein ziemlich verbeulter, unglücklich dreinblickender Mostyn rutschte auf dem Bürostuhl hin und her.

»Nein. Ja doch. Danke sehr«, sagte Stolle. »Auf Wiederhören.«

Er legte den Hörer auf. »Frag jetzt nicht, wer das war.«

»Sie scheint mächtig sauer auf uns zu sein.«

Stolle steckte sich den Zeigefinger ins rechte Ohr und bohrte drin herum. »Allerdings.«

»Tut mir Leid, Boss«, sagte Mostyn.

»So. Tut dir Leid. Mir tut's Leid. Ich hätte ihn schon längst nach Brisbane geschafft, wenn ihr beiden Stümper es nicht vergeigt hättet. Ich könnte jetzt an der Gold Küste sein, mich sauwohl fühlen und unser hart verdientes Honorar am Roulettetisch im Monte Carlo verbraten.« Er blickte Mostyn prüfend an. »Was ist schief gegangen? Wo ist Klein-Whitney?«

»Können Sie vergessen, der hat sich aus dem Staub gemacht«, sagte Mostyn. »Wir haben Wyatt in Adelaide aufgespürt, ihn dann aus den Augen verloren, aber irgendwo im Busch seine Spur erneut aufgenommen und ihn schließlich wieder verfolgt.«

»Soweit ich weiß, war er im Outback, um einen Lohngeldtransport zu überfallen.« Stolles Ton war schneidend. »Und ihr beiden Schwachköpfe habt versucht, ihm seinen Anteil abzuknöpfen.«

»Absolut nicht. Er hatte überhaupt kein Geld bei sich.«

»Also habt ihr Arschlöcher es doch versucht.«

»Boss, wir hatten ihn fast, okay? Wir waren in seinem Motelzimmer, die Spritze war schon aufgezogen –

Natürlich haben wir auch sein Zeug durchsucht.«

»Und ihn dann entwischen lassen. Ich hab gedacht, ihr seid so verdammt geschickt und fix?«

Mostyn vermied, ihn anzusehen. »Naja, also, er war eben stärker als wir, dieser Mistkerl.«

»Und du bist dann erst wieder in Adelaide auf dem Rücksitz eines Autos zu dir gekommen.«

Mostyn nickte.

»Mein Gott«, rief Stolle. »Und was ist mit Whitney?«

»Hatte plötzlich die Hosen voll, hat sich abgeseilt, keine Ahnung.«

»Hatte plötzlich die Hosentaschen voll, willst du wohl sagen. Und zwar mit Geld, das er dem Kerl abgenommen hat!«, schnauzte Stolle.

»Nee, Boss, das war nicht – «

»Maul halten! Whitney ist Geschichte. Aber Du – «, er zeigte auf ihn, »bekommst die einmalige Chance, die Sache wieder geradezubiegen.«

Die Besorgnis wich aus Mostyns Gesicht. »Soll das heißen, ich werd nicht gefeuert?«

»Bei einem Flachwichser wie dir weiß ich wenigstens, woran ich bin. Ich habe drei neue Fälle für dich. Der wichtigste betrifft den Streik bei PLASTICO. Geh hin und misch dich unter die Streikenden, wiegel sie auf. Von mir aus so, dass die Bullen kommen müssen. Nimm einen Fotoapparat mit. Sollte einer von denen auf jemand losgehen oder eine Windschutzscheibe einschlagen, draufhalten. Dafür zahlt unser Klient einen Bonus.«

»Werden die nicht merken, dass ich nicht dazugehöre?«

»Ist ’ne Menge Volk von außerhalb dabei, du fällst da gar nicht auf.«

»Und wer ist der Auftraggeber?«

»Nur so viel: Es ist ein Minister unserer gerechten Regierung.«

Mostyn war im Bilde. »Sein Familienunternehmen besitzt Anteile an PLASTICO, außerdem sieht er es gern, wenn man den Gewerkschaften den Arsch aufreißt.«

»Aber davon haben wir beide natürlich keine Ahnung, nicht wahr, du Nase?«

»Klar, Chef. Was steht noch an?«

Stolle grinste breit. Seine Haut spannte über dem knochigen Gesicht und drohte zu reißen. »Was hältst du von einem Weckanruf morgens um drei?«

»Geht klar.«

»Okay. Tony Baggio, Lebensmittelhändler in Cheltenham.«

»Fuck! Nein! Kann das nicht jemand anderes erledigen?«

»Mostyn, du schuldest mir was. Morgen früh um halb vier holst du ihn ab. Er hat etwa sieben Riesen dabei, also nehm 'ne Knarre mit. Sorg dafür, dass Tony mit dem Zaster unbehelligt zum Markt gelangt.«

»Herrgott, Boss, die Mafia jagt diese Typen kreuz und quer durchs Land.«

»Erst schießen, dann fragen.«

»Schon gut. Und was noch?«

Stolle schob ihm eine Akte rüber. »Das hat Zeit. Ameribank ist der Auftraggeber. Sie brauchen Informationen zu den Namen, die hier drin stehen. So viel Hintergrund wie möglich. Aktivier alle Kontakte, Sozialversicherung, Katasteramt, Kfz-Steuerbehörde, Finanzamt, Sicherheitsbehörden. Sag ihnen, sie sollen es direkt an mich faxen. Aber nicht vom Büro aus! Und – cash bei Lieferung.«

Stolle beobachtete, wie Mostyn die Akte nahm und das Büro verließ. Sah man ab von seinem abenteuerlichen Namen und seiner Bruchlandung im Fall Wyatt, war Mostyn einer der Besten, flinke Hände und sicherer Instinkt, was Menschen betraf. Der missglückte Versuch, Wyatt zu schnappen, war eher ein Beweis für Wyatts Fähigkeiten als ein Nachweis für Mostyns Unfähigkeit.

Stolle duldete ein gewisses Maß an Unehrlichkeit bei seinen Leuten. Es blieb ihm nichts anderes übrig. Vor sieben Jahren hatte er eine Firma namens Securicor gegründet. Offiziell verkaufte er Überwachungskameras und Alarmanlagen, tatsächlich aber überfiel er kleinere Firmen. Man fand seine Adresse in den Gelben Seiten und rief ihn an, um sich ein Angebot machen zu lassen. Stolle erschien mit besorgter Miene, Polaroidkamera und einem Notizblock. Er notierte die Anzahl und Position von Türen und Fenstern, vermaß Räume und Winkel und fertigte für die Interessenten kleine Modelle oder Zeichnungen polaroidgetreu an.

Was er nicht illustrierte, sich dafür aber umso besser einprägte, waren Typ und Größe des jeweiligen Schlosses, Fenstermaße, Lage an einer Seitenstraße, Informationen über die Nachbarn, Standort des nächsten Polizeireviers, Antworten auf die Fragen in welche Richtung Einbahnstraßenverkehr floss oder ob genügend Platz zum Rangieren eines Kleinlasters vorhanden war. Hinterher schrieb er einen Bericht und nannte Unsummen an Kosten, die den Interessenten nur abschrecken konnten. Dann wartete er einige Wochen. Sollte sich in der Zwischenzeit eine andere Firma um die Sicherheit gekümmert haben, dann war nichts zu machen. Außer einem langen Gesicht, wie seine Mutter zu sagen pflegte. Aber meistens hatten es die Inhaber nicht so eilig und Stolle stattete irgendwann dem Gelände einen Besuch ab und nahm mit, was er kriegen konnte.

Eines Nachts fand das durch den Schlagstock eines Wachmannes ein jähes Ende. Stolle kam davon, litt aber sechs Monate unter schrecklichen Kopfschmerzen.

Vor zwei Jahren gründete er SecureSafe. Das Geschäft war mehr oder weniger legal. Er führte seinen Kunden ausschließlich Spitzenprodukte aus dem Bereich der Sicherheitstechnik vor, installierte aber Imitationen aus irgendwelchen thailändischen Ausbeuterbetrieben. Fakes funktionierten eben genauso gut wie die Originale.

Mehr oder weniger.

Meistens.

Hin und wieder gab es den üblichen Beschwerdebrief eines verschaukelten Kunden oder einen unflätigen Anruf auf dem Anrufbeantworter, aber wenn er so etwas nur lange genug ignorierte, erledigte sich das von selbst.

Bis der Enthüllungsjournalismus Wind davon bekam und diese Schnüfflerbande anfing herumzustochern. Bewaffnet mit Mikrofonen und Videokameras, besetzten sie seinen Vorgarten, belagerten sein Geschäft, drückten sich die Nasen an den Glastüren seines Büros platt; eine hysterisch kreischende Reporterschnepfe bombardierte ihn drei Tage lang mit Fragen, Fragen, Fragen. Schließlich fuhr er ihr in die Parade, drängte sie zur Seite und versuchte, das Kameraobjektiv mit der Hand zu verdecken. »Finger weg von der Ausrüstung!«, krakeelte sie. »Und wenn Sie mich anfassen, krieg ich Sie dran wegen Körperverletzung.«

Nie zuvor hatte Stolle eine derart ohnmächtige Wut verspürt. Unfähig, sich zu äußern, hätte er am liebsten die Kamera pulverisiert, die bleiche Schwuchtel dahinter platt gemacht und der überdrehten Schlampe die Kleider vom Leib gerissen.

Jetzt hieß seine Firma schlicht ›Stolle Investigations‹. Er schaltete keine Anzeigen. Äußerste Diskretion war geboten, wenn er auf dem Anwesen eines Kokainkönigs, Steuerflüchtlings oder korrupten Gewerkschaftsbosses Sicherheitstechnik installierte oder für viel Geld vermisste Personen aufspürte und Leibwächter organisierte. Für Geld machte er alles. Er konnte sogar ein Diplom nachweisen.

Sein größtes Problem waren seine Mitarbeiter. Viele Teilzeit- und einige Vollzeitkräfte kosteten eine Menge Geld. Er nahm seine Kunden aus, wo es nur ging, dehnte Jobs auf Tage aus, die an einem Nachmittag hätten erledigt werden können, berechnete Spesen für nicht getätigte Reisen. Doch was er wirklich brauchte, waren Klienten wie diese Frau aus Brisbane. Er hatte sofort gerochen, dass da noch weitere Jobs drin waren, wenn er seine Karten geschickt ausspielte. Das Honorar war Nebensache für sie, fünfundvierzig Piepen die Stunde ohne Extras, und sie bot ihm weitere zehn Riesen, wenn er ihr Wyatt vor Ende Oktober brachte. Er schaute auf den Kalender. Noch drei Wochen.

Er hörte die Eingangstür. Stolle lehnte sich zurück und wartete. Seine Sekretärin war als Ladendetektivin bei einer Pelz-Modenschau in einem Kaufhaus in der City im Einsatz. Es klopfte.

»Es ist offen!«

Der Mann, der nun eintrat, sah aus wie ein mittlerer

Angestellter – dunkler Anzug, weißes Hemd, Seidenkrawatte. Um die vierzig, schmal, verhärmtes Gesicht und humorlos bis auf die Knochen. Er fragte: »Sind Sie Stolle?«

»Was kann ich für Sie tun?«

»Ob Sie Stolle sind, will ich wissen.«

Wenn das Gespräch einen Anfang finden sollte, blieb Stolle nichts anderes übrig, als zu bestätigen, dass er Stolle sei. Also nickte er und wiederholte: »Was kann ich für Sie tun?«

Nun sprudelten die Worte nur so hervor. »Man hat mir gesagt, Sie seien der Beste in Bezug auf mein Anliegen.«

»Aha. Und was wäre das?«

Der Mann setzte sich unaufgefordert hin und verschränkte seine Arme, als versuchte er auf diese Weise, der Macht seiner Gefühle Herr zu werden. »Da ist diese Angelegenheit, diese Person, das muss in Ordnung gebracht werden, falls Sie verstehen, was ich meine.«

Stolle zog den Sessel näher an den Schreibtisch und betätigte gleichzeitig mit seinem Knie einen kleinen Schalter. Der Schalter war mit einem hochsensiblen Stimmaufnahmegerät in der obersten Schublade seines Schreibtisches verbunden. Das dazugehörige Mikrofon befand sich an der Spitze eines Stifts, der inmitten Dutzender anderer in einem Glas neben der Ablage stand.

»Fahren Sie fort.«

»Ich zahle Ihnen zehntausend Dollar.«

»Wofür?«

Der Mann zögerte. Dann stieß er hervor: »Sie muss verschwinden. Es ist mir gleich, wie lange es dauert. Fünftausend sofort, fünftausend bei Abschluss.«

»Sie drücken sich etwas unklar aus.«

»Meine Frau. Die Gütertrennung hat mich ruiniert.«

»Bedauere, ich verstehe immer noch nicht.«

»Muss ich es buchstabieren? Schaffen Sie das Flittchen aus dem Weg. Es ist mir gleich, wie lange Sie dafür brauchen, aber machen Sie's! Ich hab gehört, Sie seien der Richtige dafür.«

Stolle griff nach seinem Block. »Name und Anschrift.«

»Großer Gott, Sie werden doch nicht etwa eine Akte anlegen wollen?«

»Leider kann ich nur aktiv werden, wenn ich weiß, um wen es sich handelt. Also bitte«, sagte Stolle sarkastisch.

Der Typ machte dicht. Schließlich murmelte er seinen Namen, gab seine Adresse an und auch den Namen und die Adresse seiner Exfrau. Stolle notierte alles mit wichtiger Miene und steckte den Zettel dann in seine Tasche.

»So, nun möchte ich, dass Sie ganz aufmerksam zuhören.«

Er zog die Schublade auf, drückte die Rücklauftaste und plötzlich hörte man ihre Stimmen aus unsichtbaren Lautsprechern. Der Kerl schäumte vor Wut. Als er vom Stuhl aufstehen wollte, richtete Stolle eine Automatik auf ihn. Um dem Nachdruck zu verleihen, entsicherte er demonstrativ die Waffe. Man hörte ein öliges Klicken, kurz, aber fies. »Hinsetzen. Sie werden gefilmt.«

»Sie Schwein.«

»Sie wollen Ihre Frau beiseite schaffen, Herzchen, nicht ich. Geben Sie mir Ihre Brieftasche.«

Der Typ schleuderte eine zerfledderte Brieftasche über den Schreibtisch. Wie Stolle erwartet hatte, ein nettes Sümmchen. Zwar nicht die besagten fünf Riesen Anzahlung, aber saubere siebenhundertfünfzig Dollar. Er steckte sie ein und warf die Brieftasche zurück.

»So weit, so gut. Ich behalte die Cassette und das Videoband. Zur Sicherheit, falls Sie auf dumme Gedanken kommen sollten. Außerdem weiß ich, wo Sie wohnen. Ich geb Ihnen noch 'nen guten Rat, was die Sache mit Ihrer Frau betrifft – tragen Sie's mit Fassung. Ich mach's genauso.«

»Sie Mistkerl.«

»Mit dieser einmaligen Zahlung hat es sich für Sie erledigt. Ich bin kein Halsabschneider.«

Der Mann erhob sich. Er schien noch bleicher und schmaler. Vielleicht wächst er ja über sich selbst hinaus und legt sie selber um, dachte Stolle. Er könnte sie warnen. Aber was ging ihn das eigentlich an.

Der Typ blieb im Türrahmen stehen. Er wirkte wieder verkniffen, düster und fragte: »War das nun Bockmist, was ich gehört habe, dass Sie Leute für Geld umlegen?«

Stolle lehnte sich in seinem Sessel zurück, faltete die Hände hinter dem Kopf und grinste. »Wer weiß.«

Fünf

Tatsächlich hatte Stolle in den letzten drei Jahren vier Auftragsmorde ausgeführt. Eine untreue Gattin, ein Junkie, der die Tochter eines Fabrikanten auf Crack gebracht hatte, ein Investmentbanker, der plötzlich so was wie ein Gewissen entwickelt hatte und vor einem Untersuchungsausschuss aussagen wollte, ein Bankräuber, der verdächtigt wurde, einen Cop erledigt zu haben. Zwei – Banker und Junkie – gingen als Unfall durch, der Mord an der Gattin wurde einem missglückten Einbruch zugeschrieben, der an dem Bankräuber einer Unterweltfehde.

Stolle führte nur Auftragsmorde über Dritte aus. Er traf sich nie mit den Klienten und die Klienten erfuhren nie, wer engagiert wurde. Trug er seinen Privatschnüffleranzug, legte er Wert auf persönlichen Kontakt mit seiner Kundschaft. Ihm gefiel die Tatsache, dass man ihn brauchte, und so sprang dabei mehr als nur Geld für ihn heraus. Doch er hatte keinerlei Interesse an einem Treffen, wenn er seinen Killeranzug trug. Die banalen Motive dieser Klientel, ihre Ängste, ihre Gier, ihre Wut waren für ihn ohne Belang.

Es war eine durchaus befriedigende Arbeit, jedoch hatte er diesbezüglich keinerlei Ambitionen. Vier Aufträge in drei Jahren waren ausreichend. Den Hintergrund erkunden, das Lauern auf den richtigen Moment, die Rasanz in der Ausführung – er kam dabei auf seine Kosten, doch es war nicht vergleichbar mit dem einzigartigen, prickelnden Gefühl, das ihn bis in die Haarspitzen ergriff, wenn er tat, was er am besten konnte: Leute aufspüren.

Dabei war es nicht einmal nötig, auf die Pirsch zu gehen, um dieses Hochgefühl zu erzeugen. Vieles ließ sich vom Sessel aus erledigen, Faxe lesen, in Akten blättern, sich in Mircofiches vertiefen.

Meistens ging es um Liebhaber, Ehegatten oder säumige Schuldner, die sich abgesetzt hatten. Stolle wandte stets sein Standardverfahren an und eine Erfolgsquote von siebenundachtzig Prozent gab ihm Recht: Er fing immer von hinten an. Wo und mit wem wurde die Person zuletzt gesehen? Er verteilte Fotos, sprach mit Angehörigen, Freunden, Feinden, Hotelangestellten, Taxifahrern, Busfahrern, Reiseagenten. Er prüfte Passagierlisten. Wenn das nicht zum Ziel führte, nahm er sich den Papierkram vor und suchte über Kreditkartenbons, Strafzettel, Anträge für Reisepässe und Travellercheques nach einer Spur. Hatte jemand einen neuen Ausweis beantragt, fing Stolle an zu graben. Es gab immer einen Bürokraten, der hatte, was Stolle benötigte.

Er liebte die Jagd, genoss aber auch die heimlichen Vorteile: Da eine schnelle Nummer mit einer zahlungsunfähigen Kundin, dort ein Blowjob, wenn er mal wieder eine Sechzehnjährige aufgespürt hatte, die mit ihrem Freund abhauen wollte, oder auch Schweigegeld von Leuten, die Mittel veruntreut hatten und selbstredend nicht gefunden werden wollten.

Stolle besaß die Gabe, sich in die Leute, denen er nachspürte, hineinzuversetzen. Er wusste, dass angesichts wachsender Mobilität ein Fremder selbst in einer Kleinstadt keine Neugier mehr weckte. Also konzentrierte sich Stolle nicht auf die Frage, wer war fremd, sondern wie verändert sah die von ihm gesuchte Person jetzt aus. In der Regel verfielen die Leute dabei ins krasse Gegenteil. Sein letzter Fall zum Beispiel, ein Rechtsanwalt, der mit Geldern aus einem von ihm verwalteten Treuhandfond getürmt war. Den Porsche hatte er gegen ein Fischerboot und einen Pick-up eingetauscht, an die Stelle von Designerkluft waren Jeans und Jesuslatschen getreten, seine Residenz in South Yarra hatte er zugunsten einer Strandhütte aufgegeben. Selbst die stets glatt rasierten Wangen hatten eine Veränderung durch Bart und Sonnenbräune erfahren. Nur hatte der Mann seine Gewohnheiten und Vorlieben nicht aufgeben können. Er liebte

Tennis, die Rennbahn und zockte gern, war Stammkunde einer Videothek und treuer Abonnent diverser Segelsport-Magazine. Selbst der Abschied von seinem Namen war dem Einfaltspinsel schwer gefallen. Statt Ross Wilson nun Ray Wilkes. Hätte der Typ Kontakt mit seiner Familie aufgenommen oder sich vor der Schule seiner Kinder herumgedrückt, Stolle hätte es nicht überrascht.

Oder die jugendlichen Ausreißer, fast immer Mädchen. Sie waren am leichtesten aufzuspüren, es sei denn, sie waren ermordet und in den Busch verfrachtet worden. Stolles Auftraggeber in diesen Fällen waren zumeist exklusive Internate oder die Väter, zahlungskräftige Manager, die nicht die Polizei ins Spiel bringen wollten. Zuerst setzte Stolle auf die Befragung von Freundinnen und Angehörigen. War das Mädchen weder heimlich beim Freund, noch auf einer längeren, von einer Erbtante finanzierten Reise, weitete er seine Nachforschungen auf Bahnhöfe, besetzte Häuser, stadtbekannte Schlupflöcher und das Leichenschauhaus aus. Trat er auch dort auf der Stelle, blieb nur noch das Rotlichtviertel St. Kilda und Kings Cross. In Begleitung des Vaters hatte er einmal versucht, eine Fünfzehnjährige aus einem Bordell zu zerren. Die Zuhälter wussten dies jedoch mit Äxten und Fleischermessern zu verhindern. Das Mädchen war voll gepumpt mit Drogen und HIV-positiv. Eine Woche später tauchte er dort mit dem Vater nochmals auf, um den Laden abzufackeln. Mehr konnte Stolle für das arme Schwein nicht tun. Und das Mädchen? Inzwischen gestorben, vermutete Stolle.

Da lukrative Aufträge rar waren und die Einnahmen zu schnell in die Taschen der Buchmacher flossen, verdingte sich Stolle auch als Zustellungsbeauftragter und Schuldeneintreiber. Nicht selten arbeitete er vierzehn Stunden am Tag, sechs bis sieben Tage die Woche. Sein Auto war sein mobiles Büro, ständig das Handy am Ohr, sprach er mit seinen Angestellten und Spitzeln oder hörte den Anrufbeantworter ab. Unzählige Male am Tag zückte er seinen Ausweis, eine Lizenz als Privatdetektiv, ausgestellt vom Bundesstaat Victoria. Er war zwar kein Bulle, aber die meisten hielten ihn dafür.

Zugegeben, es war zwanghaft, aber es gab ihm das Gefühl, den Kontakt zur Straße nicht zu verlieren, die Kontrolle über den Informationsfluss zu behalten und zumindest zeitweilig nicht dem Drang ausgesetzt zu sein, alles, was er hatte, den Launen der Karten oder Würfel zu überlassen.

Gegenüber der Konkurrenz hatte Stolle einen unschätzbaren Vorteil. Ein Sergeant, Mitarbeiter des staatlichen Zeugenschutzprogramms, war einer seiner Saufkumpane. Von diesem Kumpel hatte Stolle eine Menge gelernt, denn der Sergeant liebte es, über seine Tätigkeit zu sprechen. War man in diesem Zeugenschutzprogramm, hatte man nicht nur Anspruch auf Personenschutz, sondern auch auf ein neues Zuhause, eine neue Identität. Schauspielerisch Begabte waren da natürlich im Vorteil. Sie verstanden es, ihr Aussehen, ihre Gestik und Mimik, ihre Sprache dem neuen Ort, dem neuen Namen, dem neuen Job und ihrer neuen Lebensgeschichte anzupassen; eine Lebensgeschichte, gestützt auf aussagefähige Unterlagen wie Pass, Konto, Zeugnisse, Geburts- und Heiratsurkunden, Mitgliedsausweise, Chipkarten der Krankenkasse, Steuernummer, Führerschein. Selbst Fotoalbum, Briefe und Weihnachtsgrüße fehlten nicht in dieser Sammlung. Eines Tages präsentierte der Sergeant eine Akte aus diesem Zeugenschutzprogramm. Stolle war nicht interessiert an der Akte, ihn interessierte die Genese einer neuen Identität. Verstand man den Ablauf, konnte man die Handlungsweise von Menschen nicht nur vorausberechnen, man konnte ihre Vorhaben sogar vereiteln oder enttarnen.

Zu den aussichtslosen Fällen gehörte die Gruppe derer, die vollständig mit ihrer Vergangenheit abgeschlossen hatten. Es war, als existierten sie nicht mehr. Sie hatten niemanden, wollten niemanden, sie hatten sich von ihrem Ego verabschiedet und wollten nie wieder gesehen werden. Solche Menschen hinterließen keine Spuren und endeten im Armengrab. Sie liefen vor dem Leben davon oder vor einem unendlichen Schmerz. Das waren die tragischen Helden.

Und es gab Wyatt, der aber war eine Klasse für sich.

Sechs

Wyatt erreichte Melbourne gegen neun Uhr abends und stellte den gestohlenen Kingswood auf dem Parkplatz an der Spencer Street Station ab. In der Bahnhofshalle warben diverse Plakate für Unterkünfte. Er rief irgendwo an und hatte um halb zehn ein Zimmer im Abbey, einem Hotel für Rucksacktouristen an der Nicholson Street. Es war nicht das beste Zimmer und direkt unter seinem Fenster schrammte die Straßenbahn vorbei. Außerdem blieben ihm jetzt nur noch achtzig Dollar.

Gegen zehn schlenderte er über das Kopfsteinpflaster der engen Gassen und kaufte einen Döner bei einem türkischen Imbiss in der Brunswick Street. Er aß im Gehen. Das großstädtische Treiben machte ihn nervös. Es hatte immer zu seinen Prinzipien gehört, im Trubel der Großstadt und unter Menschen zu arbeiten, seine selbstgewählte Einsamkeit jedoch am Rande der großen Städte zu zelebrieren. Doch jetzt fühlte er sich ausgeliefert. Er wagte es nicht einmal, in einem Restaurant zu essen. Das provozierte nur Ärger – Verhaftung, ein Messer im Rücken, einen Kopfschuss.

Im Hotel blätterte er in einem alten Telefonbuch, das im Foyer herumlag. M wie Mesic. In Melbourne stand dieser Name für eine Gruppe Schmalspurganoven, deren Gütesiegel brutale Gewalt war. Er hatte gehört, dass die Mesics in einer Festung in Templestowe residierten, und da waren sie auch schon: Mesic K. & L., Telegraph Road 11. Die Mesics waren Wyatt ein Dorn im Auge, er wollte ihnen eine Lektion erteilen und er wollte sein Geld zurück. Morgen würde er sich die Gegend ansehen. Dazu brauchte er einen neuen Wagen. Es war ziemlich riskant, jeden Tag ein anderes Auto zu klauen, aber er hatte niemand mehr, den er hätte um Hilfe bitten können.

Er versuchte zu schlafen, fühlte sich matt und wie in Watte gepackt. Doch es war unmöglich, das Kreischen der Straßenbahnen und das dumme Gelächter der Touristen zu ignorieren, das Gegröle, wenn die Gäste aus den umliegenden Pubs taumelten und nach ihren Autos suchten. Immer, wenn er aus dem Schlaf hochschreckte, glaubte er zunächst, es sei der Lärm, aber dann schien sich jedes Mal diese Qual am Rande seines Bewußtseins davonschleichen zu wollen, wie die Spur eines beunruhigenden Traumes, an den man sich nur noch vage erinnert. So lag er über längere Strecken wach, angespannt und unruhig. Die ersten Straßenbahnen verschlief er, doch gegen acht Uhr schrillte jede Minute eine unterm Fenster vorbei. Unausgeschlafen und innerlich aufgewühlt begann er den Tag.

Er suchte nach einem Wagen, den niemand so schnell vermissen würde. Gegenüber des Abbey war eine Tankstelle. Während des gesamten Morgens beobachtete er die Vorgänge dort von seinem Hotelfenster aus. Es herrschte lebhafter Betrieb, ein ständiges Rein und Raus, tanken, Ölwechsel, kleinere Reparaturen. Hatten die Mechaniker die Arbeit an einem Wagen beendet, stellten sie ihn auf einem kleinen Hof neben der Tankstelle ab und warfen die Schlüssel unter den Fahrersitz. Eine für Wyatt interessante Beobachtung. Gegen elf Uhr rollte ein großer Tankwagen heran, um die unterirdischen Benzinreservoirs aufzufüllen. Er bot Sichtschutz und lenkte die Mitarbeiter für kurze Zeit ab. Das war Wyatts Chance. Mit einem Satz war er aus dem Hotel und auf der anderen Straßenseite, sprang in einen Datsun und fuhr seelenruhig davon.

Jetzt ging es ihm besser. Pläne entwickeln und erfolgreich ausführen bedeutete Arbeit, und die beherrschte er. Doch diese Stimmung war nicht von Dauer. Er ertappte sich dabei, wie er mit gesenktem Kopf und hochgezogenen Schultern den Wagen steuerte, als wäre jeder Autofahrer, jeder Fußgänger dieser Stadt darauf gedrillt, ihn zu erkennen und Alarm zu schlagen oder aus einem heruntergekurbelten Seitenfenster eine Waffe auf ihn zu richten.

Eine halbe Stunde später hielt er an einem Coffeeshop in der Williamson Road und bestellte einen Kaffee und ein Käsesandwich. Machte vier Dollar. Er erkundigte sich, wie er zur Telegraph Road kam, und fuhr weiter.

Telegraph Road war ein breites, selbstgerecht wirkendes Band aus pechschwarzem Asphalt mit hellgrauen Bordsteinen, das sich sanft den Hügel hochwand. Die Häuser standen weit zurückgesetzt von der Straße, umgeben von dichten Hecken und hohen Backsteinmauern. Sie waren hässlich, Zeugnisse des schlechten Geschmacks ihrer Bewohner, die außer ihrem schnell erworbenen Reichtum nichts zu bieten hatten.

Er fand Nummer elf. Alles vermittelte hier den Eindruck, als würden die Mesics das Gelände noch nicht lange bewohnen. Sie hatten einen Hektar Dreck gekauft und daraus ein Herrenhaus machen wollen. Künstlich aufgeschüttete Terrassen, junge Bäume, eine Garage und zwei kitschige Backsteingebäude mit Kolonnaden, die an Zahnlücken erinnerten und den Fronten der Gebäude ein Grinsen verliehen. Das Ganze wurde von einem etwa drei Meter hohen elektrischen Zaun geschützt.

Der Ort wirkte verlassen. Ein Einbruch schien unproblematisch. Die benachbarten Häuser waren von Bäumen umgeben, es gab mehrere Ausgänge und kein Wachpersonal, nicht einmal einen Hund. Da drin war sein Geld. Dreihunderttausend Dollar. Das würde ihm wieder auf die Beine helfen, ihn in die Lage versetzen, ein Haus zu kaufen, von wo aus er in Ruhe den nächsten großen Job planen könnte. So wie früher.

Doch es war zwecklos. Selbst wenn er die Zeit und die finanziellen Mittel hätte, niemals könnte er einen Bruch bei den Mesics allein durchziehen. Ebenso wenig konnte er eine Gang zusammenstellen, es gab niemanden mehr, dem er vertraute. Alle wollten ihm ans Leder. Melbourne war zu heiß. Victoria war zu heiß. Vielleicht konnte er in sechs Monaten zurückkommen, vielleicht auch erst in einem Jahr.

Wyatt fuhr zurück in die Stadt. Ihm kam eine Idee. Keine neue, aber eine unsinnige Idee, geboren aus der Verzweiflung, deshalb hatte er sie immer verworfen. Jetzt ließ er sie zu, und sie verdichtete sich langsam zu einer Möglichkeit.

Auf seiner Farm auf der Mornington-Halbinsel waren Geld und eine Waffe versteckt, und zwar sehr gut. Selbst wenn die Polizei und neugierige Reporter das Haus auf den Kopf gestellt haben sollten, konnte er sich nicht vorstellen, dass sie das Versteck gefunden hatten. Das Haus mit dem wundervollen Blick auf das Meer und Phillip-Island. Sie konnten das Versteck nicht gefunden haben. Es war seine letzte Chance.

Sieben

Vor sechs Wochen war Stolle eingestiegen, mit dem, was die Kundin ihm hatte liefern können: den bürgerlichen Namen, Wyatt, und Lake, einen Namen, den er gelegentlich benutzte; dann eine alte Adresse, eine Beschreibung und die Namen zweier Männer, mit denen er kürzlich noch zusammengearbeitet hatte. Beide waren tot. Ein Foto gab es nicht.

Die Personenbeschreibung, die die Kundin abgegeben hatte, war präzise und detailliert, aussagefähiger als das, was er normalerweise zu hören bekam.

»Wyatt ist groß, hat dunkles Haar und dunkle Augen, einen verschlossenen, mitunter sogar schwermütigen

Gesichtsausdruck, als wäre er ständig auf der Hut. Oder einsam. Können Sie damit was anfangen?«

»Sie machen das ganz hervorragend«, hatte er ihr versichert. »Erzählen Sie weiter.«

»Er ist schlank und doch kräftig. Seine Bewegungen sind elegant und fließend.« Sie errötete nicht einmal. »Ein bisschen wie John Cassavetes, der Schauspieler, wenn auch nicht ganz so von sich eingenommen. Er kann sich blitzschnell seiner Umgebung anpassen. Ist er unter Rechtsanwälten, wird er selbst zu einem. Inmitten einer Gruppe von Hafenarbeitern wird er von denen nicht zu unterscheiden sein. Eine Brille, andere Kleidung, das Haar ein wenig anders gekämmt, man muss zweimal hinschauen, um ihn wiederzuerkennen.«

Das kann ja heiter werden, hatte sich Stolle gedacht. »Und warum sind Sie hinter ihm her?«

Die Frau war seinem Blick ausgewichen. Ein sicheres Zeichen, dass sie es mit der Wahrheit nicht so genau nehmen wollte. »Es ist zu seinem Vorteil. Und vor allem: Es eilt. Er muss bis spätestens Mitte November in Brisbane sein.«

Rechtsanwältin? Stolle war sich nicht sicher gewesen. Er hatte ein paar Takte gewartet, dann vorsichtig gefragt: »War er im Knast? Vielleicht auf Bewährung? Ist die Polizei hinter ihm her?«

Sie hatte ihm einen vernichtenden Blick zugeworfen. Stolle stand nicht auf Brünette, er bevorzugte langbeinige, lockere Blondinen. Die klassische Blondine ist in der Regel freizügig und unkompliziert. Allerdings, so hatte er einräumen müssen, hatte diese Frau aus Brisbane einiges zu bieten, angefangen bei den schlanken Fesseln bis hin zu ihrem fein geschnittenen Gesicht und dem tiefschwarzen Haar. Sie weiß, was sie will, und bekommt es auch, hatte sich Stolle gedacht. Ihre einzige Schwachstelle scheint dieser Wyatt zu sein.

»Ich kann auf Ihre Diskretion zählen?«

»Inwiefern?«

»Finden Sie ihn und erzählen Sie niemandem, dass ich Ihnen den Auftrag erteilt habe. Dann bekommen Sie zehntausend extra. Bar auf die Hand.«

»Zehn Riesen?«

»Wenn Sie ihn mir in Brisbane übergeben. Ich sollte jedoch noch erwähnen, dass er knallhart und gefährlich ist. Wenn Sie's ausplaudern, wird er Sie früher oder später drankriegen. Auch vom Gefängnis aus.«

»Ich mag es nicht, wenn man mir droht«, hatte Stolle sich empört.

»Keiner droht Ihnen. Ich erwähne nur, wozu er fähig ist, und möchte, dass Sie Ihre Arbeit machen, das ist alles.«

Stolle hatte nur mit den Achseln gezuckt, okay gesagt und die fünftausend Dollar Vorschuss eingesteckt, die sie ihm mit den Worten: »Das ist für Sie, egal, ob Sie ihn finden oder nicht«, überreicht hatte.

»Sehr großzügig von Ihnen.«

Sie hatte die Ironie bemerkt und ihn unwirsch angesehen. »Hier sind noch einmal fünftausend. Sagen Sie ihm, sie sind für ihn, wenn er Sie nach Brisbane begleitet. Und sagen Sie ihm auch, dass noch mehr drin ist. Sind wir im Geschäft?«

»Sind wir.«

Ihr abschätzender Blick hatte sich auf ihn geheftet. Er hatte zurückgestarrt und überlegt, ob möglicherweise eine Erbschaftsangelegenheit dahinter steckte. Sollte dieser Wyatt hingegen polizeilich gesucht werden, wäre das ein Druckmittel, um noch eine Prämie auszuhandeln. Die schöne Lady aus Brisbane war ganz allein hergekommen. »Wenn Sie noch eine Weile in der Stadt sind, wie wär's mit ein wenig Abwechslung?«

Sie hatte gelacht. »Mr. Stolle!«

Das hatte ihn ermutigt, ihr ein Rendezvous abzuringen, ihm aber nur vierzig Minuten in einer sündhaft teuren Cocktailbar eingebracht und sonst nichts. Mit einem merkwürdigen Gefühl der Enttäuschung war er nach Hause gegangen. Am nächsten Morgen war sie zurück nach Brisbane geflogen und er hatte Mostyn und Whitney auf den Fall angesetzt.

In der Tat, Wyatt war nicht untätig gewesen, und so hatte er nicht nur einige Leichen im Schlepptau, er hatte auch für Stimmung in der Unterwelt gesorgt. Es waren durchaus Leute bereit gewesen, mit Stolle zu reden, doch sie wussten nichts. Die Polizei hatte Fingerabdrücke, von denen sie lediglich annahm, dass es Wyatts waren. Bisher wurde er noch nie festgenommen, also auch nicht erkennungsdienstlich behandelt. Der Mann schien weder Freunde noch Familie zu haben.

Es ging das Gerücht, seine Karriere habe während des Vietnamkriegs begonnen, wo er nicht nur einen amerikanischen Stützpunkt um den gesamten Sold erleichtert, sondern auch Pokerrunden mit Schwindel erregenden Einsätzen überfallen haben soll; später habe er Jeeps, Funkgeräte und Waffen auf dem Schwarzmarkt verhökert. Als Stolle dies jedoch in Canberra überprüfen ließ, fand sich kein Hinweis in den Unterlagen von Armee, Luftwaffe oder Flotte. In vier australischen Bundesstaaten wurde er wegen einer Reihe von Überfällen und

Morden gesucht. Da Wyatt jedoch jenseits jeglicher Form organisierter Kriminalität operierte, tappten die Ermittler im Dunkeln.

Zudem hatte er nicht einmal nennenswerte Leidenschaften. Jeder, der mich sucht, dachte Stolle, würde sein Augenmerk auf Spielcasinos richten und mich früher oder später kriegen.

Mostyn und Whitney hatten Schwein gehabt. Sie wussten, dass er in einen anderen Bundesstaat geflohen war. Zurückgeblieben waren ein Haus und eine falsche Identität; die Spur hatte sich verloren, bis der Überfall auf den Lohngeldtransporter nördlich von Adelaide Schlagzeilen machte. Sie waren clever genug, um ihn am Mt. Gambier aufzuspüren. Sie waren aber nicht clever genug, was ihre Geldgier betraf.

Nun war Wyatt abermals abgetaucht, und er würde doppelt so vorsichtig und doppelt so schwer zu finden sein.

Entweder stolper ich zufällig über ihn, dachte Stolle, oder jemand liefert ihn den Cops aus.

Oder er macht einen Fehler.

Stolle zog einen Hotelführer des Bundesstaats Victoria aus dem Regal. Und mehrere Landkarten. Dann wählte er eine Nummer.

Acht

Wyatt hatte sein Haus einfach nur ›die Farm‹ genannt. Doch irgendein Immobilienmakler musste in der Zwischenzeit das alte Messingschild an der Mauer neben dem Tor poliert haben, auf dem jetzt ›Blackberry Hill

Farm‹ deutlich zu lesen war. Er ließ den Datsun ausrollen und hielt neben dem auffälligen Anschlag, auf dem die Versteigerung für nächsten Mittwoch, ein Uhr bekannt gemacht wurde. Heute war Montag. Auf dem Plakat fand er sein früheres Eigentum aufgelistet: ein Farmhaus mit Schindeldach, fünfzig Hektar Weide und Buschland, das von einem Bach durchzogen wurde, einige gut erhaltene Stallungen, alles mit Blick auf Phillip-Island und nur sieben Minuten entfernt von dem Küstenstädtchen Shoreham.

Das Plakat daneben kündigte einen Räumungsverkauf an, am selben Tag, aber eine Stunde früher. Möbel, Küchengeräte, die Schätze seines Weinkellers, Gemälde, Werkzeug, der Massey-Ferguson-Traktor, eine Rover-Mähmaschine. Die .45er Colt Automatik war nicht auf der Liste. Ebenso die zweitausend Dollar. Es stand auch nirgends, wem das Grundstück gehört hatte und warum die Immobilienfirma es ›im Auftrag der Bundesstaatsanwaltschaft‹ veräußerte.

Wyatt legte den Gang ein und fuhr weitere fünfzig Meter auf der holperigen Straße. Er gelangte an die Auffahrt; gesäumt von Zypressen, endete sie nach einer kleinen Kurve vor der Eingangstür des Hauses. Doch bis dorthin kam er gar nicht erst. Man hatte an der Auffahrt ein neues Tor installiert, das mit schweren Ketten und Schlössern gesichert wurde. Er kletterte nicht hinüber. Nicht, weil er fürchtete, die Polizei würde das Haus beobachten, sondern wegen der Nachbarn.

Wyatt trug einen recht passablen Anzug aus einem Secondhandshop und eine Sonnenbrille, und er hatte sich die Haare nach hinten gekämmt. Schwieriger war das mit seinem federnden Gang, dieser Koordination von Körper und Gliedmaßen, die für die Leute hier wie ein Daumenabdruck war. Leute, die seine Gegenwart früher akzeptiert hatten, bevor er sich auf diese Schießerei hinten in den Kiefernwäldern einlassen und einem Cowboy-Punk aus Melbourne den Hinterkopf wegpusten musste.

Er fuhr langsam am Zaun entlang und überblickte das Gelände. Zwanzig oder dreißig Ibisse schritten pickend über den sumpfigen Boden am Fuße seines Hügels. Jemand hatte eine Schneise durch das dichte Gestrüpp und die Brombeerbüsche geschlagen. Der Dachfirst hatte neue Farbe bekommen und das Scheunentor war leuchtend rot gestrichen. In der Scheune hatte Wyatt früher einen Wagen untergestellt, Kühler Richtung Tor, Ersatzschlüssel auf dem Armaturenbrett, bereit für einen schnellen Aufbruch. Jetzt würde sich wahrscheinlich irgendein Rechtsverdreher die Farm unter den Nagel reißen, seinen allradbetriebenen Geländewagen mit Klimaanlage dort parken und das Ganze von der Steuer abschreiben.

Wyatt fuhr den Weg, den er gekommen war, wieder zurück. Obstplantagen und Farmhäuser auf kleinen Hügeln flogen an ihm vorbei Richtung Meer. Das Land, durchzogen von schmalen Hecken, Trampelpfaden und Kiefernreihen, war eine Gegend, wo man sich zurückziehen und die verschiedenen Vogelarten an ihren Stimmen unterscheiden lernen konnte; und man wurde von den Nachbarn in Ruhe gelassen. Dieses Leben war ein Teil von ihm geworden, ermöglicht durch nur einen einzigen Job: den Goldbarrenraub am Flughafen von Melbourne vor fünf Jahren. Er brauchte wieder so etwas, ein neues Refugium, das er nur ein oder zwei Mal im

Jahr verließ, um einen Job mit genügend Geld an Land zu ziehen, um dann wieder zu verschwinden.

Zunächst aber brauchte er die .45er und er brauchte diese zweitausend Dollar.

Wenn alles noch da war.

Wenn die Bullen es nicht schon weggeräumt hatten. Es gab jedoch keinen Grund, davon auszugehen.

Auf Nebenstraßen fuhr Wyatt nach Frankston und mietete sich in einem Trailerpark ein. Fünfundzwanzig Dollar, eine verdreckte Toilette und ein schmieriges Duschhaus inklusive, dazu das ständige Kommen und Gehen motorisierter Kunden des Rotlicht-Vans zwei Wohnwagen weiter. Er lag in der Koje und blendete alles um sich herum aus. Am Mittwoch würde sich eine größere Menschenmenge zum Räumungsverkauf einfinden, die sich auch die Auktion nicht entgehen ließe. Es war bereits Ende Oktober und es würden Käufer kommen, die ein Sommeridyll am Meer suchten. Dann die Gaffer, angelockt durch die blutigen Aspekte eines Verbrechens, und die Nachbarn, neugierig darauf, was denn wohl so ein Hausstand einbringt.

Es könnten auch Cops dabei sein, die sich fragten, ob Sentimentalität ihn zur Rückkehr bewegen könne.

Die Bullen wussten nicht genau, wie er überhaupt aussah. Sie sollten kein Problem sein.

Das Problem waren die Nachbarn, Jungs wie Craig von der Farm nebenan. Wyatt musste etwas mit seinem Gesicht machen, an seinem Gang arbeiten, um sich unbemerkt bewegen und die Verstecke inspizieren zu können. Es würde ihm sofort auffallen, wenn jemand sie entdeckt haben sollte. Dann würde er verschwinden.

Wenn nicht, würde er zurückkommen, wenn der

Hokuspokus vorüber war, würde seine Waffe nehmen und das Geld, von dem er hoffte, es werde ihm helfen, die Zeit bis zum nächsten großen Job zu überbrücken.

Neun

Wyatt sah sich vor drei Aufgaben gestellt – er musste aussehen wie einer von ihnen, er musste neugierige Augenpaare von sich ablenken und er musste diejenigen, die dennoch genauer hinschauten, irritieren.

Die erste Aufgabe war leicht. Er war sonnengebräunt, zumindest im Gesicht und an den Armen – und mehr sah man sowieso nicht –, und seine Hände waren im Verlauf seines Nomadenlebens rau und rissig geworden. Dann noch verschossene Khakihosen, ein abgetragenes Armeehemd mit durchgescheuertem Kragen, alte, ausgelatschte, aber auf Hochglanz gebrachte braune Halbschuhe und ein Filzhut mit Schweißrändern. Eine Investition von nur achtzehn Dollar in einem Laden der Heilsarmee machte aus Wyatt einen hiesigen Hinterwäldler. Er sah nun aus wie einer, der sich durch Brombeerhecken kämpft, Pferdetröge sauber hält, Jungtiere entwöhnt, um sie finanzkräftigen Anwälten aus der Queen Street auszuliefern, die am Wochenende auf die Halbinsel fuhren, um ihre Töchter aufs Pferd zu setzen.

Seine Größe und sein Gang waren ein Problem. Er entschied sich für einen Stock – ein lahmes Bein, das war's.

Was blieb, war sein Gesicht. Zwar wurde es von dem Hut verdeckt, aber das schmale, markante Ensemble aus Augen, Mund und knochiger Nase, dieser ernste, mitunter abweisende Gesichtsausdruck könnten jemandem dort bekannt vorkommen. Wyatt entschied sich für eine Doppelstrategie: Am Mittwochmorgen rasierte er sich nachlässig, ließ am Hals und im Gesicht jede Menge Bartstoppeln stehen, und er trainierte Nasenatmung, wobei er die oberen Schneidezähne auf die Unterlippe setzte. Das verlieh ihm einen sanften, aber auch leicht debilen Anstrich.

Gegen elf Uhr checkte er aus dem Trailerpark aus. Hemd, Hose, Hut und Stock lagen im Auto; die letzten beiden Tage hatte er Jeans und T-Shirt getragen und er wollte jetzt unter keinen Umständen auffallen. Hinter Frankston steuerte er eine kleine Seitenstraße an und zog sich um.

Die Zufahrtswege zu seiner Farm und die Auffahrt waren nahezu verstopft, parkende Autos, Traktoren und Landrover standen kreuz und quer inmitten der Zypressen. Erst mehrere hundert Meter weiter fand Wyatt eine Parkmöglichkeit. Auf seinen Stock gestützt, humpelte er dann zurück zu seinem einstigen Haus. Halb zwölf. In etwa zwanzig Minuten würden sich die versprengten Haufen zu einem großen zusammenrotten und dem Auktionator wie eine Herde folgen.

Er schob sich an ihnen vorbei. Niemand achtete auf ihn. Blieb ein Blick an ihm hängen, drückte er kaum mehr als Gleichgültigkeit, bestenfalls vermischt mit einer Spur Mitleid, aus. »Er hatte ganz hübsche Sachen«, bemerkte eine Frau im Vorbeigehen und ihre Finger streichelten ein Sideboard aus Walnussholz. Sie schien irritiert, als wäre ein Killer mit Hang zu schönen Dingen für sie unvorstellbar. Wyatt humpelte weiter. Er kannte jeden Fleck, jeden Kratzer seiner Möbelstücke, aber hier draußen, unter freiem Himmel, wirkte alles herrenlos und schäbig.

Er ging um das Haus herum. Die Leute waren sensationslüstern, und plötzlich empfand er Hass für sie. Wo sie jetzt standen, hatte ein Krimineller, ein Mörder gelebt und das elektrisierte sie; ihre Hände wurden feucht und unverhohlene Neugier lag in ihren Blicken. Wyatt ließ seine Augen umherwandern, war auf der Suche nach dem Gesicht, dass nicht hineinpasste, dem Gesicht desjenigen, der seine Tarnung auffliegen lassen könnte. Ohne Ergebnis.

Jemand läutete eine Glocke und der Auktionator bat um Aufmerksamkeit für Versteigerungsobjekt Nummer eins: sechzig Flaschen edlen Mornington-Rotweins. Wyatt hielt sich im Hintergrund und verdrückte sich dann zu den Nebengebäuden, ein Farmer, der sich für richtiges Werkzeug und Maschinen interessiert, nicht für diesen extravaganten Kram.

Sein Weg führte ihn zur alten Milchkammer, einer uralten Holzkonstruktion, voller Spinnweben, mit windschiefen Wänden und einem vom Rost zerfressenen Wellblechdach. Er schlüpfte hinein. Sollte er hier auf jemanden treffen, würde er spontan eine liebenswürdig-verlegene Unterhaltung in Gang setzen. Doch die Milchkammer war leer. Er ging hinüber zu den Melk-Boxen. Die Unebenheit des Bodens verriet ihm, dass die Cops die Steinplatten hoch genommen hatten. Selbst an den Wänden hatten sie sich zu schaffen gemacht und so Myriaden von Rotspinnen und vertrockneter Insektenhüllen aus über einem Jahrhundert zutage gefördert. Nur die Trennpfosten hatten sie vergessen. Wyatt reckte sich, griff an die Kante und tastete nach der kleinen Plastiktüte mit den Banknoten im Hohlraum des Pfostens.

Plötzlich hörte er Schritte. Jemand pfiff. Wyatt fuhr herum und ging hinüber zur Tür. Im Gegenlicht der Sonne stand eine Gestalt. Wyatt nickte freundlich mit dem Kopf. »Schönen Tag auch«, sagte er und humpelte an dem jungen Mann vorbei ins Freie. Der war etwa Mitte zwanzig, trug Jeans, eine Baseballkappe, schwarze Nikes und schien ziemlich gelangweilt. Niemand von Bedeutung, dachte Wyatt, während er zur Pumpe ging. Der Typ stolperte unterdessen etwas verloren durch die alte Milchkammer.

Der Vorfall machte deutlich, dass es besser war, Geld und Waffe erst nach Ende der Auktion zu holen.

Kein Mensch an der Pumpe weit und breit. Die unterirdisch mit einem Regenwasserspeicher verbundene, elektrisch betriebene Wasserpumpe befand sich in einem Holzschuppen. Fiel der Wasserdruck im Haus, schaltete sich die Pumpe automatisch ein. Auf seinen Stock gestützt, betrachtete Wyatt das Gerät eingehend. Es stand auf einem Metallsockel, der mit Bolzen im Zementboden verankert war und rechts und links eine Klappe hatte. Die Pistole lag in einem Hohlraum darunter. Rund um die Pumpe die alte, dicke Staubschicht, ein Zeichen, dass niemand hier nach etwas gesucht hatte.

Auf einmal sprang der Motor der Pumpe an und kam schnell auf Touren. Möglich, dass jemand im Haus einen Wasserhahn geöffnet hatte. Vielleicht kochte sich der Auktionator gerade eine Kanne Tee, oder eines der Kinder spielte in der Waschküche an den Armaturen herum. Unvermutet spürte Wyatt einen stechenden Schmerz unterhalb der rechten Achsel; der erste Hinweis, dass er nicht mehr allein war. Er erstarrte. Der Schmerz wurde stärker und Wyatt spürte, wie der Stoff seines Hemdes unter der Klinge riss. Wyatt richtete den Blick nach unten und dann zur Seite auf ein Paar schwarze Nikes.

»Schön, dich zu sehen, Wyatt. Das erspart es mir, hier alles auf den Kopf zu stellen.«

Zehn

Wäre es ein Revolver gewesen, hätte Wyatt sich gewehrt. Niemand riskierte einen Schuss vor achtzig Ohrenzeugen. Aber es war ein Messer, und Wyatt war wie gelähmt vor Angst. Als Halbwüchsiger war er einmal niedergestochen worden. Mitglieder der Comets, einer Jugendgang im Viertel, hatten ihn in die Enge getrieben, weil er sie mit seinem Einzelgängertum bis aufs Blut gereizt hatte. Er hatte sich zu spät weggedreht und schon hatte ihn die Klinge eines Messers gestreift. Zwar war es nur ein oberflächlicher Schnitt am Bauch gewesen, der nicht einmal stark geblutet hatte, aber es hatte wie Feuer gebrannt; seine Nerven hatten ihm dann den Rest gegeben und er hatte kotzen müssen. Während einer Patrouille in Vietnam war es ein unbedachter Schritt im dichten Bambus gewesen, und schon hatte ein Panjeemesser seine Wade aufgeschlitzt. Messer paralysierten ihn, also verharrte er reglos, dachte an die Klinge, die sich zwischen seine Rippen bohren würde, sollte er versuchen, sich zu wehren.

»Hat dir wohl die Sprache verschlagen, was?«

»Was willst du?«

»Was ich will? Was glaubst du wohl? Dasselbe wie du natürlich!«

Wyatt schwieg. Es war schon vorgekommen, dass der

eine oder andere Scheißer geglaubt hatte, er habe seine Beute irgendwo gebunkert.

»Du verschwendest nur deine Zeit. Hier ist nichts zu holen.«

»Sicher, Mann. Du bist nur aus Sentimentalität zurückgekommen.«

»Das bisschen Geld ist kaum der Rede wert.«

»Komm mir ja nicht so, Panzerknacker. Hinter deinem Arsch ist halb Australien her. So ohne weiteres würdest du kein Risiko eingehen. Und jetzt umdrehen.«

Vorsichtig drehte sich Wyatt um die eigene Achse und erwartete, gleich das Gesicht des Mannes zu sehen; doch der drehte sich mit ihm, während der Druck der Klinge unvermindert anhielt.

»Wohin geht die Reise?«

»Wir verstecken uns, bis alles vorüber ist. Dann zeigst du mir, wo die Kohle deponiert ist.«

Die Haushaltsauflösung war bereits abgeschlossen und die Versteigerung der Farm in vollem Gange. Achtzig Rücken wandten sich ihnen zu, als Wyatt und der Typ den Schuppen verließen. Wyatt unternahm nicht einmal den Versuch wegzurennen. Er wusste, dass sein Körper ihn verraten würde, bevor er auch nur einen Schritt gemacht hatte, und dass ein Stich mit dem Messer die Antwort wäre. Ebensowenig wollte er Staub aufwirbeln, also verzichtete er auf den Einsatz seines Stocks. Er kam der Aufforderung nach und ging voran, bis sie den Kiefernwald am Fuße des Hügels erreicht hatten.

Dort blieb er stehen. Sofort bohrte sich das Messer tiefer hinein. »Weiter.«

Wyatt bewegte sich vorwärts. Er fühlte etwas Feuchtes auf der Haut: Blut lief an der Seite hinunter und sammelte sich am Hosenbund. Der Schnitt war weder tief noch besonders schmerzhaft, ließ jedoch keinen Zweifel an den Absichten des Mannes aufkommen.

»Hier bleiben wir. Wirf die Krücke weg.«

Der Stock flog über eine Pflanzung junger Bäume. Sie befanden sich auf einer kleinen Lichtung. Der Geruch von Harz lag in der klaren Luft und von der Auktion drangen Wortfetzen zu ihnen herüber. Die alten Kiefern standen dicht an dicht und hatten dem ohnehin schon kargen Waldboden auch noch die letzten Nährstoffe entzogen. Unter Wyatts Schuhsohlen knisterten Kiefernnadeln. »Runter auf den Bauch!«, befahl der Typ, und Wyatt legte sich auf den Boden. Ein Käfer krabbelte näher und verharrte kurz an seinem Daumen. Wyatt spürte den festen Druck eines Nike-Schuhs auf seinen Lendenwirbeln.

Vor drei Monaten hatte er in genau diesem Wäldchen einen Mann erschossen. »Wie heißt du?«, fragte Wyatt.

Der Typ antwortete mit einem heiseren Lachen, dann sagte er: »Wie schmeckt dir Finn?«

Vor drei Monaten hatte Wyatt auch die Kanzlei eines Anwalts namens Finn ausgeraubt. Der Job, den Anna Reid ins Rollen gebracht und mit dem er sich in den Schlamassel geritten hatte, in dem er nun steckte. »Der Name sagt mir was.«

»David war mein Bruder. Man könnte also behaupten, dass die Sache nicht nur einen finanziellen, sondern auch einen persönlichen Aspekt hat.«

Beide schwiegen. Die Stimme des Auktionators war verstummt und man hörte die Geräusche abfahrender Autos. »Drüben werden sie jetzt den Papierkram erledigen«, sagte Finn. »So lange warten wir hier.«

Eine halbe Stunde später stieß er Wyatt mit dem Fuß an. »Los geht's.«

Sie stiegen den Hügel hinauf zur Farm. Der Boden rund um das Haus und die Schuppen zeugte von der Gegenwart von achtzig Besuchern: Papierfetzen, Müll, zertretene Pflanzen. Alle Autos waren weg. Sie waren allein. Zufrieden schob Finn Wyatt in die Milchkammer.

»Hier warst du zuerst drin. Das Zeug ist hier gebunkert, stimmt's?«

Von Anfang an hatte etwas Drohendes in Finns Stimme gelegen. Wyatt wusste, dass es gefährlich war, auf Zeit zu spielen. Der Knabe würde nicht zögern, ihm das Messer so lange zwischen die Rippen zu bohren, bis er redete. Und er würde seine Freude daran haben. »Dort«, sagte Wyatt und zeigte auf den Pfosten.

»Hol's runter.«

Wyatt streckte sich und griff nach oben, zerrte die Plastiktüte mit dem Geld hervor und drehte sich vorsichtig um. Jetzt sah er Finn zum ersten Mal. Kompakte Gestalt mit leichtem Stiernacken, kleine Hände, dünne Unterarme und ein Dutzendgesicht.

Wortlos übergab Wyatt das Geld.

Finn nahm die Tüte und trat einen Schritt zurück. Das Messer hielt er noch in der Hand und fuchtelte damit in der Luft herum. Wyatt beobachtete, wie er einen verstohlenen Blick in die Tüte warf. Es war ein Bündel Hunderter, zusammengehalten mit einer Büroklammer. Etwa zwanzig Scheine, nichts, was fett in der Hand lag. Ungläubig blickte Finn ihn an. »Wo ist der Rest?«

»Ich hab dir gesagt, es ist nicht der Rede wert. Es gibt keinen Rest.«

Finn machte einen Schritt auf Wyatt zu und knurrte:

»Ich glaub dir kein Wort, Arschloch. Ich wette vielmehr, dass du auf der ganzen Farm mal hier, mal da was versteckt hast. Hab ich Recht?« Er machte eine Kopfbewegung. »Los, Arschgesicht, wir schauen uns die Pumpe an.«

Finn hatte bereits zwei Fehler gemacht. Er hatte Wyatt gestattet, sich umzudrehen, und er hatte die Beherrschung verloren. Seine ganze Wut schien sich jetzt in der Hand zu konzentrieren, die die Geldscheine hielt. Er schlug Wyatt die Lappen ins Gesicht und vergaß dabei die Hand, die das Messer umklammerte. Wyatt nutzte diese Chance und trat mit seinem rechten Fuß dagegen. Es folgte ein weiterer Stoß mit der harten Kappe seines Schuhs gegen Finns Knöchel. Finn heulte auf und fiel zu Boden. Wimmernd umklammerte er den Fuß mit beiden Händen.

Doch dieser Zustand würde nicht von Dauer sein. Er war jung und das Messer lag griffbereit an seiner Seite. Wyatt steuerte auf die Tür zu, machte einen Satz, als Finn ihn mit dem Messer attackieren wollte. Ihm blieben höchstens dreißig Sekunden, um eine der Klappen am Sockel zu öffnen und die Automatik aus ihrem Versteck zu ziehen. Sollte der Zahn der Zeit an den Schraubenmuttern genagt haben, wäre sowieso alles zu spät.

»Wyatt!«, brüllte es hasserfüllt hinter ihm. Wyatt war bereits in dem schummrigen Schuppen, kniete sich hin und tastete den Sockel ab. Irgendetwas stimmte nicht. Anstelle der Klappe war ein Loch. Und anstelle der Automatik fühlte er nur Staub und Dreck.

»Suchen Sie etwa das hier?«

Wyatt stand auf und blickte in die Richtung, aus der die Stimme kam. Als Erstes sah er seine Pistole, dann die

Hand, die sie hielt, und zuletzt denjenigen, zu dem die Hand gehörte. Er war groß, hatte ein hageres, undurchdringliches Gesicht, ein Gesicht wie eine Maske. »Stolle mein Name. Regel Nummer eins, Wyatt: Komm niemals zurück.«

Elf

Kurz darauf hörte man, wie jemand auf den Schuppen zustolperte. Stolle verzog sich wieder hinter die Tür, als Finn auftauchte und sich an den Türrahmen klammerte. Sein Gesicht war schmerzverzerrt und Hass schien ihm den Atem zu nehmen. Er zerhackte die Luft mit wütenden Messerhieben und wollte sich auf Wyatt stürzen.

»Hey, hier bin ich!«, rief Stolle.

Abrupt hielt Finn inne und drehte sich in Stolles Richtung. Er lief direkt auf die Waffe zu, deren Lauf sich aus der Dunkelheit schälte. Stolle feuerte. Es war ein Schuss aus kürzester Distanz und Wyatt vernahm ihn nur als einen erstickten Seufzer. Die Wucht riss Finn zurück, als hätte er einen Schlag bekommen, und er prallte gegen die Wand. Dort brach er zusammen und starb.

Wyatt blieb in der Hocke und ließ die Pistole nicht aus den Augen. Sie wurde auf ihn gerichtet. Er fixierte den Finger am Abzug, der Mann trug Latexhandschuhe. Wyatt sann nach einem Ausweg. Es gab keinen.

»Wollen Sie sich nicht bei mir bedanken?«, Stolle grinste höhnisch.

Wyatt gab keine Antwort. Er verharrte in seiner Position und spannte die Beinmuskeln an.

»Hier, zum Zeichen meiner Friedfertigkeit.« Stolle

lockerte den Arm, und plötzlich zeigte der Griff der Waffe auf Wyatt. Stolle warf sie ihm zu und Wyatt fing sie auf. Es war ein Reflex. Er wurde bedroht, also musste er die Quelle der Bedrohung eliminieren. Wie von selbst fand der Griff seine natürliche Position in Wyatts rechter Hand – ein Ablauf so spontan wie Atmen. Wyatt stieß Stolle den Lauf in den Leib und drückte ab.

Nichts geschah.

Stolle grinste amüsiert. Er liebte es zu grinsen. Nun klopfte er auf seine Jackentasche. »Hab nur eine im Magazin gelassen, Sportsfreund, die ist nun vergeben. Ein Schuss reicht für meinen Geschmack.«

Wyatt wartete ab. Früher oder später würde Stolle weiterreden. Er würde unterdessen versuchen, in die Mitte des Raums zu gelangen.

Von der Tür aus verfolgte Stolle jede seiner Bewegungen mit den Augen. Das Grinsen erstarb. »Und jetzt reden wir mal Klartext. Jemand brennt darauf, Sie wiederzusehen.«

»Sie haben mir die beiden Lachnummern auf den Hals gehetzt.«

»So ist es.«

»Sie haben's vergeigt.«

»Immerhin haben sie's geschafft, Sie zu finden.«

»Kommen Sie zur Sache.«

»Sie machen mit mir eine Reise nach Brisbane und bekommen von der Auftraggeberin fünf Riesen Vorschuss.«

Wyatt starrte ihn an. »Sonst noch was?«, fragte er.

»Ja, noch mehr Geld, wenn Sie da sind. Mehr weiß ich nicht. Sie sagt, es sei dringend. Vielleicht ist die Kohle auch futsch, wenn Sie nicht gleich antanzen.«

»Vergessen Sie's.«

»Prima«, sagte Stolle. »Eine vernünftige Überlegung. Wir haben hier eine Leiche und Sie haben die Tatwaffe. Noch dazu werden Sie in halb Australien von den Bullen gejagt, auf Ihren Kopf ist ein Haufen Geld ausgesetzt, also können Sie auch keinem mehr trauen. Prima. Warum sollten Sie nicht hier bleiben, bis man Sie kascht.«

Stolle hatte alles heruntergespult und dabei die Lippen gespitzt, als glaubte er, Ironie könne Wyatt beeinflussen. Die Form interessierte Wyatt wenig, der Inhalt hingegen umso mehr. Es war zu gefährlich für ihn, hier zu bleiben. Er hatte weder eine Ahnung, wer dieser Stolle war, noch einen Grund, ihm seine Story abzukaufen. Privatdetektive waren aalglatt und unberechenbar, mal arbeiteten sie mit den Bullen zusammen, mal mit der Gegenseite. Möglicherweise war es auch ein ausgefeilter Plan des Syndikats. Blitzschnell schoss er auf Stolle zu und schlug ihn mit der Automatik nieder. Stolle ging zu Boden, stöhnte auf und verlor das Bewusstsein.

Wyatt ging hinüber zu Finn, drehte ihn um und sah, dass er blutüberströmt war. Seine Finger waren voller Blut, als er Finns Taschen durchsuchte. Außer dem Schlüsselbund einer Leihwagenfirma fand sich nichts in den Hosentaschen. Wyatt untersuchte die Brusttasche und atmete tief aus. Es war ein äußerst unglücklicher Schuss gewesen. Nicht nur für Finn. Er zog die Plastiktüte heraus. Die Scheine waren blutverschmiert und die Wucht der Kugel hatte unverkennbar Spuren auf dem Weg zu Finns Herzen hinterlassen.

Wut kochte in ihm hoch. Er unterdrückte einen wüsten Fluch, stand auf und versetzte Finns Leiche einen derben Tritt. Dann zwang er sich zur Ruhe und versuchte nachzudenken. Mit seinem Taschentuch wischte er die Fingerabdrücke von der Plastiktüte, packte die durchlöcherten Scheine wieder hinein und steckte alles zurück in Finns Brusttasche. Er säuberte seine Hände und fischte mit dem Taschentuch nach den Autoschlüsseln.

Was sollte er mit der Waffe machen? Er brauchte sie dringend, doch sie war jetzt zu heiß. Würde man ihn schnappen und die Waffe bei ihm sicherstellen, genügte eine Ballistikuntersuchung, um ihm den Mord an Finn anzuhängen. Die Waffe musste manipuliert werden. Also kniete er sich nochmals neben den Sockel, griff jetzt tiefer hinein und zog eine kleine Holzkiste hervor. Es war ein Pflege-Set für seine Automatik mit Öl, Lappen und Bürsten, aber auch mit einem Ersatzmagazin und einem zusätzlichen Lauf samt Schlagbolzen. Wyatt nahm den Austausch vor und hatte faktisch eine neue Waffe. Alles war fabrikneu und noch nie benutzt worden, abgesehen von der Endkontrolle nach der Fertigung. Die einzigen tödlichen Schüsse aus dieser Waffe, die ein Ballistikexperte nachweisen könnte, waren die, die noch nicht abgegeben worden waren.

Schließlich knöpfte er sich Stolle vor, wobei er sicherheitshalber wieder das Taschentuch benutzte. In der Brieftasche, die er in Stolles Jackett fand, waren einhundertachtzig Dollar, die Wyatt gleich an sich nahm. Außerdem stieß er auf mehrere Kreditkarten, einen Führerschein, eine Schnüffler-Lizenz, ausgestellt auf den Namen Macarthur Stolle, und einige Mitgliedsausweise, die Stolle die Türen der Spielcasinos Jupiter, Wrest Point und Monte Carlo öffneten.

Stolle regte sich.

Wyatt versetzte ihm einen Tritt, so dass er hochfuhr.

»Sie haben fünftausend Dollar erwähnt. Wo sind die?«

Stolle zog eine Leidensmiene und schlug die Hände vors Gesicht.

»Das eben war eine richtige Scheißaktion.«

»Die fünftausend. Ich will sie haben.«

Endlich hatte Stolle seine fünf Sinne wieder beisammen. »Sie kriegen sie, wenn wir im Flugzeug sitzen. Keine Sekunde eher.«

Wyatt stand auf und ging zur Tür. »Keine Chance«, sagte er und war draußen. Er hatte zwar keine zweitausend Dollar, aber immerhin fast zweihundert mehr als vorher, seine Waffe und die Schlüssel zu Finns Leihwagen. Um drei Uhr war er bereits in Sorrento am Hafen und wartete auf die Fähre nach Queenscliff. Er ging als Erster an Bord. Punkt vier Uhr legte sie ab. Von Queenscliff aus fuhr er nicht weiter nach Geelong, sondern parkte den Mietwagen in der Nähe einer Grünfläche unweit des Strands.

An diesem Abend rief er Harbutt noch einmal an.

Zwölf

Sie verabredeten sich in einem Pub im Hafenviertel. Ein Vorschlag von Harbutt. Das Prince Patrick war eine enge Eckkneipe in einem Haus mit schmutzig-grauer Stuckfassade über eisblauen Fliesen. Innen bestach der Pub durch abgetretenen, mit Brandlöchern übersäten Teppichboden und schmierige Spiegel. Auf der Wandverkleidung hatte sich der Kneipendunst – eine Melange aus Nikotin, Alkohol und Urin –als klebrige Patina niedergelassen. Die Tresenhandtücher fielen bereits auseinander und standen vor Schmutz, Asche und Bier. Bereits um zehn Uhr morgens fanden sich hier jede Menge Stammtrinker ein, vorwiegend Schichtarbeiter aus den Docks, die sich vor, nach oder anstelle der Arbeit hier zudröhnten. Die Luft war schwer, eine streng riechende Mixtur aus Malz und Mann.

Harbutts Hände zitterten, er war unrasiert und hatte stark gerötete Augen.

»Auf der Piste gewesen, was?«, Wyatt versuchte es auf die lockere Tour.

Harbutt spülte sein Bier runter und zündete sich eine Zigarette an. Wyatt trank Kaffee.

Er versuchte es noch einmal. »Mußt du heute nicht arbeiten?«

Harbutt starrte ihn an. »Sie haben mich vor die Tür gesetzt, Kumpel. Mich und zweihundert andere. Bis Ende des Jahres kommen noch mal zweihundert dazu.«

Wyatt beobachtete ihn und schwieg. Ein Anflug von Gier war eine nützliche Eigenschaft bei einem Kerl, mit dem man ein Ding drehen wollte. Verzweiflung und zitternde Hände waren es nicht.

»Den Kater vertreibt man am besten, wenn man da weitermacht, wo man aufgehört hat«, meinte Harbutt und bestellte noch ein Bier. »Ich werd's überleben. Es ist der Schock. Weiter nichts.«

»Kann ich mir denken.«

Harbutt brach in Gelächter aus, das in einen Hustenanfall überging. »Du hast nie für andere arbeiten müssen, Kumpel. Ja, vielleicht als du jung gewesen bist. Aber du warst nie abhängig von Lohntüten, keine Frau, keine Kinder, für die du sorgen musst.«

»Du hast weder Frau noch Kind.«

»Du weißt genau, was ich meine. Brauchtest dir nie Sorgen um die Zukunft zu machen, bist nie ein Opfer von Einsparungen gewesen.«

Wyatt wollte nicht mit ihm diskutieren. Sein eigenes Leben war derzeit kompliziert genug und Harbutt war der Letzte, dem er etwas vorjammern würde. Also wechselte er das Thema.

»Was macht Dern?«

»Schon ewig nicht mehr gesehen.«

»Und Thea?«

Harbutts ganze Aufmerksamkeit galt seiner Zigarette. Zuerst rollte er das glimmende Ende am Rand des Aschenbechers hin und her, um sich dann in der Betrachtung der Glut zu verlieren. »Soweit ich weiß, hat Dern ihr den Laufpass gegeben.«

»Ich hab noch mal über die Jobs nachgedacht«, sagte Wyatt.

Harbutt blickte auf. »War mir klar, dass du nicht der guten alten Zeiten wegen hergekommen bist. Welchen Job meinst du?«

»Den Räumungsverkauf im Lagerhaus am kommenden Wochenende.«

»Warum ausgerechnet den?«

»Weil wir dort mit Barem rausgehen. Bei den beiden anderen Jobs sind Versicherungen im Spiel, es kann dauern, bis wir an das Geld kommen. Und je mehr Zeit verstreicht, desto größer das Risiko, geschnappt zu werden.«

»Aber du hast doch gesagt, es gibt zu viele Haken und Ösen bei der Lagerhausnummer.«

»Wenn wir uns am Abend einschließen lassen, könnte es klappen. Wir setzen den Wachmann außer Gefecht und haben genug Zeit, den Safe zu knacken.«

Harbutt nickte. So langsam fand er wieder zur alten Form zurück. Seine Kippe verqualmte im Aschenbecher und das Bier wurde allmählich schal. »Montag ist der letzte Verkaufstag«, sagte er schließlich. »Also schlagen wir Sonntag zu?«

»Genau.«

»Hört sich gut an.«

»Was weißt du über die Örtlichkeiten?«

»Alle nennen es nur ›Scheune‹, weil es aussieht wie eine riesige Scheune. Die verramschen da Konkursware. Möbel, Kleidung, Elektrogeräte, Werkzeug, Schallplatten, CDs, Cassetten und so. Liegt alles auf langen Holztischen.«

»Wo steht der Safe?«

»Das Gebäude hat ein Zwischengeschoss mit Büros und so. Ich würd sagen, dass er da steht.«

»Meinst du, wir können uns ohne Probleme verstekken?«

»Da gibt's 'nen Haufen Möglichkeiten«, sagte Harbutt. »Toiletten, Lagerräume, unter einem der Verkaufstische, wenn's sein muss, sogar in den großen, fahrbaren Müllcontainern.«

»Wo arbeitet Thea?«

Harbutt suchte seine Taschen nach Zigaretten ab. »Sie arbeitet den ganzen Tag im Hauptsitz der Firma. Sie wird nicht da sein.«

Wyatt sah ihn eindringlich an. »Auf keinen Fall will ich, dass sie und Dern davon erfahren.«

Harbutt richtete sich auf. »Versteht sich von selbst.«

Dann schwiegen beide.

»Da wäre noch das Problem mit dem Safe«, sagte Wyatt nach einer Weile. »Meinst du, du packst es?«

Harbutt spreizte seine Finger. Sie waren halbwegs ruhig. »Gib mir irgendeine Kombination, einen Bohrer, Plastiksprengstoff, ich mach dir alles.«

»Lass das Saufen, bis der Job gelaufen ist.«

Harbutt nickte.

»Gut. Zuerst machen wir einen Trockendurchlauf. Morgen geht der Verkauf los. Also sehen wir uns heute Nacht mal um.«

»Bist du verrückt! Was ist mit dem Wachmann?«

»Risiko. Aber da noch keine Kohle im Spiel ist, wird er es heute Nacht nicht so genau nehmen. Wir müssen rauskriegen, wo wir uns verstecken können, wenn es soweit ist, welcher Safe-Typ dort rumsteht, wie und wo der schnellste Abgang möglich ist. Es dürfte nicht so schwer sein, dem Wachmann aus dem Weg zu gehen. Wenn er was merkt, hauen wir ab, ganz einfach.«

Sie verabredeten sich für den späten Nachmittag an der ›Scheune‹.

Als einziges Gebäude stand die ›Scheune‹ auf einem weitläufigen asphaltierten Gelände außerhalb von Geelong. Früher beherbergte sie ›Super City‹, einen Supermarkt. Der Schriftzug war noch erkennbar, obwohl man versucht hatte, ihn zu übertünchen. Der Eingangsbereich bestand aus einer Glasfront, die sich über zwei Stockwerke und die gesamte Breite des Gebäudes erstreckte. Es war fünf Uhr nachmittags und am Seiteneingang des Gebäudes stand eine Reihe von Lieferwagen. Etwa ein Dutzend Männer schleppten Sofas, Kühlschränke, versiegelte Kartons und tonnenweise Kleidungsstücke in das Gebäude.

Wyatt und Harbutt gingen zum Haupteingang. Sie hielten beide ein Clipboard in den Händen und trugen

Kittel mit einem Anstecker ›Kontrollaufsicht‹ an der Brusttasche.

»Arbeitsschutzkontrolle«, stellte sich Wyatt bei dem Wachmann vor.

Der Mann zuckte gleichgültig mit den Schultern. Sagte ihm nichts. Die Welt war voller graugesichtiger Typen, die Kittel trugen und sich Notizen machten. Er ließ Wyatt und Harbutt passieren.

Die aufgebockten Holzplatten brachen fast zusammen unter der Last von Rechnern aus Taiwan, Batterien aus Korea und Schuhen aus China. An den Wänden standen Kühlschränke und andere Küchengeräte, und auf einer Fläche mit den Ausmaßen eines Tennisplatzes drängten sich unzählige Sofas, Sessel und Schlafcouchen. Verkaufspersonal flitzte hin und her, brachte Preisschilder an und klebte riesige Plakate mit der Aufschrift AUSVERKAUF an die Wände.

Im hinteren Teil führte eine breite Treppe in das Zwischengeschoss, eine Art Galerie, von der man auf die Halle hinunterblicken konnte. Hinter Milchglastüren befanden sich kleine Büros, die nur durch Rigipswände getrennt waren. Unter dem Treppenaufgang waren die Toiletten und ein Lagerraum.

Wyatt erfasste alles blitzschnell. Es sah recht vielversprechend aus. Ihm entging nicht, dass Harbutt schwitzte. Seit heute Morgen hatte er nichts mehr getrunken; das und der Job machten ihn nervös.

Sie schlenderten durch die Verkaufshalle. Gegen sechs wurden die letzten Waren hereingetragen und die Angestellten machten sich auf den Weg zu ihren Autos. Am Haupteingang schlug der Nachtwächter seinen Posten auf. Er war bereits in die Jahre gekommen, hatte eine

Bierwampe und machte einen insgesamt ungesunden Eindruck. Seine ganze Aufmerksamkeit galt den jungen Verkäuferinnen, die an ihm vorbei aus dem Gebäude hasteten. Frech starrte er ihnen hinterher und rieb sich die Schenkel. Er hatte sich einen roten Regiestuhl mitgebracht und sah so aus, als könnte er es gar nicht abwarten, dass alle gegangen waren und er endlich seine Beine von der schweren Last seines Körpers befreien, sich in den Stuhl fallen lassen und in die Abenddämmerung hinausstarren konnte.

Wyatt und Harbutt, die im Dunkeln am Treppenaufgang standen, bemerkte er nicht. Nachdem der Letzte gegangen war, schlichen sie die Treppe hinauf und öffneten die erste Tür. Ein Schreibtisch, ein Kopierer und ein Aktenschrank. Sie zogen die Kittel aus und setzten sich auf den Boden und warteten. Die Notbeleuchtung am Treppenabsatz warf einen schwachen Lichtschein durch die Milchglasscheibe. Später, wenn der Wachmann eingedöst oder mit den Gedanken woanders war, wollten sie die restlichen Räume inspizieren. Ab und zu flüsterten sie miteinander. Harbutt war fahrig und nervös. Das gigantische Gebäude schien ihn zu beunruhigen: zu groß, zu abgeschieden, zu viele merkwürdige Geräusche. Wyatt ließ ihn murmeln. Es konnte sie niemand hören, und sollte es dem Wachmann einfallen, sich die Treppen hoch zu quälen, würde ihnen das garantiert nicht entgehen. Aber wieso sollte er? Er hatte keinen Grund.

Gegen neun Uhr ereigneten sich zwei Vorfälle. Ein Fahrzeug näherte sich und hielt draußen vor dem Eingang, Stimmen waren zu hören, und ein anderes Fahrzeug fuhr davon.

Und im gesamten Gebäude ging die Beleuchtung an.

Dreizehn

In dem kleinen Büro war es taghell. Wyatt erstarrte. Er schlich sich an der Wand entlang hinter den Schreibtisch. Von dort aus hatte er Harbutt im Blick. Der saß mit ausgestreckten Beinen auf dem Boden, Rücken an die Wand gelehnt. Schicksalsergeben schien er das gleißende Licht erwartet zu haben. Er zog die Beine an und legte den Kopf auf die Knie. Zunächst passierte nichts. Mit kaltem Blick beobachtete Wyatt seinen Partner. Nach einer Weile erst fühlte Harbutt die Spannung im Raum, die von Wyatt ausging. Er fing an, mit leiser, kaum wahrnehmbarer Stimme zu reden. »Es ist hart, in meinem Alter ausgemustert zu werden. Es haut einen um, nagt an einem. Ich bezweifle, dass ich jemals wieder 'nen Job kriege. Ein Blödmann wie ich, für die gehör ich doch zum alten Eisen. Und einen Profi kannst du auch nicht mehr aus mir machen, ich bin nicht wie du. Ich kann keinen Plan austüfteln und die Sache dann durchziehen.«

Wyatt antwortete nicht. Vielleicht hatte er nicht einmal zugehört, sondern sich auf die Stille draußen in der Halle konzentriert. Er hatte seine Automatik gezogen.

»War völlig korrekt, dass du uns neulich hast abblitzen lassen«, murmelte Harbutt. »Dern ist ein Windhund. Das sieht jeder. Und Thea hat eine fiese Ader. Sie kann es nicht ertragen, wenn man versucht, sie aufs Kreuz zu legen.«

Wyatt hakte nach: »Was ist neulich noch passiert? Erzähl's mir.«

Harbutt versuchte, eine bequemere Stellung einzunehmen. »Nachdem du abgehauen bist, kam Dern aus dem Motel, hat Thea aus seinem Wagen geschmissen und ihr zu verstehen gegeben, dass er fertig ist mit ihr. Ich hab sie nach Hause gefahren. Du kennst sie, Wyatt. Eins kam zum andern, ich muss bescheuert gewesen sein. Es war klar wie das Amen in der Kirche, dass sie nicht an mir interessiert war. Wahrscheinlich hat sie gehofft, über mich an dich ranzukommen.«

»Hast du ihr von unserem Plan erzählt?«

»Sie haben mich gefeuert, Kumpel. Es war der Schock! Sparen war noch nie mein Ding. Meine Abfindung reicht gerade mal für die Hypothekenzahlungen!« Zum ersten Mal sah er Wyatt direkt an. »Auf deinen Kopf sind zwanzig Riesen ausgesetzt, ist dir das klar?«

»Ihr habt mich also an das Syndikat verpfiffen, Thea und du.«

Harbutt nickte.

»Unser dicker Nachtwächter bekommt ein bisschen Taschengeld, damit er sich für die nächsten ein oder zwei Stunden nicht blicken lässt.«

Harbutt nickte wieder. »Mehr weiß ich nicht, ich schwör's. Ich hab auch keine Ahnung, ob eine Knarre auf uns gerichtet ist oder ein Dutzend.«

Auf keinen Fall ein Dutzend, dachte Wyatt. Das Syndikat hatte seinen Sitz in Sydney, Melbourne war schwach organisiert. Hier konnten sie keine Armee aufstellen, allenfalls ein oder zwei Mann aktivieren. Er robbte zur Tür und öffnete sie in einem Schwung.

Sie hatten ihn erwartet. Ein Schuss fiel und die Milchglasscheibe über seinem Kopf zersprang in tausend Stücke. Wyatt rollte zur Seite, hinter die geöffnete Tür.

Er hatte sich in eine Lage manövriert, die alles andere war als ideal. Als Fluchtweg blieb nur die Treppe, und dort würde er eine hervorragende Zielscheibe abgeben.

Um in Deckung zu gehen, hatte er die Balustrade der Galerie. Sie war aus Rigips und würde ihn weder vor gezielten Schüssen noch vor Querschlägern schützen.

Er kroch dorthin und riskierte einen kurzen Blick über das Geländer, dann tauchte er wieder ab. Noch ein Schuss. Gipsteilchen flogen ihm um die Ohren. Eine anschließende Serie von Schüssen zwang ihn, flach über den Boden zurück ins Büro zu robben. Nun kannte er die Position des Schützen – er stand auf der anderen Seite der Etage, an der Balustrade, ihm direkt gegenüber. Außerdem schoss er mit einem automatischen Gewehr. Dagegen war seine .45er machtlos.

Wyatt nahm seine Gedanken zusammen. Er war allein auf sich gestellt. Harbutt saß noch immer auf dem Boden, Kopf auf den Knien und die Hände darüber verschränkt. Sacht schaukelte er mit dem Oberkörper vor und zurück. Wenn es zwei Leute waren und der andere am unteren Treppenabsatz auf ihn wartete, hatte er verloren. War der Typ hingegen allein, hatte er eine Chance. Die Balustrade rings um die Galerie stellte einen Ausgleich zwischen ihnen her: So wenig Wyatt von dem anderen sah, so wenig sah der von ihm. Der Mann könnte ihn per Glückstreffer erwischen. Oder er entschied sich für eine direkte Konfrontation und wechselte auf diese Seite der Galerie.

Wyatt konnte abwarten, das war seine Stärke. Dennoch beschloss er, die Entwicklung zu forcieren. Der Kopierer stand neben einem Regal, das vollgestopft war mit Kopierpapier, Tonerpatronen und Stiften. Auch Flaschen mit Spiritus standen herum. Er nahm vier Packen Kopierpapier, riss sie auf, goss Spiritus darüber und beobachtete, wie sich das Papier vollsog. Danach tränkte er mehrere Staublappen mit dem Zeug und schüttete schließlich auch größere Mengen über seinen Kittel. In der Schublade des Schreibtisches fand er ein Bic-Feuerzeug, er probierte, ob es funktionierte, und stellte die Flamme auf höchste Stufe.

Geduckt schlich er mit dem ganzen Zeug zurück auf die Galerie und überdachte die nächsten Schritte. Zum einen durfte nicht zu viel Licht auf ihn fallen, zum anderen musste er den Schützen ablenken.

Er lehnte sich leicht zurück, zielte und drückte ab. Das Licht über der Galerie ging aus und Glassplitter fielen zu Boden. Dann nahm er die Lichtquelle am oberen Ende der Treppe ins Visier und schoss. Er riskierte einen dritten Schuss, mit dem er die nächstliegende der drei großen Deckenleuchten unten in der großen Halle außer Funktion setzte. Zwar herrschte keine völlige Dunkelheit, aber es war schwieriger geworden, ihn im Schatten der Balustrade auszumachen.

Nun stützte er die .45er auf dem Geländer ab und feuerte viermal auf die Gestalt gegenüber. Er hörte, wie die Geschosse den Rigips durchschlugen und dann das dumpfe Geräusch eines Körpers, der sich deckungsuchend auf dem Boden zur Seite rollte.

Wyatt schätzte, dass ihm ungefähr fünf Sekunden bis zum Return des Gegners blieben. Zuerst zündete er die Lappen und den Kittel an und warf alles über die Brüstung. Dann hielt er das Feuerzeug an das Papier, wartete, bis die Flammen hoch züngelten, und warf die Packen hinunter auf die Möbel.

Das Gewehr wurde erneut in Anschlag gebracht, also rannte er los in Richtung Treppe. Vier Schüsse wurden abgegeben, dann war Ruhe, und zwar für eine ganze Weile.

Wyatt lud nach und wartete. Direkt unter ihm standen Sofas aus Schaumstoff und Sessel aus Kunstleder. Dieses Zeug würde wie Zunder brennen und beißenden Rauch entwickeln, nur dauerte es seine Zeit, bis es richtig Feuer fing.

Vielleicht ging sein Plan auf.

Als Erstes stieg ihm der stechende, giftige Geruch in die Nase. Dann hörte er das Knistern der Flammen. Gleich darauf stiegen die ersten dichten Rauchschwaden auf.

Der Alarm wurde ausgelöst und die Sprinkleranlagen schalteten sich ein.

Innerhalb von Sekunden stand alles unter Wasser – die Halle, die Galerie und die Büros.

Wyatt setzte sich in Bewegung. Den Kopf eingezogen, lief er die Galerie entlang. Als er um die Ecke bog und kurz vor der Treppe war, sah er sich einer dunklen, geschmeidigen Gestalt gegenüber. Er duckte sich und drückte ab, doch die Kugel verirrte sich nach oben. Anstatt einen Schuss abzugeben, schleuderte ihm die dunkle Gestalt das Gewehr entgegen. Die Waffe drehte sich in der Luft um die eigene Achse und traf Wyatt an der Schulter. Er strauchelte, fiel hin und sah gerade noch, wie der Partisan des Syndikats die Treppen hinunterhastete. Und in diesem kurzen Augenblick hatte Wyatt eine Eingebung: Der Schütze war eine Frau und sie war sehnig und schnell, eine schwarze Sprungfeder.

Er rappelte sich hoch, lief aber nicht hinter ihr her. Sie war ihm sowieso durch die Lappen gegangen. Dass sie mittendrin aufgegeben hatte, zeigte, dass sie allein arbeitete. Die Munition war ihr ausgegangen, und bevor es hier vor Bullen und Feuerwehrleuten nur so wimmelte, hatte sie den Abgang gemacht.

Dasselbe hatte Wyatt vor. Nur hatte er noch etwas zu erledigen. Harbutt hustete gewaltig. Der Qualm hatte ihn aus seiner Lethargie gerissen und nun stürzte er mit einem Taschentuch vor dem Mund aus dem Büro. Seine Augen tränten, und als er Wyatt sah, fragte er: »Hast du ihn erledigt?«

Wyatt schüttelte den Kopf. »Ist abgehauen.«

»Bin froh, dass es dich nicht erwischt hat«, sagte Harbutt. Dann sah er die Automatik. Eine Art Wehmut überkam ihn. »Von mir hast du nichts zu befürchten, das weißt du.«

Wyatt richtete den Lauf auf ihn. »Stimmt.«

Vierzehn

Die nächsten fünf Tage verbrachte Wyatt auf einem morschen alten Frachtkahn und lebte von Bohnen und Pfirsichen aus der Dose. Seine persönliche Weltkarte war voller Gefahrenzonen und dunkler Kontinente. Er hatte niemanden mehr und er mied das Tageslicht. Der Geldbetrag in seiner Tasche war alles andere als üppig und würde kaum länger als eine Woche reichen. Seit dem unrühmlichen Ende Harbutts rostete seine Automatik auf dem Grunde des Barwon-Flusses vor sich hin. Wenn sie ihn jetzt drankriegten, hatte er nur noch seine bloßen Fäuste, um sich zu verteidigen. Und in der Einsamkeit bekamen selbst die Wände Augen.

Am fünften Abend verließ er sein Versteck. Einen Tag früher, und er hätte sich möglicherweise im Fahndungsnetz der Polizei verfangen und wäre an einer Ausfallstraße angehalten worden. Doch nach fünf erfolglosen

Tagen stellte die Polizei die Fahndung meist ein. Durch die Maschen geschlüpft.

Dank der Nähe des Meeres konnte er die Flucht diesmal in einer Motorjacht fortsetzen, die er nun aus der Bucht steuerte. Die See war ruhig und auch auf dem Radarschirm ereignete sich nichts Bemerkenswertes. Er nippte an einem Scotch und aß Sardinen aus der Büchse, die er in der Kombüse gefunden hatte. Ein kleines Luxusschiff, sehr gut ausgestattet, selbst ein Funktelefon war vorhanden. Doch bereits am nächsten Morgen würde das Schiff der Strick um Wyatts Hals sein.

Er musste den Bundesstaat verlassen. Man hatte ihm ein Angebot gemacht und er hatte es ausgeschlagen – Brisbane. Mostyn hatte erwähnt, dass die Auftraggeberin eine Frau aus Brisbane sei, Stolle hatte das später bestätigt. Das Ganze hörte sich zu abgedreht an, um eine Falle zu sein. Die Zeitgenossen, die Probleme mit ihm hatten, pflegten normalerweise eine Waffe auf ihn zu richten und nicht mit raffinierter Täuschung zu operieren. Nichts hatte darauf hingedeutet, dass Stolle ein Auftragskiller war. Er war nicht bewaffnet gewesen, und seine Lizenz hatte ihn als Privatdetektiv ausgewiesen. Stolle hatte auch einen Flug erwähnt. Das bedeutete Flughäfen und jede Menge Menschen, kaum die richtige Kulisse für einen Hinterhalt. Schließlich waren da noch die fünftausend Dollar. Wyatt holte das Letzte aus dem Boot heraus. Und er sah nur einen Weg, seiner misslichen Lage zu entkommen.

Es bedurfte zweier Versuche, bis er mit dem Funktelefon durchkam. Es war ein Uhr morgens und Stolles Stimme klang völlig verschlafen und irritiert. »Ja?«, meldete er sich knapp.

»Sie sprachen von fünftausend.«

Plötzlich war Stolle hellwach. »Richtig.«

»Ist der Anschluss sauber?«

»Hab's gestern erst überprüft.«

»Ist noch jemand im Zimmer?«

»Nein.«

Wyatt schwieg, unsicher, wo er ansetzen sollte.

»Kommen Sie, spucken Sie's aus«, sagte Stolle.

»Ich interessiere mich für Ihr Angebot.«

»Das ist vernünftig. Ich bin um acht in meinem Büro.«

»In der Zwischenzeit ist so einiges passiert«, sagte Wyatt. »Ich möchte, dass Sie mich abholen. Jetzt sofort.«

Stolle hatte keine Einwände. »Wo?«

»Carrum. Der Nepean Highway führt dort über einen Kanal. Parken Sie irgendwo in der Nähe und warten Sie an der Brücke auf mich. Falls ich irgendetwas sehe, was mir nicht gefällt, bin ich weg, und das war's dann.«

Sie verabredeten sich für drei Uhr und Wyatt beendete das Gespräch. Er prüfte den Benzinstand und war beruhigt. Genug, um ans andere Ende der Bucht zu gelangen. Gegen halb drei tuckerte er in wenigen hundert Metern Abstand die Chelsea-Küstenstraße entlang. Er konnte die Straßenlampen und gelegentlich ein paar Scheinwerfer erkennen. Bei Tageslicht präsentierten sich Carrum und Chelsea als Abschnitte eines endlos langen Küstenstreifens, an dem sich heruntergewirtschaftete, billige Häuser und Ladenzeilen aneinander reihten. Wyatt fand diese Gegend grauenvoll, doch im Augenblick hatte sie den Vorteil eines kleinen Jachthafens, wo er anlegen konnte, ohne Aufmerksamkeit zu erregen.

Dreißig Minuten später hatte er wieder festen Boden unter den Füßen und beobachtete die Brücke. Kurz vor drei ratterte ein verbeulter Toyota-Lieferwagen mit getönten Heckscheiben über die Brücke. An der Seite war der Schriftzug ›Essen auf Rädern‹ zu sehen. Wenn das Stolles Schnüfflerwagen war, dann war er wirklich gut.

Wyatt beobachtete, wie der Lieferwagen den Highway verließ und in eine Parkbucht fuhr. Stolle stieg aus und ging die Brücke entlang. Er wirkte ziemlich gelassen und blickte sich nicht um, es gab also keinerlei Anzeichen, dass er Verstärkung dabeihatte. Wyatt ließ zehn Minuten verstreichen und einige Taxis vorüberziehen, verließ dann seinen Beobachtungsposten und ging Richtung Brücke.

Stolle fuhr herum, als er die Schritte hinter sich hörte. »Diesmal sollte es aber sauber zugehen. Ich bin nicht gekommen, um mich wieder niederschlagen und ausrauben zu lassen.«

»Halten Sie die Luft an«, sagte Wyatt. »Ich hoffe, Ihre beiden Komiker sind nicht mit von der Partie.«

»Mostyn habe ich den Fall entzogen und Whitney hat sich verpisst.«

»Sehr gut«, sagte Wyatt und lief ohne weiteren Kommentar los. Am Toyota holte Stolle ihn ein. »Wohin?«

»Zu Ihnen.«

Stolle äußerte sich nicht dazu. Er schloss den Wagen auf, stieg ein und öffnete die Beifahrertür. Schweigend fuhren sie über den Nepean Highway stadteinwärts und an St. Kilda Junction bog Stolle ab auf die Punt Road. Kurz darauf kurvten sie durch die engen Straßen von Prahran mit seinen aufwändig sanierten ehemaligen Arbeiterunterkünften. Stolle zückte eine Fernbedienung, drückte auf die Taste und augenblicklich schimmerte das Kopfsteinpflaster der Gasse im Licht einer Garagenbeleuchtung. Stolle fuhr in die Garage und drückte erneut auf die Taste. Das Garagentor schloss automatisch und sperrte die Nacht aus. Stolle hielt eine kleine Pistole in der Hand.

»Aussteigen«, sagte er.

»Die ist überflüssig.«

»Aus-stei-gen.«

Wyatt wartete an der Tür, die zum Haus führte. Er gestattete Stolle, ihn mit der Waffe zuerst in die Küche und dann in ein Zimmer zu nötigen. Stolle hatte hier einiges investiert. Zentralheizung, dicke Wollteppiche auf dem Boden, teure Möbelstoffe und Vorhänge. Das Zimmer, in dem sie sich nun befanden, sah aus wie ein selten benutztes Arbeitszimmer. Das Mobiliar roch noch nach Fabrik und der Monitor des Apple war eingestaubt. Er stieß Wyatt die Waffe in den Rücken. »Nehmen Sie Platz.«

Wyatt hatte die Wahl zwischen einem Sessel und einem ergonomisch geformten Schreibtischstuhl. Er ließ sich in den Sessel fallen. Erst jetzt bemerkte er, wie müde er war. Er begann unkontrolliert zu Gähnen und konnte kaum aufhören. Stolle grinste und rollte mit seinem Schreibtischstuhl vor und zurück.

»Keine Ahnung, was sie an Ihnen findet.«

»Wer?«

»Meine Klientin. Auf der Flucht, vom Glück und den Freunden verlassen. Sie strahlen nicht gerade Zuversicht aus.«

Wyatt gähnte wieder. »Ich will endlich die fünftausend sehen.«

Stolles Grinsen erstarb.

Nach einer Weile griff er mit der Rechten in seinen linken Ärmel. Wyatt hörte das Schnalzen eines Gummibands auf Haut und gleich darauf warf ihm Stolle ein kleines Bündel zu.

Wyatt fing es mit beiden Händen auf, sah aber sofort, dass es weniger als fünftausend Dollar waren. Mit dem Daumen blätterte er die Banknoten durch – zehn Hunderter, säuberlich halbiert.

Das war ihm zu billig, um darüber zu streiten, und er war auch zu müde. Er schüttelte nur den Kopf und warf das Bündel auf den Boden.

Stolle griff in die Innentasche seines Jacketts. Diesmal war es ein Umschlag. »Schlüssel für ein Schließfach im Busbahnhof von Brisbane. Dort warten viertausend Dollar auf Sie. Die anderen Hälften der Scheine kriegen Sie morgen im Flugzeug.«

Wyatt fixierte ihn. Er erwog das Für und Wider. Er könnte Stolle zwingen, ihm die fehlenden Hälften zu überlassen, und mit tausend Dollar hier herausmarschieren. Dann war er morgen entweder tot oder hinter Gittern. Oder er ließ sich von Stolle nach Brisbane bringen. Dann saß er vielleicht wieder in der Scheiße, hatte aber immerhin die fünftausend Dollar. Er konnte es drehen und wenden, wie er wollte, ohne Probleme würde es nicht abgehen. Aber es wären Probleme unter Palmen. Außerdem kannte ihn in Brisbane kein Mensch, und das war im Augenblick das Wichtigste.

»Was will diese Frau von mir?«

»Sie meinte, es werde sich für Sie lohnen. Vielleicht ein familiärer Trauerfall?«

Wyatt erwiderte nichts darauf.

»Ein reicher Onkel eventuell?«

»Hat sie einen Namen genannt?«

»Keinen Namen.«

»Wie sieht sie aus?«

Stolle rutschte auf seinem Stuhl hin und her und schüttelte gleichgültig den Kopf. »Das reicht fürs Erste. Morgen Mittag sind Sie um einiges klüger und um fünftausend Dollar reicher.«

»Und selbst?«

»Ich?«, Stolle grinste breit. »Ich kassier mein Honorar und lass mir im nächstbesten Casino 'nen Strandkorb aufstellen.« Er ließ imaginäre Würfel auf seiner Handfläche tanzen und warf sie auf die Schreibtischplatte.

Wyatt zuckte nur mit den Schultern. Er zockte nicht und Verständnis für die Spielsucht ging ihm völlig ab. Der Zufall war ihm zwar kein Unbekannter – der Zeuge, der zur falschen Zeit am falschen Ort war, ein unvorhergesehener Zwischenfall, der seine Pläne durchkreuzte –, doch meistens basierte seine Arbeit auf gesicherten Informationen und darauf, dass er stets den Überblick behielt. Er erhob sich. »Wo sind die Tickets?«

»Sind am Flughafen hinterlegt.« Stolle warf einen Blick auf die Uhr. »Der Flug geht um zehn. Ich hol mir noch 'ne Mütze Schlaf. Das sollten Sie auch tun.« Er verschwand. Es war vier Uhr morgens und Wyatt legte sich auf das Sofa im Wohnzimmer. Dreieinhalb Stunden später riss ihn das Knarren einer Diele im Flur aus dem Schlaf. Schlagartig war er wach, um sich herum durch Vorhänge gedämpftes Tageslicht. Irgendwo erwachte ein Ventilator zum Leben und kurz darauf hörte er die Spülung im Badezimmer.

Eine Stunde später brachen sie auf. Wyatt hatte sich rasiert, das erste Mal seit einer Woche. Er trug einen abgelegten Anzug von Stolle, der zwar miserabel saß und so gar nicht seinem Stil entsprach, doch mit Stolles

Hilfe hatte er einige Ergänzungen vorgenommen: einen Trenchcoat, den er lässig über den Arm trug, eine alte, lädierte Aktentasche und eine Zeitung, die er unter den Arm klemmte.

Niemand nahm Notiz von ihnen. Während des Flugs saßen sie nebeneinander; doch abgesehen von einem Foto des Jupiter Casinos, dass Stolle in dem Magazin der Fluggesellschaft entdeckt hatte und Wyatt präsentierte, entwickelte sich keinerlei Kommunikation zwischen ihnen. Während des Anflugs auf Brisbane beugte sich Stolle vor, angelte einen Briefumschlag vom Boden und sagte: »Sie haben da etwas verloren.« Wyatt steckte ihn ein. Er vermutete, dass es sich bei dem Inhalt um die fehlenden Hälften der Hundertdollarnoten handelte.

Auch am Flughafen von Brisbane nahm niemand Notiz von ihnen. Stolle holte sein Gepäck und lotste Wyatt durchs Terminal. Es war stickig und heiß. Sie nahmen ein Taxi, das sie durch die Einöde der Gegend rund um den Flughafen kutschierte. Vertrocknetes Gras überall, und als sie sich der Stadt näherten, mehrten sich die Anzeichen der Dürre und Hitze. Verbrannte Erde in den Parks und Gärten, ein bräunlich schimmernder Himmel und der Geruch von Staub vermengt mit Auspuffgasen. Irgendwo im Hinterland wirbelten starke Winde die erodierte Erdschicht auf, trieben sie hoch in die Atmosphäre und hinaus aufs Meer. Schließlich schlängelte sich das Taxi durch die Schluchten der Großstadt. Brisbane schien unter einer Glaskuppel zu liegen, war laut und hektisch. Der Fahrer hielt an der Adelaide Street und sagte: »Der Busbahnhof ist gleich hier unter der Straße.« Er sprach schnell und verschluckte jede zweite Silbe. So wie man eben in Queensland sprach.

Sie stiegen aus, durchquerten eine Mall und gingen dann die Treppe hinunter, die zu den Schließfächern und den Haltestellen der Busse führte. Die ganze Zeit spürte Wyatt ein Prickeln im Nacken und wartete auf die Hand, die sich auf seine Schulter legte und ihn zwang, sich umzudrehen. Aber hier lungerten nur arbeitslose Teenager herum, die von ein paar gelangweilten Bullen beobachtet wurden, und natürlich die üblichen japanischen Touristen in ihren pludrigen Shorts.

Sein Schlüssel hatte die Nummer 226. Das entsprechende Schließfach befand sich genau in der Mitte einer Reihe gleichförmig grauer Schließfächer. Leute kamen und gingen, wollten ihr Gepäck verstauen oder es holen. Die Person, die für Wyatt von besonderem Interesse war, erhob sich von einem der Plastiksitze und stellte sich ihm in den Weg, als er auf die Schließfachanlage zuging. Er sagte kein Wort und blieb einfach stehen. Vor drei Monaten hatte sie ihn fast das Leben gekostet. Er fragte sich, ob der Tod Teil dieses merkwürdigen Deals sei.

Fünfzehn

Wyatt wich zurück.

Ein denkbar ungünstiger Ort – es gab mehrere Ausgänge, aber er befand sich nicht zu ebener Erde, noch dazu in einer Stadt, die er nicht kannte, und in Begleitung von Leuten, die von seinem Tod profitieren könnten.

Anna Reid schien das zu spüren und hielt Abstand. Sie sagte: »Alles okay, Wyatt«, als versuchte sie, einen nervösen Kampfhund zu beruhigen. Wyatt blieb stehen, unablässig die Menschenmassen im Blick, die sich durch die Gänge schoben.

»Danke, Mr. Stolle«, sagte Anna lächelnd und schüttelte Stolle die Hand.

Wyatt musterte die beiden. Anna und Stolle trennten nur wenige Zentimeter und gerade übergab sie ihm einen braunen Umschlag, den sie aus ihrer Tasche gezogen hatte. Der Umschlag verschwand umgehend unter Stolles Mantel. Die Transaktion war schnell und unauffällig verlaufen. »Es ist alles da drin«, sagte sie.

Stolle grinste übers ganze Gesicht. »Ich vertraue Ihnen. Wie wäre es mit einem Abendessen, wenn ich schon mal hier bin?«

Er wartete offenbar auf eine Antwort.

Anna Reid starrte ihn an. »Was für ein schlechter Witz«, sagte sie dann entschieden.

Stolle lief rot an, rief: »Blöde Kuh!«, und machte auf dem Absatz kehrt. Anna sah ihm nach. Sie trug ein ärmelloses, olivgrünes Baumwollkleid und schwarze Sandalen. Das glatte schwarze Haar hatte sie hinter die Ohren gekämmt. Das gab ihr eine selbstsichere, reizvolle Note. Als Stolle außer Sichtweite war, wandte sie sich an Wyatt. »Den Schlüssel, bitte«, sagte sie.

Er gab ihn ihr. Die Prägung der Schließfachnummer auf der Tür blätterte bereits ab. Sie öffnete das Schließfach, zog eine Ansett-Tasche heraus und drückte sie Wyatt in die Hand. Wortlos hängte er sich die Tasche über die Schulter. Sie war ziemlich leicht, schien aber ausgestopft zu sein. Wahrscheinlich alte Zeitungen. Sie wiederholte, was sie eben zu Stolle gesagt hatte: »Es ist alles da drin.«

»Was soll das Ganze?«, fragte Wyatt schroff.

Sie überging die Bemerkung. »Hast du schon gegessen?«

»Vergiss es.«

Er wollte nur weg von ihr, weg von diesem unterirdischen Ort, der niemals Tageslicht sah. Er drehte sich um, doch in diesem Moment packte sie seinen Arm. Entschlossenheit lag in diesem Griff. »Ich habe einen Job, der dich interessieren dürfte.«

Die leise Stimme und die energische Geste riefen die Erinnerung an sie wach, und augenblicklich wich seine Anspannung. Anna Reid hatte ihn in einen Strudel verhängnisvoller Ereignisse gezogen, aber er hatte ihre Leidenschaft nicht vergessen, diese ganz bestimmte Dynamik, die Gefahr bedeutete, aber auch Sinnlichkeit. Ihnen beiden war die Gesetzlosigkeit gemein und es hatte Zeiten gegeben, da hätte er sich vorstellen können, mit ihr zusammenzuarbeiten. Er hatte Anna aus seiner Erinnerung verbannt; doch manchmal gelang es einer Vorstellung von ihr, in sein Bewusstsein zu schlüpfen und er war erleichtert, sie nicht umgebracht zu haben. Lauerte sie dann in einer Nische seines Bewusstseins, nahm Schwermut von ihm Besitz.

Doch er traute ihr nicht über den Weg. Er vertraute nur sich selbst, und damit war er bisher ganz gut gefahren.

»Wyatt!« Sie packte ihn an der Schulter. »Hörst du mir überhaupt zu?«

Er sah auf den Boden. Jemand war in einen Kaugummi getreten, die graue klebrige Masse pappte am Boden und zog bereits Fäden. Nicht nur Anna war ihm fremd, die gesamte Situation war es.

»Wollen wir etwas essen gehen? Willst du hören, was ich dir zu erzählen habe?«

Er nickte. Mehr Nähe hatte er nicht zu bieten.

Sie gingen hinauf in die Mall, hielten sich rechts Richtung Fluss. Mitten im Einkaufszentrum lag ein Open-Air-Restaurant. Anna wählte einen Tisch unter einem Sonnenschirm, direkt neben einer Brüstung, die die Gäste des Restaurants von den Schaufensterbummlern und Touristen abschirmte. Ein passender Ort, um die Dinge zu erörtern, die zwischen ihnen zu erörtern waren. Aus dem Jeansgeschäft nebenan plärrte ein Madonna-Song und gegenüber luchste ein kleines Mädchen mit einer Sammelbüchse den Passanten Kleingeld ab. Unweit des Bistros hatte man einen Laufsteg aufgebaut, auf dem ein Mann im Smoking und mit Mikrofon das Defilee junger Badenixen blökend kommentierte.

Wyatt beobachtete die Zuschauer. Japanische Reisegruppen, einige Tramper mit Sonnenbrand auf der Nase, Studenten, Leute im Konsumrausch. Fast alle in kurzen Hosen und Turnschuhen – er brauchte sich also nicht auf verdächtige Bewegungen in der Masse zu konzentrieren, die das Vorspiel für eine Attacke mit einer Schusswaffe waren.

Sie bestellten Clubsandwiches und Mineralwasser. Anna ließ außerdem eine Karaffe Wein kommen, die Wyatt jedoch nicht anrührte. Er fragte: »Was machst du hier eigentlich?«

Sie wusste, worauf er hinauswollte. »Schon vergessen, ich bin hier aufgewachsen.«

»Ach ja.«

»Nach dem verfickten Job in Melbourne hab ich alles hingeschmissen und bin hierher zurück.«

Ihre Wortwahl klang sehr bemüht. Als hoffte sie, durch die raue Sprache der Straße eine Basis zu schaffen, auf der sie einander begegnen könnten. Es entging ihr nicht, dass Wyatt dichtmachte, also sagte sie schnell: »Ich hab hier sofort einen hervorragenden Job gefunden.«

Sie suchte in seinem Gesicht nach einem Anflug von Interesse. Wyatt kam ihr nicht entgegen. Sein Blick war kalt, sein Gesicht nur eine nüchterne Bilanz.

»Damals in Melbourne ...«, begann sie, »ich hatte nicht vor – «

Sie verstummte, doch Wyatt fixierte sie weiterhin, eindringlich und ruhig.

»Ich habe mit dir geschlafen, weil ich Lust dazu hatte, nicht des Jobs wegen«, beeilte sie sich zu sagen.

Ungerührt blickte er sie an.

»Ich konnte doch nicht voraussehen, wie die Sache ausgeht. Das verstehst du doch, oder?«

Wyatt behielt den harten Kurs bei. Er schwieg und rührte weder Sandwich noch Wasser an.

»Manchmal denke ich an dich«, sagte sie. »Ich wollte nicht, dass sich alles so entwickelt.«

Wyatt lehnte sich nach vorn und seine Direktheit war wie eine Ohrfeige: »Du hattest ein ganz großes Ding am Start, von dem du dir eine Menge Kohle versprochen hast. Das Geld war dir wichtig, nicht ich. So viel zu deinen Gefühlen.«

Sie wurde rot vor Zorn. »Da stehen wir uns ja in nichts nach.«

Er ließ diese Bemerkung unkommentiert und verzog keine Miene. Tatsache war, hätte er sie nicht daran gehindert, hätte sie ihn kaltblütig umgelegt. Umgekehrt hätte sie ihn nicht daran hindern können, sie zu töten, und dennoch hatte er es nicht getan. Diese Wahrheit stand zwischen ihnen und war ihm unerträglich. »Das

Vergangene ist gewesen. Es taugt lediglich dazu, einen daran zu erinnern, dass sich alles wiederholt. Was willst du?«

Sie war immer noch wütend und zeigte es auch. »Ich will dich jedenfalls nicht umbringen, falls du das befürchtest. Und mit Sicherheit will ich auch nichts anderes von dir. Wie ich bereits erwähnt habe, wäre da ein Job, der dir wie auf den Leib geschneidert ist. Es geht um viel Geld, ungefähr zwei Millionen, alles in großen Scheinen.«

»Und was, wenn ich nein sage?«

Plötzlich sah sie müde aus. »Es steht dir frei zu gehen. Die fünftausend gehören dir und es sind keinerlei Verpflichtungen daran geknüpft.«

Nur wenige Meter entfernt hasteten die Leute vorbei. Neben dem Bistro animierte der Marktschreier im Smoking gerade die Gaffer, seinen Bikini-Mädels einen dicken Applaus zu geben. Wyatt versuchte zu lächeln. Nachdem es ihm gelungen war, wirkte es sogar echt. »Erzähl mir von der Sache.«

Anna nickte, und langsam schien ihr Ärger zu verfliegen. »Ich arbeite in der Rechtsabteilung einer Versicherungsgesellschaft. Vor ein paar Wochen ist eine Mitteilung der TrustBank auf meinen Schreibtisch geflattert. Es ging um Haftungsfragen und Schadensersatzleistungen in einem Fall, der eine ihrer Zweigstellen betraf«, sie beugte sich vor und senkte ihre Stimme. »Zwischen Brisbane und der Gold Küste wurde ein riesiges Neubaugebiet erschlossen – Logan City. Wohnungsbau der unteren Kategorie, Einkaufszentren mit Supermarktketten, die Anwohner kommen aus dem Arbeitermilieu oder sind kleine Angestellte, junge Familien, jede Menge

Hypotheken und eine hohe Arbeitslosigkeit. TrustBank hat eine Niederlassung und zwei Filialen in Logan City. Am Freitag bleiben die beiden Filialen geschlossen. Sie wollen ihr Sicherheitssystem auf den neuesten Stand bringen. Die Arbeiten dauern das ganze Wochenende an und deshalb sollen alle beweglichen Werte zur Niederlassung gebracht werden. Wie ich bereits sagte, Bargeld im Wert von ungefähr zwei Millionen.«

Sie lehnte sich zurück. »Ich will, dass du dir die Bank vornimmst. Ich bin sicher, dass das geht.«

»Jetzt am Freitag?«

Sie lächelte entschuldigend. »Ich war nicht sicher, ob Stolle dich rechtzeitig ausfindig machen würde.«

»Mal eben auf die Schnelle eine Bank ausrauben. Ganz allein.«

»Ich kenn da ein paar Leute. Als ich jung war, hab ich mich in gewissen Kreisen rumgetrieben, alles Typen, die mein Vater später dann verteidigt hat, bevor man ihn aus der Anwaltskammer ausgeschlossen hat. Ich kann dir die richtigen Leute besorgen. Zuverlässig, keine Junkies oder Durchgeknallte.«

»Fragt sich nur, ob sie mit mir zusammenarbeiten wollen. Was wissen die von mir?«

»Ich mache keine Reklame für deinen Namen, wenn du das meinst.«

Er starrte auf den Tisch.

»Ich hab dich in Aktion erlebt«, sagte sie. »Wenn es einer schafft, dann du.«

Er schaute sie eine Weile nachdenklich an. »Wieder so eine Insider-Geschichte«, sagte er schließlich. »Wie beim letzten Mal.«

»Ganz und gar nicht wie beim letzten Mal. Diesmal

handelt es sich lediglich um einen Insider-Tipp. Wie sollten sie auf mich kommen?«

»Wer weiß sonst noch von der Sache?«

»Nur ein paar Leute von der TrustBank, einige aus meiner Versicherung und die Sicherheitsfirma.«

Wyatt nickte. Mit anderen Worten: eine Menge Leute. Das war gut und schlecht zugleich. Gut war, dass Anna dadurch kaum in Verdacht geriet. Schlecht war, dass andere ebenfalls Ehrgeiz entwickeln könnten. Er fragte sich, ob das der einzige Haken bei der Sache sei.

Sechzehn

Am Freitag sagte Daniel Nurse zu seiner Frau: »Warum hörst du mir nicht zu? Nur Mitarbeiter. Keine Familienangehörigen.«

Sein Krokodillederkoffer lag offen auf dem Bett und er war gerade damit beschäftigt, Unterwäsche hineinzustopfen. Joyce war sauer. Sie beobachtete, wie er ein paar weiße Hemden vom Bügel nahm und ungelenk versuchte, sie zusammenzulegen. Für sie wäre das ein Klacks gewesen. Doch da sie nun das Wochenende mit ihrer halbwüchsigen Tochter allein verbringen durfte, während er sich mit Kollegen amüsierte, sollte er seinen verdammten Koffer gefälligst selbst packen.

»Ich würde euch bestimmt nicht stören«, maulte sie. »Ich könnte am Strand spazieren gehen oder ein Buch lesen.«

Nurse drehte ihr den Rücken zu, damit sie die Angst und die Anspannung in seinem Gesicht nicht sah. Er war kurz davor, ihr eine aufs Maul zu hauen, damit sie mit dem Genöle aufhörte. Das hatte er noch nie getan. Er sah sein Spiegelbild in der Fensterscheibe, und es gefiel ihm nicht, was er dort sah. Gedrungen, rosiger Teint und mehr oder weniger kahl auf dem Schädel. Der Anblick hinter der Scheibe war ansprechender. Das Haus war ein Queensland-Pfahlhaus aus den zwanziger Jahren und lag im östlichen Teil Brisbanes an einem Hang mit Blick auf den Norman Creek. Von hier aus sah man die Privatschule, auf die seine Tochter Mignon nächstes Jahr gehen würde, wenn er das horrende Schulgeld zusammengekratzt hatte. Ein Gebäude mit Ziegeldach, umgeben von hohen alten Bäumen, viel schöner als die High School auf der anderen Seite des Ufers. Die Bäume dort waren bevölkert von einer Kolonie von Flughunden. Sie stanken wie die Pest, machten einen furchtbaren Lärm und erinnerten ihn immer an Vampire. Hier im Osten Brisbanes war alles sauberer, irgendwie geregelter.

Er drehte sich wieder um. »Das ist ein Wochenendseminar, verdammt noch mal. Ich werde mir mit einem Kollegen aus Mackay ein Zimmer teilen und wir werden bis in den späten Abend mit Vorträgen bombardiert. Heute und morgen. Wir sind die ganze Zeit voll eingespannt. Die ganze Zeit.«

Joyce gab nicht auf. »Ich bin sicher, wir könnten auch ein Zimmer für uns haben. Du gehst zu deinen Vorträgen und ich lege mich an den Strand. Falls dich dein Spieltrieb packt, wäre ich zur Abwechslung mal zur Stelle und könnte eingreifen, bevor du Haus und Hof verlierst.«

Gottverdammt noch mal, er musste verhindern, dass sie am Wochenende in seiner Nähe war. Hätte er doch nur gesagt, TrustBank würde den Workshop dieses Jahr am Mt. Isa veranstalten. Die Gold Küste war ein rotes Tuch für sie. »Schatz, die ganz hohen Tiere werden da sein. Es sieht einfach blöd aus. Man will uns Teamgeist vermitteln, und wenn ich mit dir auftauche, bin ich sofort abgeschrieben.«

Joyce verschränkte die Arme. »Lauter Männer und keine einzige Frau? Für wie naiv hältst du mich eigentlich?«

»Wir haben den Kopf voll. Selbst wenn wir wollten, wir wären viel zu geschafft, um noch um die Häuser zu ziehen. Außerdem wird es bei solchen Anlässen nicht gern gesehen, wenn wir uns voll laufen lassen.«

Jedenfall hatte es sich vor zwei Jahren so abgespielt, als Nurse zum ersten und letzten Mal an einem Wochenendseminar der TrustBank teilgenommen hatte. Er warf seine Hausschuhe in den Koffer. Das war anscheinend in diesem Moment genau das Richtige, denn Joyces Blick wurde auf einmal versöhnlich. »Okay, aber versprich mir, dass wir bald mal ein Wochenende dort verbringen. Nur wir beide.«

»Versprochen«, sagte Nurse.

Als sie aus dem Zimmer war, holte er schnell noch seinen Smoking aus der hintersten Ecke des Schranks, legte ihn sorgfältig in den Koffer und klappte den Deckel zu. Vor ihm lagen ein paar ätzende Tage, also hatte er sich auch etwas Abwechslung verdient.

Er sah auf die Uhr, halb acht, er musste los. Im Hinausgehen gab er Joyce und Mignon einen Kuss, sagte bis Sonntagabend und wuchtete den Koffer in den Volvo. Was jetzt kam, war ihm zuwider. Vor acht Jahren war er noch Direktionsassistent der TrustBank bei der Niederlassung Ost in Brisbane gewesen. Zehn Minuten Fußweg.

Vor einem Jahr hatten sie ihn zum Direktor der Niederlassung in Logan City befördert, nette Gehaltserhöhung und ein neues Auto inklusive. Doch Logan City war über dreißig Minuten entfernt von Brisbane und lag am Arsch der Welt. Auf keinen Fall hätten Joyce und er dort wohnen mögen. Also versuchte er seit einem Jahr, sich an die lange Fahrt zu gewöhnen, an die öde Gegend, die arbeitslosen Jugendlichen und die Mütter, die ihre Kinderwagen durch die tristen Einkaufszentren schoben.

Um Viertel nach acht stellte er seinen Wagen auf dem für ihn reservierten Parkplatz im Hof hinter der Bank ab und kramte nach dem Schlüssel für den Hintereingang. Der Wachmann aus der Nachtschicht döste auf einem Plastikstuhl vor Nurses Büro vor sich hin. Als er Nurse sah, gähnte er herzhaft, warf einen Blick auf die Uhr und verdrückte sich in die Kaffeeküche.

Die ersten Bankangestellten trudelten ein. Im Gegensatz zu Nurse verfügten sie über keinen eigenen Schlüssel, und so musste der Wachmann jedes Mal die Vordertür mit den schweren Doppelglasscheiben aufschließen, um sie hereinzulassen. Nurse grüßte sie freundlich, schenkte Angie, der Kassiererin mit der üppigen Oberweite, ein aufmunterndes Lächeln und verschwand in seinem Büro. Der Vormittag drohte mörderisch zu werden. Der Kasten mit der Eingangspost quoll über und um elf hatte er einen Termin mit jemandem, den er lieber nicht treffen wollte.

Um sich zu entspannen, ließ er sich Kaffee und Kekse kommen, entwarf einige Anschreiben und Mitteilungen. Eine Sache bereitete ihm einiges Kopfzerbrechen. Ende der kommenden Woche, von Freitagnachmittag bis Montagmorgen, würden die Geldbestände der beiden

Filialen in Logan City in seiner Niederlassung lagern. In den Filialen sollte das Sicherheitssystem, also die Geldschränke, Überwachungskameras und Alarmanlagen, auf den neuesten Stand gebracht werden. Die Zentrale war der Ansicht, man spare Zeit und vermeide Ärger, wenn man die Bestände in der Niederlassung zwischenlagere, anstatt sie nach Brisbane zu schaffen. Fast zwei Millionen Dollar in Fünfzig- und Hundertdollarscheinen. Das bedeutete erheblichen Mehraufwand für Nurse und seine Mitarbeiter, was er auch in seinem Anschreiben an die Filialleiter unmissverständlich zum Ausdruck brachte. »Ich erwarte die Anlieferung in der Niederlassung um genau 16 Uhr. Bitte stellen Sie sicher, dass die Banknoten korrekt gebündelt und mit Banderolen versehen in entsprechend großen, verplombten Geldkassetten zur Abholung durch Mayne Nickless bereitstehen. Zudem würde ich es begrüßen, wenn Sie gegenüber den in Ihren Filialen tätigen Sicherheitstechnikern deutlich zum Ausdruck brächten, dass laut Vertragsvereinbarung die Arbeiten an den Sicherheitssystemen am Montagmittag abgeschlossen sein müssen. Ich muss Sie an dieser Stelle sicher nicht daran erinnern, dass jede Stunde, in der das Geld in der Niederlassung oder unterwegs ist, eine unter Sicherheitsaspekten prekäre Stunde ist.« Er unterstrich ›prekäre‹.

Um halb elf gönnte er sich nochmals Kaffee und Kekse. Das war ein Fehler. Eine Viertelstunde später hing er über der Kloschüssel, um seinen Magen zu entleeren. Um zehn Uhr neunundfünfzig brachte Angie den Auslöser hierfür in sein Büro.

»Hey, Danny-Boy!«

Nurse erhob sich. Er war noch ziemlich schwach auf

den Beinen. Sein Besucher hieß Ian Lovell, hatte ein langes, knochiges Gesicht, feines Haar und einen durchtrainierten Körper. Seine Entschlossenheit und sein Witz waren offenkundig, was ihm sogleich Angies bewundernde Blicke sicherte. Lovell ließ sich in einen Sessel fallen, streckte seine Beine aus und grinste Nurse an. Etwas Bedrohliches lauerte hinter diesem Grinsen. Neben seinen teuren RM Williams-Stiefeln stand eine Aktentasche. Nurse setzte sich wieder und versuchte, die Aktentasche zu ignorieren.

»So, Danny, was hast du deiner Angetrauten denn diesmal erzählt?«

Er hatte die raue Stimme eines Buschfarmers, sprach schnell und undeutlich. Doch der Mann war Pilot, kein Farmer. Nurse fragte sich, wie die Fluglotsen ihn verstehen konnten. »Wochenendseminar nur für Mitarbeiter.«

»Und? Hat sie's dir abgenommen?«

Nurse nickte.

»Scheißweiber. Nimm dir ein Beispiel an mir: Schick die Familie in die Wüste und du bist wieder ein freier Mann.« Mit diesen Worten schob er die Aktentasche zu Nurse hinüber. »Du weißt, was du zu tun hast?«

»Ich warte im Zimmer 212. Zwischen zehn und sechzehn Uhr kommen drei verschiedene Besucher. Jeder von ihnen übergibt mir fünfundzwanzigtausend – «

»Zähl nach. Lass dich von den Dreckskerlen nicht übers Ohr hauen«, sagte Lovell.

» – und dann kriegen sie von mir den Stoff.«

»Sprich's aus«, sagte Lovell und griente. »Heroin. Na los.«

»Heroin.«

Plötzlich war das jungenhafte Grinsen wie weggewischt und Lovell beugte sich zu Nurse hinüber. »Keine Patzer, verstanden? Zähl erst das Geld nach, danach rückst du die Ware raus.«

»Das sagtest du bereits.«

»Korrekt. Und ich sag's noch mal.«

»Die Sache gefällt mir nicht«, murmelte Nurse. »Was gibt mir die Sicherheit, dass die Typen mir nicht eins über den Schädel ziehen und dann mit dem Stoff abhauen – mit dem Heroin, meine ich.«

Lovell lehnte sich wieder zurück und faltete die Hände hinter dem Kopf. Er hatte einen langen Oberkörper mit gut ausgebildeter Muskulatur. Nurse fürchtete diesen Körper. »Zwei Argumente. Erstens wissen sie, dass der Stoff gut ist und dass es bei Bedarf noch mehr gibt. Zweitens wissen sie, dass ich weiß, wo ich sie finden kann.« Er bleckte die Zähne. »Ich weiß ja auch, wo ich dich finden kann.«

Nurse spielte mit einer Büroklammer. Gleich würde er wieder auf die Toilette müssen. »Und wenn ich verhaftet werde? Drogenhandel bringt mindestens zehn Jahre ein!«

»Du wirst nicht geschnappt. Die schützenden Hände dort sind gut geschmiert. Seit Jahren werden Deals im Tradewinds abgewickelt.«

»Ich habe Bone fest zugesagt, ihm das Geld nächsten Monat zurückzuzahlen. Ich verstehe nicht, warum ich den Job jetzt machen muss.«

Lovell antwortete nicht sofort. Er ließ Nurse nicht aus den Augen und knackte mit seinen Fingern. Für Nurse klang das wie eine Serie von Schüssen aus einer Handfeuerwaffe. Oder wie Schläge mit einer Eisenstange auf seine Knöchel, Knie und Ellbogen.

Endlich begann Lovell zu reden. Diesmal mit weicher Stimme und sauber artikuliert. »Weil du Mr. Bone sechzehntausend Dollar schuldest und er es satt hat, länger zu warten. Er hat auch deine ständigen Versprechungen satt. Sehen wir der Sache doch ins Auge: Du bist ein Versager am Spieltisch. Du solltest damit aufhören. Es gelingt dir nicht, deine Verluste in Grenzen zu halten.«

Nurse startete einen zweiten Versuch. »Wenn ich für diese Sache nur zweitausend Dollar bekomme, heißt das, dass ich noch sieben Mal losziehen muss, bis ich meine Schulden abbezahlt habe. Das schluckt meine Frau nie.«

»Scheiß auf deine Frau. Wir sehen uns am Sonntag um vier im Irish Club.«

Als Lovell gegangen war, begab sich Nurse erneut zur Herrentoilette. Diesmal für längere Zeit. Dann arbeitete er ohne Unterbrechung bis zum Nachmittag. Gegen siebzehn Uhr lehnte er eine Einladung ab, mit ein paar Kollegen in den Pub nebenan zu gehen. Obwohl Angie mit von der Partie war. Er verstaute Lovells Aktentasche in seinem Volvo und um Viertel nach fünf hatte er Logan City bereits hinter sich gelassen. Fließender Verkehr auf der Autobahn Richtung Gold Küste, es gab keine Staus. Doch Nurse war zu abgelenkt, um sich dem Verkehrsfluss anzupassen. Bisweilen kroch er mit fünfzig Stundenkilometern dahin und provozierte wütende Hupkonzerte von Autofahrern, die ihn überholten. Er hatte keinen Blick für die gigantischen Freizeitparks, die geradezu aus den Wäldern herausgeschnitzt schienen. Auch die riesigen Reklametafeln verfehlten ihr Ziel, indem er sie keines Blickes würdigte. Er fühlte sich schwach, desolat, und er hatte Schiss.

Das Tradewinds lag am Meer. Von Zimmer 212 hatte man einen Ausblick auf ähnliche Gebäude; Kolosse aus Glas, so weit das Auge reichte. Nur die Spielcasinos in der Nähe waren weniger imposant, dafür aber in Neonlicht getaucht. Nurse ließ sich aufs Bett fallen. Er schlief unruhig und hätte so gern Lovell und die Leute, für die er arbeitete, aus seinen Gedanken verbannt. Um neunzehn Uhr stand er wieder auf, duschte und fühlte sich wie neugeboren. Er zog seinen Smoking an und nahm Peilung aufs Monte Carlo.

Siebzehn

Nurse kam Lovell wie gerufen. Ein Informant aus dem Rauschgiftdezernat hatte ihm gesteckt, dass sein Mann fürs Tradewinds wegen Mordverdachts kurz vor seiner Auslieferung nach Neuseeland stand. Lovell wollte von Bone einen anderen Kurier, und Bone hatte ihn auf Nurse angesetzt, weil der finanziell in der Klemme saß und deshalb gefügig schien. Lovell fuhr nach seinem Besuch bei Nurse äußerst zufrieden zum Flughafen.

Drei Stunden und einen Anschlussflug später blickte Lovell auf Cooktown hinunter. Es war ein Gefühl bitterer Genugtuung, in der Rolle des Passagiers fliegen zu müssen. Vor dem Pilotenstreik 1989 war er Zweiter Offizier bei Ansett gewesen, man hatte ihn jedoch danach nicht wieder eingestellt. Danach waren Haus und Frau flöten gegangen und er hatte sich fortan als Ersatzfahrer für einen Taxibetrieb durchschlagen müssen. Eines Nachts war er mit einem Typen namens Bone ins Gespräch gekommen, der ihn über Funk nach Spring Hill bestellt hatte. Eine Woche später hatte er wieder den Steuerknüppel eines Flugzeugs in der Hand und verdiente das Dreifache seines Ansett-Gehalts.

Saubere Landung. Klare Sichtverhältnisse, hohe Luftfeuchtigkeit und ein leichter Wind aus Nordost. Er begab sich zum Ausgang, führte ein Telefonat und nahm sich einen Leihwagen. Mit dem Commodore fuhr er dann zu einer kleinen Landepiste nördlich von Cooktown. Sie war ein Überbleibsel der japanischen Bedrohung während des Zweiten Weltkriegs. Im gesamten Norden fand man diese Landepisten und sie alle hatten ihre Funktion.

Das Flugzeug war eine Beechcraft Baron, unterstützt von zwei 260 PS starken TCM-Triebwerken. Sie bot Platz für vier Personen, doch nahm Lovell nur selten Passagiere mit. Zwei Sitze waren daher ausgebaut und durch zusätzliche Benzintanks ersetzt worden. Die Maschine konnte so fast 400 Kilo Fracht über eine Distanz von 2.500 Flugkilometern in einer Höhe von 10.000 Metern und mit einer Durchschnittsgeschwindigkeit von 370 Stundenkilometern befördern. Bei manchen Flügen nach Papua-Neuguinea musste er jedoch zum Tanken zwischenlanden, und dafür hatten Bones Leute zusätzliche Treibstoffdepots auf zwei Flugplätzen nahe der Spitze der Cape-York-Halbinsel angelegt und ein Depot auf einem Flugfeld auf Saibai Island, einem Teil der Torres-Strait-Inselgruppe.

Felix erwartete Lovell vor dem Hangar. Er hatte sich einen Joint gedreht und nahm gerade einen Zug. Felix war ein leicht untersetzter Melanesier mit langsamen Bewegungen und schweren Lidern, dessen Vorfahren von Sklavenhändlern nach Queensland verschleppt worden waren. Er ließ sich seine Dienste bar bezahlen oder in Form von Neuguinea Gold, Heroin, das Lovell regelmäßig einflog.

»Mach das Ding aus, Felix.«

»Erste heute. Bin 'n cooler Kanake, hab alles im Griff.«

»Mach das Scheißding aus. Ich möchte im Bett sterben und nicht auf einer verdammten Landepiste in Flammen aufgehen oder über Torres Strait abstürzen, weil mir der Sprit ausgegangen ist.«

Felix zuckte mit den Schultern. »Wie du meinst, Boss.« Er schnippte das brennende Ende des Joints mit den Fingern weg und verstaute den Rest in der Brusttasche seines Hemds.

Lovell ließ den Blick über das pockennarbige Flugfeld und die Buschwälder schweifen. Wie er es hasste! »Mach schon, ich will endlich los.«

Über einen 100 Meter langen Schlauch füllten sie die Tanks aus einem unterirdischen 10.000-Liter-Depot, das mit einer elektrischen Pumpe ausgestattet war. War die Baron längere Zeit nicht geflogen, benötigte sie einen Zusatzantrieb. Zu Felix' Aufgaben gehörte es, ständig für eine einwandfreie Batterie zu sorgen. Beide Männer hievten nun eine Batterie von der Laderampe von Felix' altersschwachem Hilux und schleiften sie zur Beechcraft.

Um 15 Uhr an diesem Freitag war Lovells Maschine startklar. Er winkte Felix zu, der seinen Joint bereits wieder angesteckt und lässig in den Mundwinkel geklemmt hatte, und konzentrierte sich dann auf die Startpiste. Sichtverhältnisse immer noch gut, Wind aus Nordost, leicht wechselnd. Lovell gab die Bremsen frei, zog den Steuerknüppel hoch und spürte, wie die Baron abhob. Er fühlte sich wohl. In 10.000 Meter Höhe bestimmte er den Kurs, den die Maschine nehmen sollte, bis sie die

Highlands erreicht hatte. Etwas später flog er über den Küstenstreifen der nordwestlichen Spitze von Cape York. Siebentausend Kilometer Küstenlinie zwischen Cairns und Port Hedland. Und in Lovells spezieller Ecke herzlich wenig Gesetzeshüter. Ein bisschen Landespolizei aus Queensland und ein paar Bundesbullen auf Thursday Island, außerdem ein paar müde Zöllner auf Thursday und auf Horn Island. Die Idioten verplemperten ihre Zeit damit, eine Hand voll Insulaner zu verfolgen, die das eine oder andere Gramm in Bananenbooten oder Alu-Dinghies schmuggelten, während die großen Fischzüge unbehelligt blieben.

Er ging auf Autopilot. Der vierzehnte Flug dieses Jahr. Er flog nicht nur Neuguinea Gold. Zwei Mal hatte er zweihundertdreißig Kilo Buddha Sticks aus Thailand an Bord gehabt, die gut und gern ihre dreihunderttausend Eier brachten. Er beförderte auch Heroin aus dem Goldenen Dreieck, das zunächst per Land- und Wasserweg nach Papua-Neuguinea geschafft wurde. Von dort holte er es mit seiner Maschine ab. Am Ende der Kette standen Kuriere wie Danny, die das Zeug zur Gold Küste, nach Sydney und Melbourne schafften. Lovell brauchte dann nur noch das Geld zu Mr. Bone zu schleusen.

Droge des Monats war Cannabis aus Papua-Neuguinea. Vergangene Woche hatte er im Radio gehört, dass es allein in Queensland von dreiundzwanzigtausend Jugendlichen täglich konsumiert wurde. Und achtzigtausend rauchten es mindestens einmal pro Woche. Auch in Sydney konnten die Leute nicht genug davon kriegen und ließen sich locker zweihundert Dollar aus der Tasche leiern. Ebenso war die Nachfrage nach Koks und Heroin ungebrochen und der Markt für Crack explodierte buchstäblich. Nur wurde der Handel mit harten Drogen härter bestraft, das war das Problem. Lovell hatte dafür eine geniale Lösung gefunden. Cannabis wurde in Form gepresster Ballen von der Größe zweier Backsteine transportiert. Flog Lovell Cannabis, befand sich in diesen Ballen auch immer Heroin. Sollte er geschnappt werden, kam er wegen unerlaubter Einfuhr großer Mengen Cannabis dran. Nicht wegen der Einfuhr von Heroin. Die Cannabis-Ballen würden verbrannt und mit ihnen ging das Heroin in Rauch auf.

Weit unten sah er einem Fischkutter. Möglicherweise hatte der auch Cannabis an Bord. Alle versuchten es. Lovell korrigierte den Kurs. Am späten Nachmittag würde er über Goroka zum Landeflug ansetzen. Er fragte sich, wie sich Nurse wohl anstelle.

Achtzehn

Bei gedämpftem Licht saßen sie an der Bar des Monte Carlo und bereits nach fünf Minuten Small Talk sagte der Kandidat: »Nennen Sie mich doch Danny«, bemüht, den goldenen Ring an seinem Wurstfinger unsichtbar werden zu lassen.

»Ich bin Sonia«, stellte sich Carol vor und schwang ihre Beine in seine Richtung.

»Sonia. Schöner Name«, sagte der Kandidat. »Passt gut zu Ihnen.«

Sanft strich er mit den Fingerspitzen über ihren linken Unterarm und Carol dachte, ich hab dich, mein Freund.

»Es gibt etwas zu feiern.« Danny sah sie erwartungsvoll an.

»Lassen Sie mich raten«, erwiderte Carol. »Sie hatten heute Abend eine Glückssträhne.«

Dannys Blick glitt über ihren Körper. »Bis jetzt schon.« Er schnippte mit den Fingern. Der Barkeeper am anderen Ende der Bar setzte sich in Bewegung. Abgesehen von den Croupiers und Barmixern war Danny der Einzige in Abendgarderobe. Er trug eine Fliege, die zu stramm saß und deren Gummiband an den Fettpolstern seines Nackens scheuerte. Sein schütteres Haar konnte die Pickel auf seiner rosigen Kopfhaut nur ungenügend kaschieren. Er war fünfundvierzig und geradezu prädestiniert für einen Herzinfarkt.

»Und Sie, wie steht es mit Ihrer Glückssträhne?«

Carols Einschätzung erfolgte blitzschnell. Wenn sie behauptete, sie habe furchtbar viel verloren, würde er sich von seiner mitfühlenden und großzügigen Seite zeigen, aber auch eine Gegenleistung erwarten. Wenn sie hingegen kühl erwähnen würde, sie habe eben eine beträchtliche Summe gewonnen, wäre er wahrscheinlich beeindruckt und sehr zufrieden mit seiner Eroberung. Carol hatte weder gewonnen noch verloren. Sie hatte überhaupt nicht gespielt. Sie hatte sich ein bisschen umgesehen, beobachtet und nur auf einen Gewinner wie Danny gewartet.

»Tausend«, sagte sie bescheiden.

Danny pfiff anerkennend. »Nicht schlecht, wirklich nicht schlecht.«

Er neigte den Kopf zur Seite und betrachtete sie aufmerksam. Carol trug ein dezentes schwarzes Cocktailkleid, hauchdünne Nylonstrümpfe und schwarze Pumps. Sie hatte kaum Make-up aufgetragen und die einzigen Accessoires waren eine Uhr und eine schlichte italienische Unterarmtasche aus Leder. Ihr blondes, feines Haar war glatt und schulterlang.

Der Barkeeper servierte die Drinks.

»Cheers«, sagte Danny.

Sie wusste genau, wie es mit Männern wie Danny lief. Der klassische Kandidat wollte unter keinen Umständen den Eindruck haben, er habe ein Flittchen aufgelesen. Hatte er gewonnen, beanspruchte er für sich nur das Beste. Er hielt sich für unwiderstehlich. Es schmeichelte seinem Ego, erhöhte sein Prestige, wenn eine junge, gut aussehende Frau sich zu ihm hingezogen fühlte.

Carol konzentrierte sich jetzt voll auf Danny. Er hatte gerade damit begonnen, ihr sein System zu erläutern. »Natürlich kann ich nicht zu sehr ins Detail gehen, Sonia. Aber so viel kann ich verraten, es hat sich über die Jahre gesehen wirklich bewährt.« Er zwinkerte ihr zu.

Arschloch, dachte Carol. »Und was machen Sie sonst so?«

»Ich?«

Danny zuckte mit den Schultern und blickte sich im Raum um. »Ich bin im Bankgewerbe, Versicherungen et cetera. Und Sie?«

In Bezug auf seinen Status log der klassische Kandidat sich gern in die eigene Tasche. Und war sehr angetan, wenn man selbst über Geld und Ansehen verfügte. Also sah Carol auf ihre Uhr, einen Piaget-Blender aus Singapur, und sagte: »Ich bin selbstständig. Innenarchitektin.«

Wieder pfiff Danny anerkennend, und Carol fügte hinzu: »Ist es wirklich schon so spät?«

»Hey, Sie wollen doch nicht schon gehen? Die Nacht ist jung!«

Er rückte näher an sie heran und flüsterte: »Wollen wir nicht noch mal unser Glück versuchen.«

Das war jetzt aber ungewöhnlich. Eigentlich sollte der Kandidat an diesem Punkt vorschlagen, irgendwo in angenehmerer Umgebung noch einen Drink zu nehmen. Stirnrunzelnd betrachtete Carol ihr Zifferblatt.

»Nur ein halbes Stündchen«, versuchte Danny sie zu überreden. »Und danach feiern wir. Ich wohne gleich nebenan im Tradewinds.«

Carol tat, als kämpfe sie mit sich, um schließlich zu kapitulieren. Sie lachte. »Optimisten habe ich schon immer bewundert.«

Durch den verrauchten Saal gingen sie hinüber zu den Roulettetischen. Carol hatte dergleichen Räume auch schon bei greller Beleuchtung gesehen, wenn Teppiche und Bezüge ihre Flecken und Brandlöcher offenbarten. Die Tische waren umlagert von Pauschalreisenden, die man mit dem Bus aus Sydney herangekarrt hatte, Hausfrauen aus Brisbane und den aussichtslosen Fällen von Spielsucht. Sie bemerkte, dass Danny an ihrer Seite einen merkwürdigen Spitzentanz aufführte. Bis sie begriff, dass er auf diese Weise versuchte, ein paar Zentimeter an Größe zu gewinnen. Was für ein Schwachkopf.

Er machte seine Einsätze und sah sich augenblicklich auf der Verliererstraße. Es war noch nicht allzu dramatisch, aber dramatisch genug für jemanden, der gehofft hatte, Fortuna lächle ihm zu und der sie nicht verärgern wollte. Es war eine Marotte von ihm, jedes Mal, wenn er seinen Einsatz getätigt hatte, an seinen Manschettenknöpfen herumzufummeln.

»Ach, zu dumm«, kommentierte Carol das Geschehen ab und an.

Sie saßen eng nebeneinander, ihre Schultern berührten sich und Carol hatte ihre Hand auf seinen Unterarm gelegt, was Danny sehr zu gefallen schien. Die Leute beobachteten sie, was ihm ebenfalls zu gefallen schien; Carol vermutete, dass Ausdrücke wie ›scharfes Pärchen‹ in seinem Kopf herumspukten.

Wenn es ihr nicht gelänge, ihn nach einer halben Stunde vom Tisch loszueisen, würde er sein ganzes Geld wieder verspielen. Sie legte ihre Wange an seine Schulter und berührte seinen Oberschenkel mit ihrem Knie. Er schwankte zwischen Schweißausbruch, Panikattacke und Verlangen und sah sie an. Sie lächelte und zog die Nase kraus. »Mir wäre jetzt nach einem Drink«, und ihre Stimme hatte ein rauchiges, verführerisches Timbre.

Danny war hin und her gerissen. »Noch ein bisschen«, bat er schließlich. »Es gibt immer einen Wendepunkt. Wäre doch schade, wenn der kommt, nachdem wir gegangen sind.«

Er war ein Idiot, aber sie ließ ihr Knie, wo es war, und drückte seinen Arm. »Machen Sie sich keine Sorgen. Es ist alles noch drin.«

»Das verstehen Sie nicht«, sagte er und setzte noch einen Hunderter.

Carol wollte gerade etwas erwidern, als sie spürte, dass jemand sie fixierte. Sie sah hoch. Hinter dem Pulk von neugierigen Schmalspurzockern, Rentnern und Großmäulern stand ein hoch gewachsener Mann mit finsterem Gesichtsausdruck und einer Brille mit schwerem, schwarzen Gestell auf der Nase. Der Manager. Er sah sie unverwandt an und nickte dann jemandem hinter ihr zu.

Sie spürte eine Hand auf ihrer Schulter. Ohne sich umzudrehen, wusste sie, dass es ein Typ vom Sicherheitsdienst war. Ein Zweiter baute sich neben Danny auf.

»Entschuldigen Sie, Miss«, sagte der Erste.

»Ja, bitte?«

Es roch plötzlich nach Imbissbude, als er sich zu ihr hinunterbeugte. »Sie haben den ganzen Abend über nichts gesetzt. Nicht ein einziges Mal, seit Sie vor drei Stunden das Casino betreten haben. Und Sie sind auch nicht in Begleitung dieses Herrn hierher gekommen.«

»Wenn Sie uns also bitte ins Büro folgen wollen«, sagte der Zweite.

»Was geht euch das an?«, ereiferte sich Danny.

»Kennen Sie die Dame, Sir?«, fragte der Erste. Seine Handrücken waren stark behaart. Die Leute wurden bereits auf sie aufmerksam und einige fingen an zu flüstern. Eine flüchtige Kopfbewegung des Managers genügte, und Carol fühlte sich von starken Männerarmen hochgehievt.

Danny knallte ein Dutzend Jetons auf den Tisch und verkündete: »Die Dame gehört zu mir. Hier ist ihr Einsatz.«

Im gleichen Moment schnappte sich Carol vier Jetons und schob sie Richtung Tableau. »Alles auf die Neun.«

Der Croupier sah von den Jetons zu seinem Boss und wieder zurück.

»Neun. Sie haben doch gehört, was die Dame gesagt hat«, rief Danny. »Und ich setze ebenfalls auf die Neun.« Mit diesen Worten schob er seine gesamten Jetons über den Tisch.

Der Croupier zuckte mit den Schultern. Unter den Mitspielern wuchs die Anspannung. Als Spieler hasst man Verzögerungen. Der Croupier blickte noch einmal in die Runde und machte sich daran, das Rad zu drehen.

Offensichtlich angewidert, wandte der Manager sich ab und ging. Seine Sicherheitsleute tuschelten miteinander und Carol schenkte ihnen ein Lächeln. Ihr war klar, dass sie sich hier nie mehr blicken lassen konnte, aber warum sich deshalb Feinde machen. »Es war eben ein kleines Missverständnis, nichts weiter«, sagte sie entschuldigend.

Die Sicherheitsleute zogen sich zurück. »Unerhört!«, polterte Danny.

»Sie haben nur ihren Job gemacht. Es stimmt schon, ich könnte ja sonst wer sein.«

»Du bist aber nicht – «, setzte Danny an, doch in diesem Moment begann der Roulettekessel sich zu drehen und er widmete sich wieder seinen Manschettenknöpfen.

Wie gebannt beobachtete Carol die Kugel; das anfänglich hektische Klackern wurde verhaltener, die Kugel begann an den Zacken zu springen, dann ein unerwarteter Hüpfer in letzter Sekunde. Neun.

Danny sprang auf, brüllte Yes! und stieß zum Zeichen des Triumphes die rundliche Faust in die Luft. Andere pfiffen zum Zeichen der Anerkennung oder applaudierten. Carol strahlte Danny an. Der Kuss, den er ihr daraufhin auf den Mund drückte, war feucht und fordernd. »Und jetzt lass uns den Drink nehmen.«

Der Croupier schob die Jetons zu ihnen hinüber und Carol ihrerseits schob sie schüchtern Danny hin. Der strahlte über das ganze Gesicht. »Ich glaub es einfach nicht. Ich hätte bis zum Jüngsten Tag auf die Elf gesetzt.« Er überließ ihr einige Jetons. »Die sind für dich. Du hast mir Glück gebracht.«

Sie verließen das Monte Carlo und gingen direkt ins Tradewinds. In Zimmer 212 stand ein extrabreites Doppelbett mit einem dicken, dunkelblauen Überwurf, der ausgereicht hätte, um einen Ochsen zu ersticken. Danny zog die Vorhänge auf und ging mit Carol auf den Balkon, um ihr das Lichtermeer zu zeigen. Die ganze Zeit versuchte er sich einzureden, dass kein animalischer Trieb ihn veranlasst habe, sie mit auf sein Zimmer zu nehmen. Sie gingen wieder hinein und er zog die Vorhänge zu.

An der einen Wand standen zwei Clubsessel, ein großer Fernseher mit Videorecorder und auf einem niedrigen Tisch daneben lag der geöffnete Krokodillederkoffer. Im Badezimmer hatte Danny das Licht brennen und ein feuchtes Handtuch am Boden liegen lassen. Aus der anderen Ecke drang das Brummen der Mini-Bar.

»Was darf ich dir anbieten?«

Er hatte den Hemdkragen gelockert und wischte sich mit einem Taschentuch die Stirn. Dann lachte er etwas verlegen und steckte das Taschentuch weg. »Gewinnen ist anstrengend.«

Carol ging hin zu ihm und legte ihre Hände auf seine Brust. »Mach's dir doch erst mal bequem.« Sie nestelte an seinen Hemdknöpfen herum. »Warum gehst du nicht unter die Dusche und überlässt mir die Drinks. Ich mix uns was besonders Schönes, Kühles, mit viel Alkohol.«

Ihre Gestik war mehr als eindeutig und der Kandidat wurde rot wie ein Schuljunge. Sie entzog sich ihm und deutete mit dem Kopf auf das Badezimmer. »Aber mach nicht zu lange.«

»Ich hab da diese Stelle«, sagte Danny und machte eine aberwitzige Verrenkung, »mitten auf dem Rücken. Da komm ich allein nicht ran.«

»Nun, da musst du dich wohl noch ein bisschen gedulden.« Sie öffnete die Mini-Bar. Gut bestückt, alles vorhanden, um Martinis zu mixen. Danny pfiff im Bad vor sich hin. Er hatte die Tür offen gelassen. Dachte er wirklich, sie wolle ihn beobachten?

Sie nahm zwei Gläser und tat Eiswürfel hinein, dann öffnete sie eine Flasche Gin.

»Was für eine Mischung wird das?«

Vermutlich stand er im Türrahmen des Badezimmers, aber sie würde sich nicht umdrehen.

»Eine Überraschung.«

Danny schlug sich klatschend auf den Körper.

Sie hörte, wie die Tür der Duschkabine zugezogen wurde, und danach Wasserrauschen. Nach etwa einer halben Minute linste sie ins Bad. Die Duschkabine war beschlagen vom Wasserdampf und Danny war gerade dabei, sich den Schritt einzuseifen, während er vor sich hin summte. Mit geübten Handgriffen goss sie Gin und trocknen Wermut in die Gläser, fischte dann eine kleine Flasche aus ihrer Handtasche, auf der ›Augentropfen‹ stand. Sie schraubte sie auf und füllte die Pipette mit Flüssigkeit. Danny stellte das Wasser ab. Ihr blieb noch ungefähr eine Minute. Rasch träufelte sie die Flüssigkeit in eines der Gläser, rührte mit dem Finger um, verschloss die Flasche und verstaute sie wieder in ihrer Tasche. »Voilà!«, rief sie triumphierend und hielt ihm das Glas hin.

Danny war inzwischen Opfer seiner Schüchternheit geworden. Rosig vom heißen Wasser und den starken Gefühlswallungen, rund von zu vielen Kohlehydraten, stand er neben dem Bett, ein großes Badelaken um die Hüften. »Super«, sagte er mit schwacher Stimme. Er hatte keine Ahnung, was jetzt von ihm erwartet wurde.

»Komm, komm her zu mir«, flötete Carol und klopfte mit der flachen Hand neben sich aufs Bett.

»Ich fühle mich etwas unbehaglich«, gab Danny zu, nahm ihr das Glas ab und setzte sich neben sie. Carol tauchte zuerst ihren Zeigefinger in ihren Drink und ließ ihn dann über Dannys Lippen wandern. Mit dem Rand des kühlen Glases fuhr sie über seine heißen, geröteten Wangen und schließlich glitt ihre Hand unter das Badelaken, um das Glas auf seinem Oberschenkel zu platzieren. Danny stöhnte auf. Er setzte sein Glas an die Lippen und nahm einen großen Schluck.

»Du bist verkrampft«, sagte Carol mit sanfter Stimme und vergrub ihre Fingernägel in seiner Beinbehaarung. »Ich massier dir den Rücken. Möchtest du das?«

Danny lachte plötzlich und legte sich auf den Bauch. »Du bist toll«, sagte er.

Carol massierte ihn den Rücken hinauf bis zu den Schulterblättern. Es gab einiges bei ihm zu massieren, und alles war weich und schwabbelig. Er seufzte und ließ sich hin und wieder zur Seite rollen, um einen Schluck zu nehmen. Als sie den Eindruck hatte, dass er langsam das Interesse verlor, streifte sie betont ihre Strümpfe ab, so dass er es hören konnte. Danny antwortete mit einem leisen Grunzen, dann nahm er noch einen Schluck und räkelte sich wohlig.

Zehn Minuten später wurde er schläfrig. Zwanzig Minuten später war er eingeschlafen. Er hatte einige Milliliter Scopolamin Hydrobromid verabreicht bekommen, ein Bestandteil von Tabletten gegen Reisekrankheit, und das garantierte einen Tiefschlaf für die nächsten zwanzig Stunden. Nach dem Aufwachen würde er sich benebelt fühlen und zu nichts zu gebrauchen sein.

Carol machte sich an die Arbeit. Sie wusch die Gläser ab und entfernte ihre Fingerabdrücke von sämtlichen Oberflächen im Zimmer. Dann nahm sie Danny Ring und Armbanduhr ab und sammelte die Manschettenknöpfe, das Feuerzeug und die Goldkettchen ein, die er auf dem Nachttisch abgelegt hatte. Sie nahm das Geld aus der Brieftasche: Fast dreitausend Dollar – nicht schlecht, aber auch nicht überwältigend.

In seinem Koffer fand sich nichts Wertvolles. Seine Toilettentasche war voll gepackt mit irgendwelchen Shampoo- und Duschgelproben. Doch im Wandschrank, neben einem Paar Hausslippern, fand sie eine Aktentasche. Mit einem Taschentuch packte sie den Griff, holte die Tasche aus dem Schrank und öffnete sie auf dem Bett.

Und hatte in diesem Augenblick ihre Fahrkarte aus dem Dreck.

Neunzehn

Anna Reid hatte in einem Hotel in Logan City ein Hotelzimmer für Wyatt reservieren lassen. Doch kaum hatte sie ihn dort abgesetzt, checkte er aus und fuhr mit dem Bus zurück nach Brisbane. Dort zahlte er im Voraus zwei Übernachtungen im YMCA, zwei im Victoria Hotel an der Astor Terrace, und er meldete sich telefonisch für zwei Nächte in einem Motel in Surfers Paradise an. Es gehörte zu Wyatts Praktiken, sich mehr als ein Schlupfloch zu sichern und sein Lager niemals dort aufzuschlagen, wo er einen Job am Laufen hatte.

Also eine für ihn übliche Vorsichtsmaßnahme, nur gab es diesmal einen ganz konkreten Grund dafür. Solange er nicht sicher sein konnte, dass Anna Reid allein arbeitete und ihn nicht linken wollte, musste jeglicher Kontakt mit ihr zu seinen Bedingungen geknüpft werden.

Zwei Tage unternahm er überhaupt nichts. Am Samstag begann er, sich mit den Örtlichkeiten vertraut zu machen. Er schloss sich einer Touristengruppe an, die mit dem Bus die Gegend erkunden wollte: zwanzig Japaner, ein paar Schweden, ein Rentnerehepaar aus Perth und er. Punkt neun Uhr war Abfahrt, und der Morgen verging mit einer Stadtrundfahrt durch Brisbane und den nahe gelegenen Vororten mit Stopp am Gabba, dem Cricket-Spielfeld in Woolloongabba, einem Aufenthalt bei der Fourex Brauerei, Kaffeepause am Mt. Coot-tha und Mittagessen an der South Bank. Das Rentnerehepaar hatte sich mittlerweile seiner angenommen. Sie fürchteten sich vor Ausländern. Der Mann sprach nur von den Schlitzaugen, wenn er sich auf die Japaner bezog; Wyatt schloss daraus, dass er während des Zweiten Weltkriegs der Armee angehört hatte. Die Frau ließ kein gutes Haar an den Schwedinnen, murmelte ständig etwas über deren Akzent und freizügige Bekleidung, die schwieligen und noch dazu ungewaschenen Füße und die strahlend weißen Zähne. Wyatt ließ alles über sich ergehen. Er sah zum Fenster hinaus oder saß schweigend an irgendwelchen Kiosktischen und genoss die warme Sonne. Er dachte an Anna Reid und einen gewissen Banktresor, in dem für ein Wochenende annähernd zwei Millionen Dollar in bar lagen.

Brisbane selbst war schwer abzustecken. Es gab keine besonderen Charakteristika. Sollte es hier noch Gebäude aus der Kolonialzeit geben, hatte er sie nicht zu Gesicht bekommen. Der Bus raste über das verknotete Schnellstraßennetz, das sich über die Ufer des Flusses spannte. Sie überquerten dabei eine Brücke nach der anderen und Wyatt bekam einen Eindruck von dem pulsierenden Leben in der Stadt und der klaren Architektur der Häuser, die wie Zahnstümpfe in die Luft ragten. Dann ging es weiter über die Hügel und Täler der Vororte. Hier teilten sich verwitterte Pfahlbauten aus Holz eine Postleitzahl mit Villen wie aus dem Bilderbuch und mit Häusern, deren Backsteinfronten nur Verblendermauerwerk war. Die Blütezeit von Lorbeer und Jacaranda war längst vorbei, statt dessen sah man ein Meer tropischer Gewächse, wild wuchernd und mit einem betörenden Duft. Die Sonne brannte ohne Erbarmen und schien dem Himmel alle Farbe zu entziehen. Mehrere Male fuhren sie am Boggo Road vorbei, dem berüchtigten, alten Gefängnis. Das unheimliche Gebäude schien den Hügel, auf dem es stand, zu dominieren. Nie hatte Wyatt ein Gemäuer gesehen, das kälter und trister war.

Nach dem Mittagessen fuhr der Bus in südöstliche Richtung zu den Spielcasinos und Einkaufsstraßen der Gold Küste. Wyatt nutzte die Gelegenheit, um sich ein Bild von Logan City zu machen.

Auf ihrem Weg durch die neuen Vorstädte, die sich zur Satellitenstadt zusammenballten, prägte sich Wyatt die Ausfahrten der Schnellstraße, die Aneinanderreihung von Ramschläden aus Glas und Beton und die nagelneuen Reihenhäuser dahinter genau ein. Eines war klar – wenn er dieses Ding durchziehen würde, musste er sich von diesen Straßen fern halten. Sie waren kurvig wie Puzzleteile, nirgendwo ein rechter Winkel, ein Albtraum für einen Fahrer, der sich nicht auskannte und dem noch dazu die Polizei auf den Fersen war.

Als sie Broadbeach erreicht hatten, entfernte sich Wyatt von den anderen. Auch er hatte einen Haufen Gutscheine für Jetons oder irgendwelche Shows bekommen. Doch anstatt sie im Monte Carlo einzulösen, warf er sie in den nächstbesten Abfallbehälter und erkundete dann die Gegend zu Fuß. Sollte er die Bank ausrauben, würde er nicht sofort abhauen, sondern sich erst einmal verstecken und den Bundesstaat erst Tage, wenn nicht sogar Wochen später verlassen. Ihn interessierte, ob er an der Gold Küste untertauchen, eine andere Identität annehmen könnte; eine Identität, die sich ihm anpasste wie eine zweite Haut und durch die er zu einem unter vielen und somit unsichtbar wurde.

In den nächsten dreißig Minuten sah er genug, um zu wissen, dass das möglich war. Er brauchte nur zu wählen zwischen Tourist, Junkie, Gigolo, Spieler oder Flaneur.

Um achtzehn Uhr fünfundvierzig war der Bus wieder in Brisbane. Das Stadtbild hatte sich vollkommen verändert; die Rushhour war vorbei, die Bürogebäude schienen verwaist und die endlosen Straßenfluchten präsentierten sich menschenleer. Wyatt schüttelte seinen Rentnern die Hand, alle waren auf einmal Freunde geworden. Zwei Japaner strahlten ihn an. Er war gerade im Begriff zu gehen, als eine der Schwedinnen ihm einen Kuss auf den Mund drückte. Ihre Lippen schmeckten nach Salz und er nahm ihren Körpergeruch schwach wahr, angenehm und verwirrend zugleich. Sie lachte und er lachte auch, und als die Gruppe sich aufgelöst hatte, spürte er ein nervöses Verlangen nach körperlicher Nähe.

Anna Reid nahm gleich ab. »Ich versuche die ganze Zeit, dich zu erreichen. Man hat mir gesagt, dass du ausgecheckt hast.«

»Aber ich bin noch da.«

Sie war gekränkt und wollte ihren Frust loswerden. »Ich habe schon gedacht, ich kann meine fünftausend als Verlust verbuchen.«

»Keineswegs.«

»Wir haben doch vereinbart, in Verbindung zu bleiben.«

»Das tun wir doch auch. Hier bin ich.«

»Nach zwei Tagen! Was ist eigentlich los?«

Wyatt war es plötzlich Leid. »Bist du heute Abend zu Hause?«

Pause. »Ja.«

»Dann warte auf mich.«

Er legte auf. In der Roma Street war ein Taxistand, an dem etwa zwanzig Taxen auf Kunden lauerten. Sein Fahrer schnippte die Zigarette weg, lehnte sich mit der Schulter lässig gegen die Tür und lenkte den Wagen nur mit einer Hand zum Coronation Drive. Er sprach kein Wort. Die Lichter am Ufer spiegelten sich im schwarzen Wasser des Flusses. In der Mitte, träge, wie eine Schachtel, lag ein Schwimmbagger. Wyatt ließ den Fahrer an einem Drive-in-Weinladen halten und kaufte eine Flasche roten Bordeaux. Ihm fiel auf, dass er das schon eine halbe Ewigkeit nicht mehr gemacht hatte.

Anna Reids Haus lag an einem Abhang. Wyatt stieg die Stufen zu einer großen Veranda hoch. Links und rechts der Eingangstür standen Liegestühle vor hohen Fenstern. Sanftes, blaugelbes Licht fiel durch die getönten Scheiben. Nachdem er angeklopft hatte, wurde es heruntergedimmt und eine Silhouette zeichnete sich hinter der Glasscheibe ab.

Sie trat beiseite, um ihn hereinzulassen. Neugierig

schaute er sich um. Es war ein typisches Queensland-Haus, doch er hatte noch keines betreten. Ein kleiner Flur führte direkt in ein riesiges Zimmer, das den Großteil der Grundfläche des Hauses einnahm. Von dort gingen Türen zu weiteren Zimmern und zur Küche ab. Der Raum war sehr hoch, mit Deckenbalken und Holzpaneelen an den Wänden. Vor jedem Fenster stand ein Sessel und am anderen Ende des Raums ein großer Esstisch mit Stühlen.

Sie starrte ihn an und er machte den ersten Schritt, stellte die Weinflasche ab und schob ihren Rock hoch bis zur Taille. Die Spannung, die sie beide fühlten, löste sich. Es war notwendig. Eine Kur. Doch selbst während er Anna Reid auszog, während er sich über sie beugte, um sie zu berühren und zu schmecken, blieb ein Teil von Wyatt kühl und überlegt. Vor drei Monaten hatte sie versucht, den Heroin- und Kokainvorrat eines Dealers zu stehlen. Er konnte keine Einstichstellen sehen, weder an den Leistenbeugen noch zwischen ihren Zehen oder an den Armen. Er hielt das für ein gutes Zeichen.

Zwanzig

Nurse wurde in Raten wach. Er musste dringend pinkeln. Irgendwann hatte er lautes Klopfen an der Tür gehört, aber wer auch immer es gewesen sein mochte, nach einer Weile war er gegangen. Grelles Sonnenlicht schien ihm ins Gesicht und folterte seine Augen. Er wollte den Kopf wegdrehen, doch eine schwere Eisenkugel im nassen Sand hätte sich leichter bewegen lassen. Gnadenlos brannte die Sonne in sein aufgedunsenes

Gesicht und auf seinen Stiernacken. Auch der Versuch, die Hände zum Kopf zu führen, war keine gute Idee. Zu schlaff, zu schwer.

Er blieb liegen. Weder das Bett noch der Raum, noch das Badetuch, das sich um seine Beine gewickelt hatte, kam ihm bekannt vor. Merkwürdig, auch die Sonne stand so hoch am Himmel. All das sprach mehr oder weniger für ein ungeregeltes Leben und er fuhr hoch. Seine Armbanduhr war weg, doch die digitale Anzeige der Uhr, die im Betthaupt eingelassen war, zeigte eine rot blinkende 14:30. Er wusste sofort, dass er siebzehn Stunden seines Lebens abschreiben konnte. Dann jagte eine Erkenntnis die Nächste. Er wankte zum Schrank. Die Aktentasche war noch da, stand aber nicht so, wie er sie hingestellt hatte, außerdem hatte sie jemand geöffnet. Schon am Gewicht erkannte er, dass sie leer war, dennoch schüttelte er sie ungläubig und fuhr mit der Hand hinein. Nichts. Er stellte sie wieder zurück.

Auch seine Brieftasche war verschwunden. Und die Manschettenknöpfe und die Ketten, alles weg.

Diese Frau gestern Abend, diese Sonia oder wie auch immer sie geheißen hatte, musste es gewesen sein. Nurse brauchte eine Weile, bis ihm dämmerte, dass er sich in diese tiefe Bewusstlosigkeit weder hineingevögelt noch hineingesoffen hatte. Mein Gott, er hatte an der Bar den einen oder anderen Scotch getrunken, dann den Martini, den Sonia ihm gegen einundzwanzig Uhr gemixt hatte, aber mehr war nicht. Und er konnte sich nicht erinnern, sie gevögelt zu haben, obwohl sie darauf hingearbeitet hatten. Je länger er darüber nachdachte, desto klarer wurde ihm, dass die einzige Regung, die sein Schwanz in den letzten siebzehn Stunden gezeigt hatte, die Morgenlatte war, die ihn jetzt nachdrücklich an seine volle Blase erinnerte. Also hatte die Schlampe ihm etwas in den Drink getan, während er unter der Dusche gestanden hatte.

Auf einer Welle der Empörung ließ er sich ins Bad treiben. Die Blase erleichtert, ein paar Spritzer kaltes Wasser im Gesicht, physisch ging es mit ihm bergauf, als es ihn wie ein Hammerschlag traf: Er saß tief in der Scheiße.

Wenn die Frau auf eigene Rechnung arbeitete, hatte sie per Zufall einen dicken Fisch an Land gezogen – nur wie sollte er das Lovell erklären.

Hatte sie aber von dem Stoff gewusst, dann arbeitete sie für Leute, an die Lovell verkaufte, und das hieß, Lovell hatte sich in der Vergangenheit Feinde gemacht.

Nurse favorisierte die zweite Variante. Das brachte ihn aus der Schusslinie und verschleierte die Tatsache, dass er sich leichtsinnigerweise Heroin im Wert von fünfundsiebzigtausend Dollar hatte klauen lassen.

Oder es zumindest zugelassen hatte. Nurse fröstelte. Ihm war klar, dass Lovell diese Variante favorisieren würde. In der Branche, in der Lovell tätig war, musste man jedem alles zutrauen, musste man damit rechnen, entweder abgezockt oder verpfiffen zu werden. Wenn dann tatsächlich was schief ging, wurde zurückgeschlagen, und zwar hart und überzeugend.

So würde Lovell die Sachlage sehen und Nurse machte sich schon jetzt vor Angst in die Hosen. Die er allerdings zunächst erst einmal anziehen musste. Gleich darauf zog er sie wieder aus und legte sich ins Bett. Die Decke bis unter das Kinn gezogen, fühlte er sich leidlich sicher. Aber das war alles relativ, denn hier konnte er nicht ewig bleiben.

Ohne Mitleid fraß die rote Leuchtanzeige der Uhr die Sekunden. Wie hypnotisiert starrte Nurse auf das Blinken. Jetzt sprang sie um. 14:59. Punkt fünfzehn Uhr klingelte das Telefon.

Nurse überlegte. Die Rezeption, die sich erkundigen wollte, ob das Zimmermädchen nun anrücken könne. Unwahrscheinlich. Lovell war sozusagen Dauergast. Zimmer 212 wurde laut Vereinbarung nie vor siebzehn Uhr gereinigt.

Vielleicht einer der Dealer.

Nurse erinnerte sich schwach, vorhin ein Klopfen gehört zu haben. Drei Typen, die darauf brannten, den Stoff unter die Leute zu bringen, und die langsam nervös und somit gefährlich wurden, weil ihnen ihr Wochenendgeschäft durch die Lappen zu gehen drohte.

Er konnte versuchen, sie zu bluffen, die Tut-mir-Leid-falsch-verbunden-Tour abziehen. Der Hörer wog tonnenschwer in seiner schweißnassen Hand. »Hallo?«

Es war Lovell.

»Nurse? Verdammt noch mal, was ist los? Drei Leute, die ziemlich angepisst sind, haben Nachrichten auf meinem Anrufbeantworter hinterlassen. Ich hab schon gedacht, du bist abgehauen.«

Nurse klebte die Zunge am Gaumen. Zum einen war es Angst, zum anderen die Nachwirkung der chemischen Keule. Er räusperte sich und versuchte, aus irgendeiner Drüse einen Tropfen Speichel zu ziehen. »Etwas ist schief gelaufen, ich – «

»Stopp. Nicht am Telefon. Ich komm zu dir.«

Die Verbindung wurde beendet. Nurse rappelte sich hoch und zog sich an. Er band sogar eine Krawatte um. Das gab ihm ein Gefühl von Sicherheit. Als es klopfte, stand er an der Tür und wagte nicht, sie zu öffnen. »Wer ist da?«

»Ich bin's, Arschloch. Mach auf.«

Nurse drehte den Knauf und im gleichen Moment krachte die Tür gegen seine Schulter. Lovell und ein anderer Typ standen im Zimmer. Der Zweite war klein und flink wie ein Wiesel. Im Nu hatte er das Zimmer, das Bad und den Schrank gecheckt und unters Bett geschaut. »Clean«, verkündete er.

Lovell hatte die Aktion von der Tür aus verfolgt, die Hand beunruhigenderweise in der Innentasche seiner Jacke. »Geh runter zu den anderen und hilf ihnen. Du kennst die Regeln.«

Der andere nickte und verschwand. Nurse konnte sich nicht verkneifen, zu fragen, wo der Typ hingehe.

»Glaubst du wirklich, ich rück hier ohne Verstärkung an? Was ist passiert? Ist dir das Rauschgiftdezernat auf die Schliche gekommen? Hat man dich aufs Kreuz gelegt?«

»So was Ähnliches.«

Die Schläge kamen hart und unerwartet mit der flachen Hand, linksrechtslinksrechts, als würde Lovell ihm eine Bratpfanne um die Ohren hauen. Nurse zog Schultern und Arme nach vorn, krümmte sich in dem Versuch, sich zu schützen. Geduckt wie zum Gebet, stand er vor dem austrainierten Piloten.

»Entweder hast du dich linken lassen oder nicht«, sagte Lovell. »Versuch nicht, mich zu verarschen.«

»Ich hab euch nicht gelinkt, wirklich nicht!«

Lovell stand gefährlich dicht vor ihm. »Das werden wir ja bald wissen, nicht wahr? Plötzlicher Reichtum, deine Schulden bei Bone, wie durch ein Wunder bezahlt. Ich komme schnell dahinter. Und jetzt will ich hören, was passiert ist.« Er wich zurück. »Du stinkst. Du siehst Scheiße aus. Was war hier los, verdammt noch mal?«

»Da war diese Frau.«

Nurse erwartete eine mittlere Explosion. Sie blieb aus. Lovell machte eher einen unterkühlten Eindruck, eisiges Schweigen und kaltes Abwarten.

»Wir sind auf mein Zimmer gegangen«, fuhr Nurse fort. »Sie hat mir einen Drink gemacht, ich meine, gestern Abend hat sie mir einen Drink gemacht – «, er gähnte, » – und dann, ja dann weiß ich nichts mehr. Ich bin wach geworden, es ist halb drei am Nachmittag und ich stelle fest, man hat mich ausgeraubt. Alles ist weg, Brieftasche, Uhr, Manschettenknöpfe, alles.«

»Erzähl das deiner Versicherung. Und die Tussi hat jetzt den Stoff, das willst du doch sagen.«

Nurse nickte.

»Lass sehen.«

Sie gingen zum Wandschrank. Lovell nahm die Aktentasche, schüttelte sie und griff hinein, genau wie Nurse eine halbe Stunde zuvor.

»Tut mir Leid«, sagte Nurse.

Lovell überging die Bemerkung. »Wir müssen sie finden. Erzähl mir von gestern Abend. Und lass verdammt noch mal nichts aus, ansonsten fahr ich Schlitten mit dir.«

Seine heisere Stimme war ein Warnzeichen. Auch die Kieferknochen, die jetzt deutlich hervortraten, waren eine Drohung. Nurse schluckte und erstattete Bericht: eine Show am frühen Abend, ein paar Drinks, Abendessen – allein, ein paar Dollar beim Blackjack und Roulette, dann diese Frau, Sonia.

»Wie sah sie aus?«

Nurse beschrieb sie.

»Ist das alles?«

»Wie meinst du das?«

»Na los, Nurse. War sie allein? Hat sie jemandem Zeichen gegeben? Hat dich jemand gesehen, der deine Geschichte bestätigen kann? Denk nach, verdammt noch mal.«

»Naja, am Roulettetisch gab es einen kleinen Zwischenfall. Der Manager wollte sie rauskomplimentieren.«

»Weshalb?«

Nurse zuckte mit den Schultern. »Ich nehm an, sie kam ihnen irgendwie verdächtig vor.«

»Aber dir kam sie nicht verdächtig vor, was? Jeder Arsch kann sehen, dass mit ihr was nicht stimmt, aber du denkst mit deinem Schwanz.«

Nurse blickte auf den Boden. Lovell war gefährlich nah, und sein langer Oberkörper weckte Erinnerungen an eine andere Situation physischer Unterlegenheit. Nurse fühlte sich auf den Schulhof zurückversetzt, als er bei einem Gerangel unversehens an den stärksten Jungen der Schule geraten war.

»Und was willst du jetzt unternehmen?«, fragte er vorsichtig.

»Ich? Ich werde sie suchen, was glaubst du denn! Erstens, sie hat mich abgekocht, zweitens, was ist, wenn sie plaudert?«

Alles drehte sich jetzt um die Frau. Nurse wurde langsam lockerer.

Das war ein Fehler. Lovell sah es ihm sofort an und rammte ihm den Zeigefinger unter das Kinn. Es fühlte sich an wie der Lauf einer Pistole. »Glaub ja nicht, dass du aus dem Schneider bist. Gewinn und Verlust. Du weißt, was ich meine. Du steckst tief in den roten Zahlen.«

Einundzwanzig

»Herrgott, Lovell, du strapazierst unsere Freundschaft.«

»Übertreib nicht, Rice. Schließlich machst du auch deinen Schnitt.«

»Ja, weil ich so tue, als wär ich auf beiden Augen blind, und nicht, weil ich mich irgendwo reinhänge.«

Verärgert zog Lovell drei Fünfziger hervor und steckte sie Rice in die Jackentasche. Der Detective wich zurück, als wollte man ihm ans Leder, fischte die Scheine wieder heraus und verstaute sie in seinem Portemonnaie.

»Und wenn sie nicht mitmachen?«

»Dann überrede sie. Sollte das nicht funktionieren, dann lass durchblicken, dass du dich ’n bisschen umschauen und die Gäste filzen wirst.«

»Die werden sich totlachen. Dafür haben die ihre eigenen Leute. Ich lande ganz schnell wieder beim Streifendienst in diesem verschissenen Ipswitch, wenn ich die Gäste belästige.«

Lovell wurde es langsam zu bunt. »Hör zu, du bist der Bulle und du weißt verdammt gut, wie man Leute dazu bringt, zu kooperieren. Erzähl ihnen einfach, ein paar Schaumschläger aus den Staaten haben in den Casinos abgeräumt. Und dein Job ist es, herauszufinden, ob das Monte Carlo auch auf ihrer Liste stand.«

Rice trommelte mit den Fingern auf das Lenkrad seines Sigmas und dachte nach. Lovell saß neben ihm auf dem Beifahrersitz. Sie hatten in einer Seitenstraße unweit des Casinos geparkt. Drei junge Frauen, langbeinig und sonnengebräunt, liefen auf Roller Blades am Wagen vorbei. Jede von ihnen hatte eine Eistüte in der Hand und ihre knallbunten Bikinis enthüllten mehr, als sie verdeckten. Bei ihrem Anblick stöhnten beide Männer auf und sahen nur noch Eis auf gewissen Körperpartien, verschmolzen zu einem für sie durchaus sinnvollem Ganzen. Auch Nurse hatte sie gesehen. Bleich, teigig und eingeschüchtert, hockte er in der Nähe des Wagens auf einer gusseisernen Bank.

Lovell stieß Rice an. »Schau dir den an. Was für ein Pickel.«

Rice sah hinüber. »Wer soll das sein?«

»Er kann die Frau identifizieren.«

»Ich weiß nicht, worum's geht, Lovell. Wie soll ich dem Sicherheitsdienst eure Anwesenheit erklären?«

»Lass deine Marke aufblitzen, dann fragen die gar nicht mehr, ob wir auch eine haben. Sag einfach, wir gehören einer Spezialeinheit an. Was für eine, das weißt du besser als ich.«

Rice fixierte Lovell. Der Detective war übergewichtig und hatte buchstäblich keinen Hals. Er war sehr hellhäutig und trug einen rötlich gelben Schnurrbart und eine Sonnenbrille mit dünnem Metallrand, die vielleicht mal vor zehn Jahren hip gewesen war. Er schüttelte den Kopf. »Ihr zwei gebt die unglaubwürdigsten Bullen ab, die ich je gesehen habe.«

Lovell betrachtete zuerst den schlaffen, fetten Banker und dann die eigenen langen Beine, die Jeans und die Stiefel. »Wir lassen's drauf ankommen, okay? Solange die glauben, es ist zu ihrer eigenen Sicherheit, und wir die Gäste in Ruhe lassen, werden sie nicht weiter rumbohren.«

Sie stiegen aus. Lovell gab Nurse ein Zeichen und der rutschte auf der Bank nach vorn, legte die Hände auf die Knie und erhob sich mühsam. Sein Gesicht war gerötet, er schwitzte und wirkte erschöpft. »Wo gehen wir hin?«

»Wirst du schon sehen.«

Es war Samstagnachmittag, siebzehn Uhr. Das Monte Carlo war rund um die Uhr geöffnet, Samstagnachmittag und auch am Samstagabend war jedoch am meisten los. Die drei Männer schoben sich durch den großen Saal. Rice zog immer wieder seine Marke, um ihnen einen Weg durch die Menge zu bahnen. Es roch nach Parfüm, Sonnenöl und Aftershave. Das Monte Carlo war eher klein und nicht gerade exklusiv. Lovell sah vor allem Leute in kurzen Hosen und Turnschuhen, eine Frau trug ein rückenfreies Top und ein Kerl kam in Badelatschen daher. Jede Menge Topfpflanzen und Marmor in der großen Spielhalle. Der Teppichboden war völlig hinüber, konnte dies jedoch durch sein rotbraunes Muster mehr schlecht als recht kaschieren. Keine Uhr, kein Fenster, durch das Tageslicht fallen konnte. Eine Vierundzwanzigstunden-Hölle.

Rice führte sie zu ein paar Stufen an der Seite des Saals. Oberhalb der Stufen war eine Tür, auf der ›Privat‹ stand. »Da hinauf«, sagte er.

Sie gelangten in ein Observations-Areal, das sich rund um den Spielsaal erstreckte. Hinter verspiegelten Fenstern saßen Männer im Smoking, die schweigend das Geschehen an den Spieltischen beobachteten. Andere saßen vor einer Reihe von Monitoren. Daneben befand sich eine Glastür mit dem Schild ›Security Manager‹.

Rice klopfte an. Die Marke gezückt, betrat er das Zimmer, Lovell und Nurse drängten sich hinter ihm hinein. »Detective Constables White und Brown«, sagte Rice und wies mit der Hand in ihre Richtung. »Ich hätte gern gewusst, ob Sie uns weiterhelfen können.«

Am Hemd des Managers fiel der gestickte Schriftzug ›Sicherheitsdienst‹ auf und das Muster seiner Krawatte bestand aus kleinen Würfeln, die wie Insekten aussahen. An der Krawatte war das Namensschild befestigt. Wayland. Er runzelte die Stirn und stand auf: »Kommt drauf an.«

»Wir haben den dringenden Verdacht, dass sich Mitglieder eines Rings von Falschspielern in der Stadt aufhalten. Sie haben in Reno und Vegas mehrere Millionen abgezockt, bevor sie dort aufgeflogen sind. Jetzt wollen sie ihr Glück hier versuchen. Wir müssen 'nen Blick auf Ihre Videobänder werfen. Vielleicht entdecken wir sie ja.«

Der Manager machte ein entsetztes Gesicht. »Welche Bänder brauchen Sie denn? Wir lassen rund um die Uhr acht Bänder parallel laufen. Das kann Tage dauern, bis Sie alle durchgesehen haben.«

»Wir können den Zeitraum eingrenzen«, sagte Lovell. »Gestern Abend, so zwischen zwanzig und zweiundzwanzig Uhr, an einem der Roulettetische.« Er drehte sich um zu Nurse, der die Szene mit dumpfem Blick verfolgte. »Detective Constable White war gestern mit seiner Frau hier und glaubt, einen von ihnen erkannt zu haben. An welchem Tisch war's, Danny?«

Sie schoben Nurse zu den Spiegelglasfenstern und er deutete wortlos auf einen der Tische im Saal. »Das ist Tisch Nummer fünf«, stellte der Manager fest. Er wandte sich an einen Mitarbeiter, der vor einem Monitor saß, um sich mit ihm zu besprechen. Lovell bohrte Nurse einen Zeigefinger in die Seite. »Herrgott noch mal, mach nicht so ein Gesicht. Versuch wenigstens mitzuspielen!«

Ein leichter Ruck ging durch Nurse, er holte tief Luft und zwang sich zu einem Lächeln.

Wayland kam mit einer Videocassette zurück. »Wir können sie uns in meinem Büro ansehen.«

Lovell nahm sie ihm aus der Hand. »Es tut mir Leid, es handelt sich um eine verdeckte Ermittlung. Wären Sie so freundlich, uns das Gerät zu erklären und uns dann allein zu lassen? Es wird nicht lange dauern und sollten wir etwas herausfinden, was das Casino betrifft, werden wir Sie umgehend informieren.«

Der Manager zuckte mit den Schultern. »Wie Sie meinen.«

Als er draußen war, spielten sie das Band ab. In der oberen rechten Ecke sah man die Uhrzeit. Das Band begann um 18:00, und Lovell spulte vor bis 20:30, dann stellte er die Zeitlupe ein. An der 20:40-Marke erstarrte Nurse. »Da.«

Lovell ging auf Standbild-Wiedergabe. Der Roulettetisch und Nurse, eingefangen, als er gerade unverhohlen in den Ausschnitt des Cocktailkleides einer jungen Frau starrte. Sein Gesicht war zu einer grotesken Fratze verzogen, das möglicherweise ein anzügliches Lächeln gewesen war.

»Kann nichts erkennen, weiter!«, befahl Rice.

Lovell drückte die Wiedergabetaste. Die Gesichter und Körper wurden deutlicher, wenn sie sich bewegten. Die Männer starrten einen Moment schweigend auf den Monitor.

»Nicht schlecht«, sagte Lovell. »Hast du sie gefickt, Dickerchen?«

Nurse schluckte und sagte dann tapfer: »Na klar.«

»Ich könnte wetten, du hast es nicht getan.« Lovell konzentrierte sich wieder auf den Monitor. »Möchte bloß wissen, wer das ist.«

»Ich kann dir sagen, wer sie ist«, meinte Rice. Der dicke Detective streckte sich, verrenkte sich dabei fast den Rücken und setzte eine Wolke Körpergeruch frei. »Ihr Name ist Carol Soundso. Hat früher bei einem Begleitservice in Brisbane gearbeitet. Vor etwa sechs Monaten ist sie hierher gekommen.«

»Und wo finde ich die Dame?«

Rice schaute ihn nachdenklich an. »Was hast du vor, Lovell?«

»Ich möchte mich nur mit ihr unterhalten.«

»Sicher willst du das.«

Beim Verlassen des Casinos drückte Rice dem Manager das Videoband in die Hand und entschuldigte sich für die Unannehmlichkeiten. »Sorry, Mister, falscher Alarm.«

Wayland sah ihnen mit unglücklichem Blick nach. »Nach welchen Personen suchen wir denn nun?«

»Zwei jüngere Typen, braun gebrannt«, erwiderte Rice und beschrieb damit zirka die Hälfte der anwesenden Männer. Die andere Hälfte war alt und braun gebrannt.

Draußen auf dem Gehweg kritzelte Rice schnell eine Adresse auf ein Papier. »Du musst jetzt ohne mich weitermachen, Kumpel. Und vergiss nicht, ich kann nicht bei allem wegschauen.«

»Keine Sorge.«

Lovell sah ihm nach. Der Anzug des Detectives war definitv zu klein, Schweißränder zeichneten sich ab und der Stoff spannte über den Schultern und am Hintern.

Einige Mädchen in schulterfreien Tops lehnten an einem MG-Cabrio, das am Straßenrand parkte. Lovell beobachtete, wie Rice kurz stehen blieb, um sie förmlich mit den Augen zu verschlingen. Es fehlte nicht mehr viel, und der Ständer wäre nicht mehr zu übersehen gewesen. Lovell legte Nurse einen Arm um die Schulter. »Na, Danny-Boy, wird Zeit, dass du nach Hause kommst, oder was meinst du?«

»War's das?«

Lovells Blick war Feuer und Eis zugleich. »Ich fürchte, das war erst der Anfang.«

Er sah Nurse hinterher. Die Adresse, die ihm Rice aufgeschrieben hatte, entpuppte sich als ein Apartmenthaus am Kanal. Die Wohnanlage war gerade erst aus dem Boden gestampft worden. Junge Palmen wuchsen auf gepflegten Rasenstücken, private Anlegestellen und riesige Backsteingebäude wie bei einem Schöner-Wohnen-Wettbewerb. Lovell hielt hinter einem schreiend pinkfarbenen VW-Beetle und zog Latexhandschuhe über.

Die Frau, die Nurse außer Gefecht gesetzt und sich mit Heroin im Wert von fünfundsiebzigtausend aus dem Staub gemacht hatte, schien zu ahnen, weswegen Lovell gekommen war. Er hatte die Erfahrung gemacht, dass Menschen, die wussten, dass ihre letzte Stunde geschlagen hatte, entweder Amok liefen oder in eine Art Trancezustand fielen, matt und schicksalsergeben. Die hier würde sich mit ihrem Schicksal arrangieren. In dem Moment, in dem sie die Tür öffnete, verlor ihr Blick jeden Glanz und ihr Körper jegliche Spannung.

»Hallo, Carol«, sagte Lovell. »Du hast etwas, was mir gehört.«

Sie murmelte vor sich hin.

Lovell legte den Zeigefinger unter ihr Kinn und fragte: »Wie bitte?«

»Hab's nicht mehr.«

Die dumme Gans hatte einen Teil für sich gebunkert und den Rest für fünf Riesen auf der Straße verhökert. Lovell steckte die Kohle ein. Mickrige fünftausend. Das bedeutete, er musste noch siebzig Riesen finden.

Als er Carol verließ, hatte sie eine Überdosis von dem Stoff intus, den sie für sich beiseite geschafft hatte. So mochte er es. Saubere Sache. Er hätte auch ein Messer nehmen oder sie mit ihrer Strumpfhose erwürgen können. Aber das hätte Rice wirklich den Tag versaut.

Zweiundzwanzig

Wyatt beugte sich über sie, und kaum hatte er ihre Stirn mit den Lippen berührt, wurde sie wach und zog ihn zu sich hinunter. »Bleib.«

»Nein.«

Sie seufzte. »Ich wollte dich nur testen.«

Er konnte nicht bleiben. Er plante einen Bruch und sie war involviert. Zuerst würden die Bullen sich die vornehmen, die von dem Geldtransfer gewusst hatten. Dazu gehörten zuallererst die Mitarbeiter der Filialen und natürlich die der Sicherheitsfirma. Kämen sie da nicht weiter, würden sie ihr Augenmerk auf alle anderen richten, die informiert gewesen waren. Würden Freunde und Nachbarn ausquetschen, und Anna Reid hätte sich für diesen Unbekannten zu rechtfertigen, den sie, bekleidet mit einem Morgenmantel, am Sonntagmorgen zum Abschied an der Tür geküsst hatte. Und zwar eine Woche vor dem Überfall auf die TrustBank in Logan City. Deshalb verließ Wyatt um drei Uhr morgens das Haus. Über sie gebeugt, ließ er sich von ihr Gesicht, Hals und die Ohren küssen. Er fühlte ein Prickeln am ganzen Körper.

Auf dem Coronation Drive in Auchenflower winkte er ein Taxi heran und ließ sich etwa vier Blocks entfernt vom Victoria Hotel absetzen. Den Rest legte er zu Fuß zurück. Die Rezeption war verwaist. Gegen zehn Uhr morgens riss ihn das Getöse der Reinigungskräfte draußen im Flur aus dem Schlaf. Er fühlte sich ausgeglichen und wusste auch warum. Zu lange hatte ihm die Anspannung im Nacken gesessen, jetzt hatte er sie abschütteln können. Gejagt, hintergangen, mittellos, hatte er in der letzten Zeit im Stil eines unerfahrenen, kleinen Gauners agieren müssen, unangemessen brutal und nur dem Instinkt folgend. Doch die Stunden mit Anna, die Aussicht auf den Job hatten wie ein Befreiungsschlag gewirkt und er fühlte seine alte Form.

Um elf ging ein Expressbus nach Logan City. Wyatt wäre lieber mit einem Auto gefahren, doch er wollte das Risiko, eines zu klauen, nicht eingehen; ebenso wenig wollte er Anna Reids fünftausend für einen Wagen verschwenden, der sich möglicherweise als unzuverlässig entpuppte. Außerdem waren ihm sämtliche gefälschten Papiere abhanden gekommen, so dass er auch keinen Mietwagen nehmen konnte. Mit ihm waren noch sechs weitere Fahrgäste im Bus. Zwei Männer und eine Frau, die alle nach einer durchzechten Nacht ziemlich durchhingen; ein älteres Ehepaar, das der Kleidung nach zu urteilen auf dem Weg in die Kirche war; ein Mann im Trainingsanzug, der eine Adidas-Tasche dabeihatte.

Wyatt saß ganz hinten, unter dem Notausgangsfenster, so hatte er den Rücken frei und den Bus im Blick.

Das Einkaufszentrum verbreitete die morbide Weltuntergangsstimmung einer billigen Studioproduktion. Jemand hatte in der Nacht einen Stein gegen die Scheibe eines Juweliergeschäfts geworfen; die Scheibe war zwar gesplittert, aber nicht zerbrochen. Ein Damenslip und ein angebissener Apfel teilten sich das Gitter eines Gullys vor einer Milchbar vis-à-vis der TrustBank-Niederlassung. Die Milchbar hatte geöffnet, doch die lange, breite Straße war menschenleer. Wyatt ging hinein, bestellte einen Kaffee und kaufte eine Sonntagszeitung. Er setzte sich an einen runden Plastiktisch am Fenster und nippte an seinem Kaffee.

Hinter seiner Zeitung nahm er die Bank ins Visier. Wie heutzutage üblich, handelte es sich um eine Konstruktion aus Sicherheitsglas, Aluminium und Betonfertigteilen. Hinter der Tür des verglasten Haupteingangs stand der Geldautomat, die Fenster davor mit breiten Vertikaljalousien vor Blicken von außen geschützt.

Wäre er ein Cowboy, würde er mit einem Truck direkt hineinsteuern und sich um Kopf und Kragen bringen. Oder mit gezückter Waffe auftauchen, um hilflos mitansehen zu müssen, wie Sicherheitsschranken sich automatisch schlossen – vorausgesetzt es gab welche. Doch selbst wenn er es hinter die Schalter schaffen würde, gäbe es keine Garantie, von dort ungehindert in den Tresorraum zu gelangen. Er müsste eine Menge Zeit und Geduld aufwenden, um die verängstigten Bankangestellten zur Mitarbeit zu bewegen, und auch dann könnte er nicht sicher sein, dass nicht jemand Alarm auslöste. Gab es ein Zeitschloss, das seitens des Filialleiters beim geringsten

Anzeichen aktiviert würde, wäre alles vorbei. Kein Zugriff auf die Kohle, es sei denn, man arbeitete mit einem Bohrer oder sprengte das Ganze in die Luft. Oder man wartete vierundzwanzig Stunden, bis das Zeitschloss die Tür wieder freigab.

Wyatt verließ die Milchbar und schlenderte hinüber auf die andere Straßenseite. Weiter hinten, an einer Haltestelle, fuhr ein Bus knatternd davon. Irgendwo bimmelte eine Kirchenglocke. Der Geruch von frischem Toast lag in der Luft, und er vermutete, dass sich oberhalb der Schaufensterfronten Wohnungen befanden.

Das Mauerwerk entlang der Seitenstraße hatte weder Fenster noch Türen. Die andere Seitenwand teilte sich die Bank mit einem Buchladen. Blieb nur die Rückseite.

Wyatt ging weiter. Die Seitenwand erstreckte sich über fünfundzwanzig Meter und führte zu einem winzigen Parkplatz. Auf einem Schild stand ›Bitte zu jeder Tages- und Nachtzeit freihalten‹. An der Rückseite des Bankgebäudes befanden sich eine Stahltür und weit oben im Mauerwerk ein kleines, vergittertes Fenster.

Wyatt hörte eine Klospülung und wusste sofort, dass rund um die Uhr ein Wachdienst vor Ort war.

Er schlenderte über den kleinen Parkplatz und las dabei die Sportseite. Minimum waren drei Leute. Er selbst, zwei weitere und am besten noch ein vierter Mann als Fahrer. Auch wenn er bisher mit Fahrern schlechte Erfahrungen gemacht hatte. Sie wurden nervös und landeten an der nächsten Straßenlaterne, tauchten mit schrottreifen Fahrzeugen auf oder kamen erst gar nicht. Würde es gelingen, ein einigermaßen verlässliches Fahrzeug zu organisieren, könnte man das auf dem Hinterhof abstellen und das Geld über die Hintertür hinausschaffen.

Wyatt ging denselben Weg zurück, den er gekommen war. Er kniete sich einen Moment hin, um seinen Schnürsenkel zu prüfen. In einer Ecke des Parkplatzes standen zwei Mülltonnen und einige leere Kartons. Ansonsten gab es nur noch einen Abstellplatz vor einer kleinen Mauer, auf die mit weißer Farbe ›Geschäftsleitung‹ gepinselt war.

Wyatt wusste, wie man die Sache in den Griff bekam.

Dreiundzwanzig

Wyatt fuhr zurück nach Brisbane und rief Anna Reid an. »Wir treffen uns in einer Stunde vor der Queensland Gallery.«

»Vielleicht habe ich andere Pläne«, sagte sie arrogant. »Eine Verabredung am Nachmittag zum Beispiel.«

Sie hatte mitunter eine Art, mit anderen umzugehen, die er nicht verstand. »Entweder du bist verabredet oder nicht. Was ist nun?«

Ihr Tonfall veränderte sich, sie klang plötzlich alt und müde. »Vergiss es. Eine dumme Angewohnheit, für die ich längst zu alt bin. Aber versuch es das nächste Mal mit einer Bitte statt mit einem Befehl.«

Es war ihm ein Rätsel. Sie planten eine gemeinsame Sache und nichts an ihrer Beziehung war alltäglich. Er war solche Spielchen nicht gewöhnt und erst recht nicht Doppelzüngigkeit. Er versuchte es noch einmal. »Ich muss dich sehen, um mit dir über den Job zu sprechen, aber ich möchte dich auch sehen.«

Sie lachte. »Okay, schon in Ordnung. Wir treffen uns um drei.«

Eine Stunde Zeit totschlagen. Wyatt spazierte über die Victoria Bridge und blieb einen Moment stehen und blickte aufs Wasser hinunter. Ein Raddampfer voll mit Leuten, ihre Kameras auf die Stadt gerichtet, hielt auf die Brücke zu. Ein Mann schien die Brücke filmen zu wollen. Wyatt wich zurück und setzte seinen Weg Richtung Galerie fort. Im Foyer der Galerie setzte er sich auf eine Ledercouch und lauschte drei Musikern, die die Saiten zweier Geigen und eines Cellos quälten. Dann erhob er sich und betrat die Ausstellungsräume. Den riesigen Wal, der an Stahlseilen von der Decke hing, bemerkte er kaum. Ebenso wenig die Walgesänge, die aus einem Lautsprecher drangen. In seinem Kopf entwickelte sich die Geschichte des Überfalls auf die TrustBank. Die Objekte, die ihn umgaben, waren so flüchtig wie ein Werbespot im Fernsehen.

Die Frau, die wenig später auf dem Rasen vor der Galerie auf ihn zukam, sah aus, wie man eben an einem heißen Sonntagnachmittag aussieht. Wyatt wollte gerade aufstehen, als sie ihn ansprach.

»Hey, ich bin's!«

Bisher hatte er Anna Reid entweder unbekleidet oder in teurer Garderobe gesehen. Heute jedoch trug sie Shorts, Sandalen, ein ärmelloses T-Shirt und eine Sonnenbrille. Sie wirkte zerbrechlich und wie eine Touristin. Sie setzte sich neben ihn und zog die Beine an. Ihre glatte Haut reflektierte das Sonnenlicht und hatte die Farbe von hellem Tee. Gern hätte sich Wyatt mit ihr am Ufer des Flusses niedergelassen wie ein normales Liebespaar; und wieder spürte er die Kluft zwischen einem normalen Leben und dem Leben, für das er sich entschieden hatte.

Sie versetzte ihm einen kleinen Stoß und er fiel nach

hinten auf den Rücken. Auf den Ellbogen gestützt, beugte sie sich über ihn. »Warst du dort?«

Er nickte.

»Hast du eine Idee?«

»Ich möchte, dass du etwas herausfindest. Erstens, die Privatadresse des Filialleiters. Zweitens, der Tresorraum wird sehr wahrscheinlich mit Zeitschlössern gesichert. Ich muss das Zeitintervall wissen.«

Einige Kunststudenten hatten sich neben sie auf den Rasen gesetzt und besprachen ihre Skizzen. »Lass uns ein paar Schritte gehen«, schlug Anna vor.

Über eine Fußgängerbrücke gelangten sie ans andere Ufer zu den Theatern gegenüber der Galerie. Ein im Wind heftig flatternder Werbebanner versprach ein Sondheim-Musical. Sie schlenderten den Uferweg entlang und kamen an das Expogelände von 1988, das jetzt von Wegen für Fußgänger und Fahrradfahrer durchzogen war. Das Terrain präsentierte sich als eine Ansammlung kleinerer Inseln: Lichtungen und Springbrunnen hier und da, Buschwerk, Freiluftcafés, ein thailändischer Tempel und ein künstlich angelegter Strand mit goldschimmerndem Sand und Palmen.

Sie sprachen über den Job. »Ich brauche mindestens drei Männer«, sagte Wyatt.

»Die kann ich dir besorgen.«

»Je eher, desto besser.«

»Acht Uhr heute Abend bei mir. Ich sorge dafür, dass sie dir zur Verfügung stehen.«

Er griff nach ihrem Arm. »Nein. Nicht bei dir. Denk doch mal richtig nach. Ein neutraler Ort muss es sein.«

Sie lief rot an, ihre Nasenflügel bebten.

Wyatt legte einen Arm um ihre Schulter. »Du nimmst

es zu persönlich. Das solltest du nicht. Wenn wir zusammenarbeiten wollen, dann musst du so gut sein wie ich. Ich will dich nicht kritisieren, ich bringe dir nur bei, was ich weiß. Verstehst du?«

Nach einer Weile nickte sie mit dem Kopf.

»Alles klar. Also wo?«

Sie blickte sich um, dann sah sie ihn direkt an. »Im London – ein billiges Motel, wo keiner Fragen stellt.«

»Wo liegt es?«

»Etwas außerhalb. Ipswich Road.«

»Mach die Sache mit den anderen klar. Ich bin um acht dort.«

Er sah ihr nach und blieb noch ein wenig in der Sonne sitzen. Dann holte er sein Gepäck aus dem Victoria und siedelte um ins YMCA.

Gegen sieben Uhr abends ließ er sich von einem Taxi ein paar Blocks entfernt vom Motel absetzen. Den Rest legte er zu Fuß zurück. Die folgenden fünfundvierzig Minuten beobachtete er die Absteige von einer Bushaltestelle gegenüber. Die drei Männer kamen getrennt und definitiv ohne Begleitung. Anna ließ sie herein. Zehn Minuten nach acht überquerte Wyatt die Straße. Das Motelzimmer war quadratisch und nur mit dem Notwendigsten ausgestattet, einem Doppelbett mit schmutzig brauner Tagesdecke und zwei orangefarbenen, mit Dutzenden von Brandlöchern übersäten Kunstledersesseln. Wyatt begrüßte jeden der drei Männer per Handschlag und versuchte, einen ersten Eindruck zu gewinnen. Phelps war ein Schrank von einem Mann mit überraschend geschmeidigen Bewegungen. Seine Körpergröße kam Wyatts Plänen durchaus entgegen.

Riding, klein, wendig, mit wachsamen Augen, war

eher das Gegenteil. Wyatt traute ihm Schnelligkeit zu, außerdem sichere Reflexe, und er schien unter Spannung zu stehen.

»Kennt jemand sich mit Waffen aus?«

Riding nickte.

»Gewehr oder Handfeuerwaffe?«

Offenbar wusste Riding etwas mit der Frage anzufangen. »Kommt drauf an, was du vorhast. Um Leute in Schach zu halten, ein Gewehr. Es macht mächtig Eindruck, Lärm und Schaden, wenn es zum Einsatz kommt. Für rasche Arbeit nah am Mann bevorzuge ich Handfeuerwaffen.«

»Gut.«

Wyatt nahm den Dritten, Pike, unter die Lupe und sah ein Problem. Pike hatte einen fahlen Teint, stumpfes braunes Haar und aufgeworfene Lippen, die er ständig mit der Zunge befeuchtete. Mit seinem verhunzten Haarschnitt bot er ein Bild des Jammers.

»Und du kennst dich mit Autos aus?«

Pike zwinkerte ihm zu und beschrieb mit den Händen Kurven in der Luft. »Als würde ich mit ihnen schlafen.«

»Weshalb hast du gesessen?«

Pike fiel die Kinnlade herunter. »Worauf willst du hinaus?«

»Wenn ich raten sollte, würde ich sagen, du bist vor einer Woche noch im Bau gewesen.«

Pike schien verlegen. »Kann schon sein.«

»Man sieht's dir an«, sagte Wyatt. »Deine Haut hat seit Jahren keine Sonne mehr gesehen. Wo hast du gesessen?«

Pike zuckte mit den Schultern. »Norden. Cairns.«

»Weswegen?«

Pike machte eine abfällige Handbewegung.

Mit undeutlicher, sich überschlagender Stimme sagte er: »Ach, war Krümelkacke. Hatte nichts zu tun mit Fluchtwagen fahren oder so. Damit steh ich bei denen nicht auf der Liste.«

»Weswegen, will ich wissen«, beharrte Wyatt.

»Ich sag doch, es hatte nichts mit Bankraub oder so zu tun.«

Wyatt schüttelte den Kopf. »Du hörst mir nicht zu. Ich hab gefragt, weswegen du eingefahren bist.«

Pike sah Anna hilfesuchend an. Sie nickte. »Ich hab 'ne Minderjährige gefickt, okay? Ich mein, die Kleine sah aus wie mindestens achtzehn«, stieß er endlich hervor.

Wyatt schüttelte wieder mit dem Kopf. Anna hätte es wissen müssen. »Wie lange hast du gesessen?«

»Fünf.«

»Jahre? Von wie viel insgesamt?«

»Acht.«

»Das heißt, du bist auf Bewährung.«

Pike nickte.

»Jede Woche antanzen?«

»Nee, Kumpel, nicht mit mir. Als diese Scheißtore aufgegangen sind, bin ich weg. Will nichts mehr zu tun haben mit den verdammten Arschlöchern da.«

Wyatt sagte: »Warte eine Minute draußen.«

»Hey, was soll das, ich kenn mich aus mit Autos und Brüchen und so!«

»Ich sagte, eine Minute.«

Als er draußen war, sagte Wyatt leise: »Er hat gegen die Auflagen verstoßen, heißt, er wird gesucht. Wir können ihn nicht gebrauchen.«

Anna war wütend auf sich selbst. »Tut mir Leid.«

Wyatt überhörte es. »Was ist mit euch beiden?«

Phelps und Riding sahen sich einen Moment an, dann sahen sie Wyatt an und riefen wie aus einem Mund: »Ich bin sauber.«

»Wisst ihr, worum's geht?« Er deutete mit dem Kopf auf Anna. »Hat sie euch eingeweiht?«

Riding sagte: »Nein«, und Phelps schüttelte den Kopf.

»Das heißt, wir können Pike laufen lassen.« Er schaute zu Anna. »Du hast ihn hergebracht, du wirst ihn auch wieder los.«

Wyatt bemerkte den inneren Kampf, ihr Bemühen, sich einzureden, das hier sei rein geschäftlich. Sie ging nach draußen und sprach mit Pike. Ihre Stimme war sanft, voller Wärme und Bedauern. »Du darfst das nicht persönlich nehmen, okay? Es ist eben so. Es ist besser für dich, wenn du nicht mitmachst. Mit den Jungs da drin ist nicht zu spaßen. Brauchst du Geld?«

Pike murmelte irgendetwas.

»Hier hast du zweihundert Dollar. Nein, warte, ich geb dir zweihundertfünfzig. Tut mir Leid, wirklich. Also, pass auf dich auf.«

Sie hatte ihren Part mit viel Gefühl gespielt und die Männer im Zimmer konnten sich gut vorstellen, wie sie gerade ihre Hand mitfühlend auf Pikes Arm legte.

Sie kam zurück ins Zimmer. Wyatt wusste, dass für den Augenblick alles in Ordnung war. Später, wenn Pike das Geld rausgehauen hatte, würde er anfangen zu grübeln. Aber dann war es zu spät. Dieses Motel würden sie nie mehr betreten, und außerdem hatte Pike nicht den blassesten Schimmer, worum es bei dem Job ging. Wyatt hoffte nur, dass der Job auch zu dritt zu packen war.

VIERUNDZWANZIG

Beim Anflug auf Goroka leitete Lovell eine Kurve ein, brachte die Beechcraft dann wieder in Normallage und setzte zur Landung auf der Highlands-Landebahn an. Mittwoch, 14 Uhr. Kein Bodenwind, schlaff wie ein Kondom hing der Windsack am Mast.

Er ließ die Maschine in eine verlassene Ecke des kleinen Flugplatzes rollen und stieg aus dem Cockpit. Sofort stand er im Schweiß, seine Haut dampfte unter der Kleidung. Ein paar Kinder hatten sich um ihn versammelt und warteten gespannt. Lovell griff in eine Art Schultasche und zog eine Hand voll bunter Kaugummis und Bonbons heraus, die er in die Luft warf. Die Kinder kreischten vor Begeisterung und versuchten, die Süßigkeiten in der Luft zu fangen oder am Boden aufzusammeln.

Wie immer wartete Pius Agaky neben der Nissenhütte, in der leere Tonnen und uralte Ersatzteile lagerten. Wie immer war er barfuß und trug ein weißes T-Shirt und kurze Hosen. Haare und Bart waren kurz geschoren, schwarzer Vlies auf zimtfarbener Haut. Er streckte Lovell eine riesige Pranke entgegen. Sie schüttelten sich die Hände und Lovell übergab ihm die Schultasche.

»Pius«, sagte er, »ich fürchte, ich muss dir diesmal was schuldig bleiben. Ich konnte das Geld für die Ladung nicht zusammenkratzen. Aber du bekommst das Geld, das weißt du.«

»Das ändert allerdings einiges.«

Er sah über Lovells Schulter. Der drehte sich um in der Annahme, Agakys Männer beluden bereits die Maschine und er wollte ihnen signalisieren, sie mögen aufhören.

Doch es war niemand zu sehen. Die Kinder hatten sich verdrückt und nur ein verirrtes Schwein spazierte die Landepiste entlang.

Dann entdeckte Lovell Saun, Taiang und Daru, die Männer, die für gewöhnlich die Beechcraft beluden. Sie warteten im Schatten eines Baumes und sahen zu ihnen hinüber. Sie waren alles andere als unsichtbar, nur ein kurzes Stück entfernt, und er wusste, sollte er es drauf anlegen, wären sie vor ihm an der Beechcraft.

»Komm schon, Pius, wir können das doch regeln.«

Pius rief den Männern etwas zu und sie kamen angerannt. Sie packten Lovell an den Armen und brachten ihn zu dem alten Hangar, während Pius auf einem Motorroller davonfuhr. Keiner sprach ein Wort. Lovell saß auf einem umgedrehten Blechkanister und warf Steinchen in die Gabeln eines großen Schraubenschlüssels, der im Sand lag. Eineinhalb Stunden lang geschah nichts. Bis auf eine alte DC3, die nach der Landung die Piste entlangrumpelte und Staub und Grünzeug vom Rand aufwirbelte.

Dann kam Pius zurück. »Jemand würde sich gern mit dir unterhalten.«

»Wer?«

»Wirst du gleich sehen.«

Pius führte ihn hinter die Nissenhütte, wo ein schwarzer Mercedes parkte. Vor zwei Jahren war das mal ein teurer Wagen gewesen, doch inzwischen war er dreckverkrustet und verbeult. Ein Mann stieg aus und sprach Lovell zur Begrüßung mit seinem Namen an. Der Akzent klang nach Neuseeland. Dreh in Papua-Neuguinea einen Stein um und zum Vorschein kommt ein Ausländer, dachte Lovell.

Der Neuseeländer sagte, sein Name sei Hughes. Er hatte einen gesunden Teint und einen sanften Gesichtsausdruck, eine Halbglatze und einen dichten Haarkranz hinter den Ohren. Hughes sah aus, als hätte er seinen Haaransatz nach hinten geschoben wie einen Hut. »Setzen wir uns doch ins Auto und reden ein paar Takte.«

Als sie im Wagen saßen, stellte Hughes den Motor an, um die Klimaanlage zu aktivieren. Dann lehnte er sich entspannt gegen die Fahrertür und sah Lovell eindringlich an. »Pius hat mich informiert, dass Sie diesmal nicht die volle Summe haben.«

»Ich bring das in Ordnung. Bin aufs Kreuz gelegt worden, das ist alles.«

Hughes grinste breit. »Und, weiß Ihr Mr. Bone davon?«

»Meine Güte, lassen Sie den aus dem Spiel.«

»Scheint mir, als seien Sie im Stress, mein Freund. Nun, es geht um Folgendes: Sie haben ein Flugzeug und kennen sich hier bestens aus. Sie könnten uns eine große Hilfe sein.«

»Inwiefern?«

»Bis jetzt lief alles recht ordentlich, stimmt's?«, sagte Hughes. »Eine Hand voll Aussie-Dollars im Tausch gegen gigantische Mengen von Neuguinea Gold, das zu Hause bei Ihnen buchstäblich Gold wert ist. Aber jetzt wollen die Einheimischen ihr Geschäft erweitern und wir beide kämen dabei auf unsere Kosten.«

»Kommen Sie zur Sache.«

»Ganz einfach«, sagte Hughes. »Waffen.«

»Ich brauche keine Waffen.«

»Schwachkopf, nicht Sie, die Leute hier brauchen welche, zumindest einige von ihnen.« Er zählte auf: »Die

Raskol-Rebellen aus Moresby, die Stammesfraktionen hier in den Bergen, die OPM-Freiheitskämpfer und die Bougainville-Rebellen.«

Lovell klang das alles sehr nach Politik. »Und was weiter?«

»Sie wollen Waffen und hier gibt es keine, nur .303er, den Kriegsschrott sozusagen.«

Lovell schüttelte den Kopf. »Wo soll ich Waffen herkriegen? Was für Waffen überhaupt?«

Hughes zog ein Blatt Papier aus seiner Brusttasche, einen Lappen, feucht vom Schweiß. »Pius hat mir eine kleine Einkaufsliste mitgegeben.«

Lovell überflog sie. Halbautomatische Gewehre, am liebsten AK47, Raketenwerfer, Boden-Luft-Raketen vom Typ Stinger oder RP7. Die Namen sagten ihm überhaupt nichts. »Mit dem ganzen Zeug könnte man einen Krieg anzetteln.«

»Wie Recht Sie doch haben.«

»Sind Sie sicher, dass Sie das wollen? Ich meine, die Jungs hier leben praktisch noch in der Steinzeit.«

»Da steckt 'ne Menge Geld drin.«

»Diese Boden-Luft-Raketen, was zum Teufel wollen die hier damit?«

Hughes lachte. »Ja, ich weiß. Klingt alles ziemlich irreal. Es geht um die Hubschrauber, australische Iriquois als Leihgabe an die Streitkräfte von Papua-Neuguinea. Sie sind ein Reizthema auf Bougainville. Man ist ziemlich in Aufregung auf den Salomonen, weil man dort mit einer permanenten Verletzung des Luftraums rechnet.«

Noch mehr Politik. Lovell hielt das schweißgetränkte Blatt mit spitzen Fingern. »Wo soll ich das Zeug herkriegen?«

»Bemühen Sie Ihre Phantasie. Sie haben doch Kontakte zum Schwarzmarkt in Singapur. Nutzen Sie sie.«

»Ich muss auf diesen Deal nicht eingehen. Ich könnte mich ebenso gut verabschieden und eine andere Quelle für den Stoff auftun.«

»Sie könnten auch eines Tages Zucker im Tank haben«, erwiderte Hughes ungerührt. »Eines Tages könnte Mr. Bone vor Ihrer Tür stehen. Oder die Bullen.«

»Sie Scheißkerl«, sagte Lovell. Dann, nach einer kurzen Pause: »Ich brauch Kohle, verdammt viel Kohle, um die Waffen zu besorgen.«

»Das, mein Freund, ist leider ganz und gar Ihr Problem. Sie werden sich schon was einfallen lassen. Betrachten wir's doch mal von der Seite: Papua-Neuguinea erstickt in Cannabis. Pius und ich könnten Ihnen jede Woche einen Jumbojet voll packen lassen, und zwar die nächsten zehn Jahre. Wenn Interesse besteht. Und das alles für ein paar Waffen. Na, wie klingt das?«

In Lovells Kopf nahm die Sache bereits Konturen an. Seine Schwarzmarkt-Kontakte in Singapur und Thailand beliefern ihn, die Waffen gelangen per Fischkutter oder Jacht irgendwo in die Gegend um Torres Strait, von dort aus fliegt er sie nach Papua-Neuguinea. Wenn er es richtig anstellte, wäre das die Chance, Bone Adieu zu sagen und auf eigene Rechnung zu arbeiten.

Aber zunächst musste er Geld auftreiben.

»Dass eins klar ist«, sagte er, »ich lass von jetzt ab mein Baby beim Auftanken nicht mehr aus den Augen.«

Hughes zwinkerte mit den Augen, als hätte Lovell einen guten Witz gemacht.

Fünfundzwanzig

Eine Abteilung seines Bewusstseins war für Lovell reserviert, für das verschwundene Heroin und für seine Spielschulden. Die Tür zu dieser Abteilung war stets geöffnet, aber es war eben nur eine Abteilung neben anderen, und die Woche über war es ihm halbwegs gelungen, diese Sonderabteilung links liegen zu lassen. Stattdessen führte er sein normales Leben, zu Hause, im Büro, auf der Autobahn. Die Landhausküche seiner Frau, sein Lieblingssender im Autoradio jeden Morgen, Angie, die Kassiererin mit der üppigen Oberweite, all das war ihm vertraut und erinnerte ihn daran, dass das Leben im Großen und Ganzen in Ordnung war. Nicht toll, aber man kam zurecht.

Doch am Donnerstag tauchte tatsächlich Lovell bei ihnen auf und brachte ihn auf den Boden der elenden Tatsachen zurück. Es war gegen acht Uhr abends, morgen war der große Tag des Geldtransfers, und Nurse war mit den Gedanken woanders, während er gemeinsam mit Joyce und Mignon den Abwasch machte. Er räumte gerade Teller in den Schrank, als es klopfte.

Mignon ging an die Tür und kam mit verklärtem Blick zurück, als wäre ihr eben der Allmächtige erschienen. Groß und mit blitzenden weißen Zähnen in dem sonnengebräunten Gesicht stand Lovell neben Mignon, grinste und zwinkerte ihr zu. Und er grinste auch Joyce freundlich an. Er trug eine Bomberjacke und wirkte lässig, souverän und wichtig in der kleinen Küche. Nurse schaffte es mit Müh und Not, sie einander vorzustellen, dann starrten sich alle für einen Augenblick wortlos an. »Im Moment ist es etwas ungünstig«, versuchte es Nurse.

Joyce hatte sich inzwischen wieder gefangen und widersprach: »Unsinn. Biete Mr. Lovell einen Drink an.«

»Ian«, bat Lovell.

»Biete Ian einen Drink an.«

Lovell wollte einen Scotch mit Eis ohne Wasser. Joyce sagte, sie nehme einen Martini. Sonst trank sie nie Martinis. Mignon wollte auch einen haben, doch ihr Eltern verdonnerten sie stattdessen zu Hausaufgaben. Nurse goss sich ebenfalls einen Scotch ein. In beträchtlicher Entfernung voneinander saßen sie nun in den ausladenden Polstermöbeln des besten Zimmers im Hause.

Seit Lovell hier war, sah Nurse diesen Raum plötzlich mit anderen Augen.

Den Teppich im Berber-Look, Chintzbezüge überall und eine alte Ausgabe der Vogue auf dem Couchtisch. Er verriet durch und durch Joyces Handschrift, und Nurse verspürte einen Widerwillen. Lovell hob sein Glas, sagte Cheers. Alles an dem Mann war pure Ironie.

Joyce wurde zum Dreh- und Angelpunkt, über sie kam quälend so etwas wie Konversation in Gang. »Ian ist unser wichtigster Kunde«, erklärte Nurse, und Lovell grinste sie an und nickte. Beide Männer schwiegen.

»Was machen Sie so, Ian?«

»Ich bin im Fluggeschäft«

»Das muss recht interessant sein.«

»Ja.«

Schließlich beugte sich Lovell zu ihr hinüber. Mit einer lässig-lasziven Bewegung, die braun gebrannten Arme auf den Knien, sein Glas in den schlanken Händen, mit blitzenden Augen – die Wucht dieser männlichen Pose traf Joyce völlig unvermutet. Nurse sah, wie sie schluckte. »Wissen Sie, Joyce, Ihr Mann und ich müssen noch ein paar Dinge klären, bevor die New Yorker Börse morgen früh öffnet.«

Joyce lief rot an: »Selbstverständlich. Ich lasse euch beide allein.«

Sie ging aus dem Zimmer und zog die Tür hinter sich zu. Lovell sah ihr nach. »Apart.« Im nächsten Moment konzentrierte er sich jedoch wieder auf Nurse. »Komm doch rüber, Danny-Boy, dann muss ich nicht so brüllen.«

Mit dem Finger deutete er auf die Couch neben sich, und die Vorstellung, nun den ganzen Raum durchqueren zu müssen, brachte Nurse an den Rand eines Nervenzusammenbruchs. Seine Stimme zitterte, als er sagte: »Was willst du? Es war nicht abgemacht, dass du hier auftauchst.«

»Sagen wir, ich bin etwas in Geldschwierigkeiten.«

»Ich könnte den Wagen verkaufen.«

»Peanuts. Das reicht bei weitem nicht. Außerdem schuldest du mir mehr, als die Karre wert ist.«

»Dagegen verwahre ich mich. Ich kann nichts dafür, dass der Stoff gestohlen wurde.«

»Du hast nicht die geringste Ahnung, nicht wahr? Nicht die Spur Durchblick, was abgeht.« Lovell rückte näher. Knisternde Spannung lag in der Luft, als würde seine Aggressivität alle Teilchen aufladen. »Danny-Boy, in diesem Business gilt: Verlierst du was, ersetzt du's.«

»Wie soll das gehen!« Nurses Stimme überschlug sich fast. Er versuchte es noch einmal. »Wie denn? Ich hab doch keine Ahnung, wie man an Heroin kommt.«

»Du hast mir nicht zugehört. Ich brauche Geld. Fünfundsiebzig Riesen für den Stoff, den du verschlampt hast, und weitere fünfundzwanzig als Trostpflaster für den Ärger, den ich deinetwegen hatte.«

»Ich hab das Geld nicht. Was erwartest du von mir? Soll ich etwa das Haus verkaufen?«

Im selben Moment hätte er sich auf die Zunge beißen können, denn Lovell sagte: »Das ist eine Überlegung wert.«

»Ich bitte dich!«

»Aber ehrlich gesagt, würde mir das zu lange dauern.«

»Wie also?«

»Nicht so laut. Ein Kredit.«

Nurse sank auf der weichen Polsterung der Couch in sich zusammen. Von solchen Geschichten hatte er schon gehört. Kriminelle Figuren hatten Bankdirektoren beim Wickel, erpressten Kredite und dachten nicht im Traum daran, sie jemals zurückzuzahlen. Er stöhnte: »Das kann ich nicht machen. Es verstößt gegen die Bestimmungen.«

Lovell sah ihn an und schüttelte den Kopf. »Komm mir nicht mit diesem Scheiß. Solche Geschäfte machst du jeden Tag.«

»Welche Sicherheiten hast du? Könnten wir vielleicht dein Flugzeug angeben?«

»Du bist einfach unglaublich, weißt du das? Komm wieder runter, Nurse. Hier geht's nicht um Formalitäten. Kapier das endlich, verdammt noch mal!«

»Wann?«, murmelte Nurse schwach.

»So schnell wie möglich. Nachdem ich die fünfundsiebzigtausend abschreiben konnte, musste ich meine Reserven angreifen, um die letzte Lieferung finanzieren zu können. Und nun habe ich ein Problem: Ich brauch dringend Bares.«

»Warum gehst du nicht zu Bone?«

»Wir reden hier nicht über Leute, für die ich arbeite, verstanden?«, presste Lovell zwischen den Zähnen hervor. »Dieser Punkt ist einzig und allein meine Sache.«

Mit einem Mal begriff Nurse, wie verzweifelt Lovell auf diesen Deal angewiesen war. Eine ganze Lieferung Heroin eingebüßt, dabei vermutlich seine Kundschaft vergrätzt, und nun saßen ihm diverse Leute im Nacken.

Doch das tröstete ihn wenig. Ein Flug nach Papua-Neuguinea und Lovell saß wieder im Sattel, während er, Nurse, sich bei dieser Aktion ruinieren würde, und zwar nachhaltig.

Er musste die Frage stellen: »Was ist, wenn ich es nicht arrangieren kann?«

Lovell genehmigte sich den letzten Schluck Scotch, schlürfte ihn genüsslich wie eine Auster. »Hast 'ne niedliche Tochter, Nurse. Wie alt ist sie? Vierzehn? Fünfzehn? Schwer zu sagen in dem Alter.«

»Lass sie aus dem Spiel.«

Lovell hatte ausgetrunken. »Morgen früh in deinem Büro.«

Sechsundzwanzig

Die Verkäuferin im Campworld kaute gelangweilt auf ihrem Kaugummi herum und heftete ihren Blick vielsagend auf die vor Hitze und Abgasen flimmernde Straße, auf den weicher werdenden Asphalt, dann glitt er hinunter an ihrem T-Shirt, den Shorts und den Riemensandalen, um an der schwarzen Sturmmaske aus Wolle auf dem Ladentisch hängen zu blieben.

»Die wollen Sie haben?«

»Die will ich haben«, erwiderte Wyatt.

Sie zuckte mit den Achseln, verstaute das Teil in einer

kleinen Plastiktüte und sagte: »Neunfünfundneunzig.«

Wyatt gab ihr zehn Dollar und bekam fünf Cents zurück. Neben der Kasse stand eine Sammelbüchse, die um Spenden für Blindenhunde bat. Doch sollte die Verkäuferin sich später an ihn erinnern und den Bullen erzählen, dass er Geld in diese Büchse gesteckt hatte, dann, so fürchtete Wyatt, würden sie sämtliche Münzen in der Büchse auf Fingerabdrücke untersuchen. »Bushwalking«, erläuterte er knapp. »In Tasmanien.«

Das schien für sie alles zu erklären. »Oh, Tasmanien!«, wiederholte sie, als verspräche das Wort Schneeregen und arktische Winde. Doch gleich darauf nahmen ihre Kiefer die Tätigkeit wieder auf, als sie sich lächelnd eines Teenagers annahm, der ein Paar Doc Martens umklammerte. »Und was kann ich für dich tun?«

Im Wagen warteten Phelps und Riding. Beide waren wortkarge Profis. Es war Samstagvormittag, in zwei Tagen wollten sie zuschlagen und sie hatten noch einiges zu erledigen. Als Nächstes steuerte Phelps Toowong an. Diesmal besorgte Riding eine Sturmmaske, während Wyatt und Phelps im Wagen blieben. Dann gings weiter nach Buranda. Jeder zweite Laden dort war ein Kleider-Discount. Die drei trennten sich. Phelps kam zurück mit einem Paar schwarzer Turnschuhe, Jeans und einer dünnen Nylonjacke, wie sie Sportler trugen. Riding und Wyatt hatten preisgünstige schwarze Schuhe und Anzüge besorgt. Das Geld sollte in geräumigen, blauweißrot gestreiften Einkaufstaschen aus Plastik transportiert werden. Um Latexhandschuhe hatte sich Anna bereits gekümmert. Für die Spurensicherung war letztlich jedes Detail interessant, also hatte man beschlossen, das ganze Zeug hinterher zu verbrennen.

Auch die Frage der Waffen war geklärt, Riding hatte das erledigt. Ein Schrotflinte mit abgesägtem Lauf für sich, für die beiden anderen jeweils einen Revolver, Kaliber 38.

Den Samstagnachmittag nutzten die drei Männer, um sich mit den Örtlichkeiten vertraut zu machen. Los ging es in Logan City, Wyatt zeigte ihnen die Bank und den kleinen Hof dahinter. Kurz darauf hatten sie einen geeigneten Parkplatz für das erste Fluchtfahrzeug ausfindig gemacht. Der Platz, eine durchgehend geöffnete Tankstelle am Ende einer Ausfahrt, schien ideal. Sie hatten vor, das Fahrzeug am Sonntagabend abzustellen; hier würde es niemandem auffallen, zudem war das Areal gut beleuchtet und übte somit wenig Anziehungskraft auf Autodiebe oder Rowdys aus.

»Und jetzt?«

Wyatt deutete auf eine Stelle im Stadtplan. »Brisbane-Ost.«

Das Haus des Niederlassungsleiters war typisch für die Gegend, aufgepeppt durch prächtige Flamboyants im Garten und Pastelltöne an der Hauswand. Die Straße war nicht lang, eher eng, aber dennoch wurde eine Buslinie durchgeleitet. Am anderen Ende befanden sich einige Läden und es herrschte reger Durchgangsverkehr. Gut zu wissen, denn Wyatt zog verkehrsreiche Straßen den Sackgassen vor, in denen die einzige Aktivität das neugierige Hin und Her der Augäpfel der Anwohner hinter ihren Gardinen war. Phelps fuhr die Straße noch ein weiteres Mal entlang, dann inspizierten sie die Seitenstraßen. Wyatt hatte nun genug gesehen, um am Montag früh beurteilen zu können, ob der Filialleiter namens Nurse an der falschen Stelle abbog.

Nach Brisbane-Ost nahmen sie das Sportgelände der Universität in St. Lucia unter die Lupe. Die Straße beschrieb einen weiten Rechtsbogen und führte auf der einen Seite am Fluss vorbei, auf der anderen Seite an Tennis- und Sportplätzen. Verkehrsschikanen, Jogger und Jugendliche auf Rollerblades forderten Phelps ein langsames Tempo ab. Nach einer ziemlich engen Kurve gelangten sie in weniger belebtes, dafür jedoch freies Gelände. Es war das Gelände hinter den Studentenwohnheimen, wie einem Hinweisschild zu entnehmen war.

Die klassischen Studentenkisten, vor allem japanische Kleinwagen mit Dachgepäckträgern und jeder Menge Aufklebern, standen in Reih und Glied auf Betonflächen in direkter Nachbarschaft zu Hockeyfeldern und sanft abfallenden Rasenflächen. Die Wohnheime selbst wurden durch Bäume verdeckt. Aus irgendeinem Fenster dröhnte Musik, ansonsten war die Gegend menschenleer.

»Hier?«, fragte Phelps.

Es war Ridings Idee gewesen. Vor fünfzehn Jahren hatte er als Student hier gewohnt. »Montagmorgens um zehn Uhr sind die meisten entweder in der Vorlesung oder pennen noch. Außerdem denkt sich niemand was dabei, wenn er uns bei der Verladeaktion sieht. Hier werden ständig Sachen ein- und ausgeladen.«

»Klar. Was hast du studiert?«, fragte Phelps.

»Informatik.«

»Informatik«, echote Phelps. Als wortkarger Mensch hatte er seine Schwierigkeiten bei der Artikulation neuer Worte. »Wenn du dabei geblieben wärst, könntest du jetzt richtig Knete machen, legal, mein ich.«

»Sie haben mich rausgeworfen«, erklärte Riding. »Ich

wurde erwischt, wie ich mich in die NASA Datenbanken eingeloggt habe.«

»Holla«, sagte Phelps.

Wyatt hörte ihrem Gerede zu. Er würde niemals verstehen, wie sie tickten. Er wusste nur, dass es einerseits Menschen wie Phelps und Riding gab, die sich ständig ablenken ließen, und andererseits solche wie ihn.

Siebenundzwanzig

Am Sonntagmorgen wurde in Singapur eine klare Ansage gemacht: Kein Problem, sobald wir die Farbe deines Geldes kennen. Lovell antwortete: »Kriegt ihr die Bestellung auch zusammen?«

»Keine Ploblem.«

Der Kontakt zu den Waffenschiebern lief über einen chinesischen Schneider in einer Seitenstraße der Bugis Street. Lovell konnte Singapur nicht ausstehen. Vor zwanzig Jahren hatte man ihn des Landes verwiesen, weil er ausgesehen hatte wie ein Hippie. Damals war er auch ein Hippie und wollte von Singapur aus über den Hippie-Trail nach London, wie alle anderen seinerzeit. Doch man hatte ihm die Tür vor der Nase zugeschlagen und Quantas aufgefordert, ihn wieder zurück nach Australien zu fliegen. Quantas aber hatte sich quer gestellt. Schließlich, um sich weiteren Ärger zu ersparen, hatte er sich die Haare schneiden lassen. Fünf Stunden später hatten ihn dann auf eben jener Bugis Street ein halbes Dutzend fröhlich zwitschernder Transvestiten umringt, ihm an die Eier gegriffen, seine Brustwarzen betatscht und ihre Finger die Spalte zwischen seinen Arschbacken entlanggleiten lassen. Am Ende fehlten sein Pass und der Geldgürtel. Heutzutage war Bugis Street so sauber, dass man vom Boden essen konnte, und Lovell trug sein Haar sehr kurz. Aber Singapur hasste er noch immer.

»Wie lange?«

Der chinesische Schneider blickte ihn an. »Elklälen bitte.«

»Ich möchte wissen, wie lange es dauert, meinen Auftrag auszuführen.«

»Keine Ploblem. Wil zuelst sehen deine Kohle.«

Hunderttausend Eier. Lovell knirschte innerlich mit den Zähnen. Er hatte gehofft, dass von den Hunderttausend, die er Nurse am Freitagmorgen abgerungen hatte, etwas übrig bliebe – Pech gehabt. Das bedeutete, er musste die gesamten fünfundsiebzigtausend Dollar auftreiben, die ihm durch die Lappen gegangen waren.

Jetzt kam es aufs Timing an. Lovell hoffte, Bone werde das Defizit erst nach einer Weile bemerken. Dadurch gewänne er Zeit, die Waffen zu besorgen, sie nach Papua-Neuguinea zu schaffen, um dann mit einer ganzen Ladung Cannabis zurückzufliegen und sie an die achtzigtausend Queenslander zu verticken, die angeblich mindestens einmal pro Woche einen Joint rauchten. Das wäre die Chance, seinen Anteil und Bones fünfundsiebzigtausend wieder reinzuholen.

Vielleicht konnte er das Schlitzauge ja zur Vernunft bringen. »Wir haben bereits zusammengearbeitet«, erklärte er ihm.

Der Mann strahlte, seine Brillengläser funkelten und sein glattes, öliges Haar schimmerte im Widerschein der funzeligen Lampe. Witzig, das Haar dieser Schlitzaugen, entweder aalglatt oder fusseliger Flaum.

»Ja«, sagte der Chinamann.

»Opium-Zigaretten«, half ihm Lovell auf die Sprünge. »White Rock. Pink Rock.«

»Ja.«

»Dann wisst ihr ja, welche Farbe mein Geld hat. Also, warum verschifft ihr nicht die Waffen und ich bezahle in ein paar Tagen? Schließlich ist das erst der Beginn unserer Geschäftsbeziehungen.«

»Keine Ploblem. Wil zuelst sehen deine Kohle.«

Lovell flog um vierzehn Uhr zurück nach Australien. Sein Bargeldbestand war auf Null gesunken, sein Hass auf Singapur hingegen um etliche Grade gestiegen. Abwesend blätterte er in einigen Zeitschriften und versuchte, wenigstens zu dösen. Er war Pilot. Der andere Scheiß war nichts für ihn; Waffenschmuggel, Dealen, Kuriere kontrollieren – alles nicht sein Ding.

Als sie in Brisbane landeten, war es bereits dunkel. Er blieb bewusst in der Nähe der übrigen Fluggäste, und bevor er in seinen Wagen stieg, nahm er ihn erst in Augenschein. Auf der Schnellstraße wechselte er mehrmals die Spur, ließ sich zurückfallen, um dann erneut vorzupreschen. Vor einer Woche war Nurse bestohlen worden. Er fragte sich, warum er noch kein Wort gehört hatte.

Achtundzwanzig

Sonntag war der Tag der Brandsätze. Phelps hatte die Herstellung übernommen. Es waren zwei. Jeder Brandsatz bestand aus einem Plastikbecher, bis zur Hälfte gefüllt mit Benzin, einer Zeitvorrichtung samt Batterie und zwei Kontakten, die dicht nebeneinander lagen.

»Halb voll, damit sich die Flammen entwickeln können«, erläuterte Phelps. »Morgen früh, neun Uhr fünfzehn, wird ein Funke überspringen und paff! das Feuerwerk geht los.«

Wyatt nickte interessiert. Er wusste, wie ein Brandsatz funktionierte, doch für ihn war es Teil seiner Aufgabe, seine Partner hin und wieder zu bestätigen und zu motivieren. Das hielt Phelps und Riding in jeglicher Beziehung bei der Stange.

Um siebzehn Uhr brachten sie die Brandsätze an. Es war der heißeste Moment des Tages – in zweifacher Hinsicht –, als die Stadt apathisch in der Glut der prallen Sonne lag. Der erste Brandsatz wurde unterhalb eines riesigen Stapels alter Reifen in einem Hinterhof angebracht, der ein paar Blocks entfernt von der Bank lag. »Viel Rauch, viel Dramatik«, war Phelps' Kommentar.

Den zweiten legten sie in einen Müllcontainer hinter einem Supermarkt. Pappe, Papier, Plastikverpackungen, Sperrholz, Styropor. Eine Menge Panik, jedoch geringer Sachschaden.

Am Abend organisierten sie die Fluchtautos. Hierfür bot sich der Bereich der Dauerparker am Flughafen an. Einzeln, mit dem Bus und jeweils im Abstand einer halben Stunde fuhren sie zum Flughafen und trafen sich am Seiteneingang des Parkplatzes. Wyatt kam als Letzter. »Was habt ihr?«

Riding senkte die Stimme: »Einen beigefarbenen Camira.«

»Parkschein?«

Er nickte. »Auf der Ablage, deutlich sichtbar. Ein Vollidiot.«

»Wann?«

Ein Flugzeug hob gerade ab. Der Krach war ohrenbetäubend, also wartete Riding mit seiner Antwort. »Vor einer Stunde, kurz nachdem ich gekommen bin.«

Das war sehr gut. Der Besitzer kam garantiert nicht vor Montagnachmittag zurück. Was sie jetzt brauchten, war ein zweiter Wagen, der dem Camira glich. Zeugen der Umladeaktion auf dem Campus wären in ihren Aussagen wesentlich ungenauer, wenn es sich um zwei ähnliche Wagen handelte.

»Fraglich, ob wir ein passendes Modell mit Parkschein finden. Kümmert ihr euch um die Parkplatzsucher und ich schau mich um.«

Wyatt verschwand in der Dunkelheit. Er hatte nicht vor, hier viel Zeit zu verbringen. Es herrschte wenig Betrieb, außerdem war es inzwischen dunkel, aber selbst ein Zeuge war einer zu viel. Unter seinen Schuhen knirschte der Kies. Zwei Minuten später entdeckte er einen Parkschein in einem VW-Cabrio. Mit einem Handgriff hatte er das Faltdach geöffnet, dann den Parkschein geschnappt und das Verdeck wieder zugemacht.

Er ging zurück zu den anderen. Riding deutete in eine Richtung. »Cremefarbener Commodore.«

Sie standen geschütz hinter niedrigem Buschwerk und beobachteten, wie der Commodore vor- und zurücksetzte, um in eine Parklücke zu kommen. Ein älterer Mann stieg aus und ging zur Bushaltestelle. Als der Shuttle-Bus kam, stieg er ein und die drei Männer setzten sich in Bewegung. Diesmal ging es um Nummernschilder. Nicht einfach nur Nummernschilder – sie suchten Schilder, deren Kombination aus Buchstaben und Zahlen denen der Fluchtautos ähnlich war.

Ein Toyota-Transporter lieferte ihnen das erste Schild, ein nagelneuer Mercedes das zweite. Sie tauschten sie mit den Schildern des Camira und des Commodore aus. Wyatt unterstellte, dass die Eigentümer die geringfügigen Abweichungen nicht sofort bemerkten. Sollte sich ein Zeuge die Kennzeichen des Camira und des Commodore notieren, dann würde der Polizeicomputer einen Toyota und einen Mercedes ausspucken. Es war Vernebelungstaktik, eine Art Zusatzversicherung und nach Wyatts Auffassung notwendig für den Job. Er sah auf die Uhr. Vier Minuten vor halb neun. Morgen früh um diese Zeit würde sich Nurse bereits in ihrer Gewalt befinden.

Neunundzwanzig

»Daddy!«

Mit neun hatte sie ihn das letzte Mal so genannt. Diese Tatsache und die blanke Panik in ihrer Stimme rissen ihn aus der Betrachtung der Weeties-Packung vor ihm auf dem Tisch.

Seine Tochter kam von der hinteren Veranda ins Haus, mit einer Schuhbürste in der Hand und von drei Unbekannten eskortiert. Sie trugen Masken und sahen hart und entschlossen aus. Seine Eingeweide rebellierten.

Der eine stieß Mignon sanft in den Rücken. Sie rannte zu ihrem Vater und klammerte sich zitternd an ihn. Sie trug ihre gold-blaue Schuluniform, ihr Haar war noch feucht und sie war barfuß. Nurse legte einen Arm um sie und presste sie an sich.

Der eine Mann fing an zu sprechen. Er trug einen billigen, dunklen Anzug und sprach leise, ohne Modulation, mit leicht hypnotischer Wirkung. »Wir wollen Ihnen und Ihrer Familie nichts tun, Mr. Nurse.«

Später würde er sich daran erinnern, dass der Mann ihn die ganze Zeit höflich mit Mr. Nurse angesprochen hatte.

»Wo ist Ihre Frau, Mr. Nurse?«

Genau in diesem Moment entschied sich Mignon für eine Dummheit. Nurse spürte die Hitze in ihrem schmalen Körper und die Anspannung, als sie den Mund öffnete, tief einatmete und losbrüllte: »Mammi, schnell, hau ab!«

Möglicherweise hätte sie weitergebrüllt, doch ein zweiter Mann, klein und wendig und ebenfalls bekleidet mit einem Anzug, trat von hinten an sie heran und drückte ihr mit dem Unterarm die Kehle zu. Der Schrei blieb ihr im Halse stecken und Nurse spürte, wie sich seine Eingeweide verselbstständigten. Er wollte vom Stuhl aufstehen, doch der erste Typ sagte ganz ruhig: »Besser nicht.«

Ein Revolver verlieh diesem Vorschlag Nachdruck. Der Typ wiederholte: »Also, Mr. Nurse. Ihre Frau?«

»Sie schläft noch. Sie hat Migräne. Bitte lassen Sie sie in Ruhe.«

Nurse sah nur die Augen, sie waren braun, mit festem Blick und völlig unbeeindruckt. »Darauf kann ich leider keine Rücksicht nehmen, Mr. Nurse.« Der Typ nickte dem Dritten im Bunde kurz zu.

Der Dritte, bullig und in Jeans und T-Shirt, verließ das Zimmer, um einen Augenblick später mit Joyce zurückzukommen. Ihr Gesicht war leicht zerknittert und verquollen vom Schlaf. Sie trug ein Nachthemd mit tiefem Ausschnitt, das ihre sommersprossigen Brustansätze freigab. Nurse fühlte eine merkwürdige Abneigung und schämte sich für seine Frau, als hätte sie Mundgeruch.

»Danny?«, fragte sie verwirrt.

Der Anführer sagte mit einem leichten Kratzen in der Stimme: »Wir werden Ihnen nichts tun, Mrs. Nurse. Bitte setzen Sie sich zu Ihrem Mann und Ihrer Tochter an den Tisch.«

Der Kleinste des Trios scheuchte Mignon weg, die noch immer wie angewurzelt hinter Nurse stand, und bedeutete ihr, sich auf den Stuhl am anderen Ende des Tisches zu setzen. Joyce setzte sich Nurse gegenüber. Sie wirkten wie eine Kleinfamilie beim Frühstück, fragte sich nur, wer hier noch Appetit verspürte.

»Geht es um Geld?«, wollte Joyce wissen. »Gib Ihnen deine Brieftasche, Danny.«

Mechanisch griff Nurse in seine Hosentasche, warf die Brieftasche auf dem Tisch. Dort lag sie zwischen Krümeln und Marmeladenklecksen, und niemand wollte sie haben.

»Dann geht's wahrscheinlich wieder um die verdammten Pferde«, zischte Joyce und drehte sich zu dem Anführer um. »Stimmt's? Er kann seine Schulden bei euch nicht bezahlen!«

Der Anführer beugte sich zu ihr hinunter und sagte: »Halten Sie bitte den Mund und hören Sie zu.«

Seine Worte wirkten fast beruhigend. »Wir würden gern Ihre Bank ausrauben, Mr. Nurse. In ein paar Minuten werden Sie mich und den Mann hinter Ihnen in Ihrem Wagen nach Logan City fahren. Wir werden dort warten, bis die Zeitschlösser aufgehen, dann werden wir einladen und danach sind Sie uns los. Es gibt keinen Grund, die Angelegenheit unnötig kompliziert zu gestalten. Wir verabscheuen Gewalt und würden sie niemals um ihrer selbst willen anwenden. Und die Bank ist versichert, also besteht keine Notwendigkeit, dass Sie oder Ihre Mitarbeiter das Geld verteidigen. Können Sie mir so weit folgen?«

Nurse spürte, wie die Farbe aus seinem Gesicht wich. Sie wussten über alles Bescheid. Das Gerede von Gewaltverzicht war nur ein Lippenbekenntnis. Die drei waren die personifizierte Brutalität – die Waffen, die Masken, die unausgesprochene Bedrohung, die Art, wie sie die Küche belagerten.

Joyce kratzte sich die Augenwinkel, und was immer auch an ihrem spitzen Fingernagel hängengeblieben war, sie wischte es an ihrem Nachthemd ab. »Ich sag doch, die kriegen dich. Die kriegen dich immer.«

Nurse wollte lieber nicht wissen, was die Männer über Joyce dachten. »Warum ziehen Sie meine Familie da hinein? Sie hätten mich an der Bank abpassen können.«

Joyce schnaubte: »Streng mal dein Hirn an, zähl nach, wie viele es sind.« Sie wies auf Wyatt und Riding. »Der geht in die Bank, genau wie der da. Bleibt einer übrig.«

Nurse begriff und in seinen Schläfen begann das Blut zu pochen. »Nein, nein, das dürfen Sie nicht tun! Lassen Sie meine Familie aus dem Spiel.«

»Dafür ist es ein bisschen zu spät, oder?«, keifte Joyce.

»Halt die Klappe! Ich werde nicht zulassen, dass du und Mignon – «

Der Anführer griff nach Nurses Müslischale und warf sie auf den Boden. Die Scherben flogen in alle Richtungen und graue Milchbäche mit aufgeweichten Haferschiffchen bahnten sich ihren Weg über die Fliesen. Es war im Grunde kein ungewöhnlicher Vorfall, nur eine Art Missgeschick im Haushalt. Doch für Nurse hatte dieser Akt etwas Terroristisches, als würde ein Schuss ihm den Rücken zerfetzen und umherfliegende Knochenpartikel würden sich in Mignons Fußsohlen bohren. Er zuckte zurück und hielt sich die Augen zu.

Nichts geschah. Der Anführer hatte zu seiner Ruhe zurückgefunden.

»Mr. Nurse«, sagte er dann, »Ihre Frau und Ihre Tochter bleiben hier im Haus. Mein Kollege wird ihnen dabei Gesellschaft leisten. Er wird ihnen nichts tun, so etwas liegt nicht in unserer Absicht. Verstehen Sie?«

»Sie werden es nicht schaffen, Sie – «

»Ich habe gefragt, ob Sie mich verstehen.«

Nurse murmelte ein Ja.

»Ich habe hier ein Mobiltelefon. Sobald wir im Auto sitzen, werden Sie Ihre Frau anrufen. Haben Sie verstanden?«

Nurse nickte. Er sah sich am Tisch um. In Mignons Gesicht mischte sich Angst mit Erregung, und er wünschte, er hätte es nicht gesehen. Seine Frau legte eine billige Aufmüpfigkeit an den Tag, wie sie da, leicht bekleidet wie ein Flittchen, auf dem Stuhl saß. Am meisten aber hasste er die Augen dieses Mannes, der ihn völlig zu durchschauen schien.

»Die Verbindung zu Ihrer Familie wird auch von der Bank aus aufrechterhalten. Wir wollen die Sache rasch über die Bühne bringen, aber ich denke, Sie wollen über das Befinden Ihrer Familie immer auf dem Laufenden sein. Falls Sie uns in der Bank Schwierigkeiten machen und mein Kollege hier den Kontakt zu uns verliert, wird er Ihre Familie umbringen. Verlieren wir den Kontakt zu ihm, werden wir Sie umbringen.«

»Abschaum«, zischte Joyce.

»Verstehen wir uns, Mr. Nurse?«

Nurse überhörte die Bemerkung seiner Frau. »Ich habe Sie verstanden«, formulierte er klar und deutlich.

Bevor sie ihn über den Hintereingang zum Wagen brachten, blickte Nurse sich noch einmal um. Er sah Joyce und Mignon, gefesselt an ihren Stühlen, er sah das Telefon auf dem Küchentisch und das Kraftpaket bei der Zubereitung von Nescafé. Hah, dachte er, Fingerabdrücke! Doch nein: Alle Männer trugen Latexhandschuhe. Er versuchte, Blickkontakt zu Joyce und Mignon herzustellen, aber wie immer waren beide zu sehr mit sich selbst beschäftigt, um auch nur einen Gedanken an ihn zu verschwenden.

Dreißig

Es war wichtig, ihn nicht aufzuregen. Wyatt nahm dem Mann die Schlüssel ab, öffnete die Fahrertür des Volvo und sagte: »Steigen Sie ein, Mr. Nurse«. In seiner Stimme lag Gelassenheit und seine Bewegungen waren ruhig und gemessen.

Ein hoher Lattenzaun mit Glyziniensträuchern davor bot genügend Sichtschutz. Niemand hatte bemerkt, wie die drei Männer Mignon durch die Hintertür ins Haus gedrängt hatten; niemand würde jetzt bemerken, wie Wyatt und Riding den Banker abführten.

Nachdem er Nurse hinter das Lenkrad verfrachtet hatte, schloss Wyatt die Fahrertür von außen, zog die Sturmmaske herunter, fuhr sich kurz durchs Haar und setzte eine Brille auf – Fensterglas, schweres schwarzes Gestell für zwanzig Dollar beim Kostümverleih.

Er schlug den Kragen und die Revers des Jacketts hoch, um wenigstens etwas von der Form seines Kinns abzulenken. Über das Dach des Volvo hinweg blickte er zu Riding. Der nahm nun ebenfalls seine Sturmmaske ab, setzte eine Sonnenbrille auf und klemmte sich eine Pfeife zwischen die Zähne. Die abgesägte Schrotflinte war eingerollt in einer Tageszeitung. Sie stiegen ein. »Mr. Nurse, bevor es losgeht, noch ein kleiner Hinweis. Richten Sie Ihr Augenmerk auf die Straße. Nicht auf mich oder meinen Kollegen«, sagte Wyatt und sah Nurse aufmerksam an. Der nickte.

»Sehr schön. Nun lassen Sie bitte den Motor an und fahren auf die Straße. Nicht zu schnell. Achten Sie auf Fußgänger und Kinder auf Fahrrädern. Verhalten Sie sich so wie immer.«

Wyatt legte den Revolver in seinen Schoß, der Lauf zeigte auf Nurse. »Bitte schauen Sie kurz zur Seite, Mr. Nurse. Sehen Sie die Waffe? Ich werde sie nicht benutzen. Es sei denn, Sie machen eine Dummheit. Konzentrieren Sie sich auf die nächste Stunde und denken Sie daran, dass Sie Ihre Familie danach wiedersehen werden.«

Wyatt beobachtete ihn. Es schien den fetten Banker zu beruhigen, sich an das Lenkrad klammern zu können und sich vom Berufsverkehr ablenken zu lassen. Nurse kurbelte das Fenster herunter und fuhr schweigend auf die Schnellstraße.

Wyatt holte das Handy aus der Tasche und wählte die Nummer von Nurse. Er hörte, wie abgenommen wurde, doch Phelps schwieg wie verabredet. »Ich bin's«, sagte Wyatt.

»Ja.«

»Gib mir seine Frau.«

Es entstand eine Pause, dann gedämpfte Geräusche; Wyatt stellte sich die Szene vor: Phelps, der Joyce Nurse den Hörer ans Ohr presste. »Danny, ist alles in Ordnung?«, hörte er sie fragen.

»Ihrem Mann geht es gut, Mrs. Nurse. Ich übergebe jetzt.«

Wyatt reichte Nurse das Handy. »Ganz ruhig. Tun Sie so, als wäre alles ganz normal.«

Offenbar wollte kein richtiges Gespräch in Gang kommen. Wyatt hörte leises Protestieren und sah den Ärger in Nurses Blick. »Schon gut, schon gut, ich kann dich hören«, wiederholte er mehrmals, dann machte er plötzlich eine Bewegung, als wollte er das Telefon zum Fenster hinauswerfen. Wyatts Finger umschlossen sein Handgelenk. »Nicht doch, Mr. Nurse.«

Wyatt nahm das Telefon und hielt es sich ans Ohr. Die Fahrt nach Logan City dauerte fast dreißig Minuten, hin und wieder verständigte er sich mit Phelps und zweimal überredete er Nurse, mit seiner Tochter zu sprechen. Ein Gespräch zwischen den Eheleuten schien eher Ärger zu provozieren.

Um acht Uhr fünfundzwanzig bog Nurse in eine Seitenstraße neben der Bank ein. Montagmorgen, der Startschuss für eine neue Arbeitswoche. Ladenbesitzer zogen Roll-Läden hoch und kehrten den Dreck vor ihrer Tür weg. Herumtrödelnde Schulkinder lümmelten sich auf eine Bank an der Bushaltestelle, ein Gemüsehändler holte gerade eine Kiste Mangos aus seinem Transporter und aus dem Buchladen neben der Bank kam ein Typ mit Zopf. Er karrte gerade die Wühltische mit den Remittenden auf den Bürgersteig. Der winzige Parkplatz hinter der Bank war frei.

»Parken Sie bitte rückwärts ein, Mr. Nurse. Und lassen Sie ein paar Meter Abstand zur Mauer.«

Den silbernen Volvo kannte jeder. Schließlich stand er fünf Tage in der Woche immer auf diesem Parkplatz. Auch den dicken Niederlassungsleiter kannte jeder, er gehörte zur Umgebung wie sein Wagen. Niemand machte sich Gedanken über die beiden Männer, die ihn heute begleiteten. Sie trugen Anzüge, und das passte nun mal zu einer Bank. Wyatt sah zur Straße, hier und da ein Fußgänger, der zur Arbeit hetzte, ansonsten nichts, was ihn überraschen könnte. Er sagte zu Phelps: »Wir sind da«, und steckte das Telefon in die Tasche.

»Betätigen Sie nun den Hebel, um den Kofferraum zu öffnen, Mr. Nurse.«

Nurse beugte sich vor, um unter das Armaturenbrett zu greifen. Wyatt richtete dabei den Revolver auf ihn. Er hörte ein leises Klicken und drehte sich um. Wie erwartet hatte sich der Kofferraumdeckel um wenige Zentimeter gehoben, so würde es niemandem auffallen.

»Haben Sie die Schlüssel?«

Nurse nickte.

»Gut, dann führen Sie uns hinein.«

»Das heißt aber, dass wir jetzt durch den vorderen Eingang müssen«, sagte Nurse.

Wyatt entsicherte seinen Revolver und plötzlich sah Nurse in den dunklen Tunnel des Laufs. »Nicht doch, Mr. Nurse. Ich habe Sie die ganze Woche beobachtet. Sie sind jeden Morgen durch die Hintertür gegangen. Ihre Mitarbeiter kommen durch den Vordereingang. Bitte, machen Sie es uns doch nicht so schwer.«

Nurse zog den Schlüssel aus dem Zündschloss und nahm zwei Sicherheitsschlüssel vom Bund.

»Hier«, sagte er und wollte sie Wyatt übergeben.

»Aber nein. Sie werden uns die Tür aufschließen. Und Sie werden dem Wachmann sagen, er möge Ihnen die Tür aufhalten, weil Sie einige Kisten mit Akten hineintragen müssen. Verstanden?«

»Ja.«

»Wie ist der Vorname des Wachmanns?«

»Bill.« Das kam so spontan, dass es nicht falsch sein konnte.

»Okay, lassen Sie uns gehen.«

Sie stiegen aus. Wyatt und Riding standen direkt hinter Nurse, als der zuerst das eine, dann das andere Sicherheitsschloss öffnete. Die Tür war schwer, eine Stahlplattierung mit Hydraulikschließer, und sie ging nach innen auf. Gemeinsam mit Nurse drückte Wyatt dagegen. Als er jedoch Licht durch den Türspalt sah, hielt er inne und versenkte den Lauf des Revolvers in Nurses schwammiger Taille. »Rufen Sie ihn.«

»Bill! Können Sie kurz mal kommen?«

»Was 'n los?«

»Können Sie uns bei den Kisten hier helfen?«

Der schwere Schritt des Wachmanns war hinter der Tür zu hören, dann Gemurmel und das Keuchen eines passionierten Kettenrauchers. Als Wyatt sah, wie die Finger des Wachmanns sich um die Türkante legten, um die Tür aufzuziehen, stieß er Nurse in den Flur. Das geschah so plötzlich und unerwartet, dass der Wachmann im Flur gegen eine Wand prallte.

Riding schlüpfte als Erster hinein und packte die Schrotflinte aus. Er bohrte sie dem Wachmann in den Unterleib. »Hol deine Waffe raus, schön langsam, mit zwei Fingern.«

Der Wachmann fummelte an seinem Holster herum und wollte die Waffe am Griff herausziehen. Seine Hände zitterten und zweimal rutschte ihm der Griff aus den Fingern, bevor er sie endlich hatte. Riding beugte sich blitzschnell nach vorn, schnappte sie und ließ sie in seiner Jackentasche verschwinden. Wyatt schloss die Tür. Er verriegelte sie nur oben, er wollte verhindern, dass jemand die Bank betrat. Den unteren Riegel ließ er offen, so mussten sie bei ihrem Rückzug nur einen Riegel betätigen. Nachdem er Phelps telefonisch informiert hatte, zog er die Sturmmaske wieder über und instruierte Riding mit einem Kopfnicken, dasselbe zu tun. Die Brillen verschwanden in ihren Jackentaschen.

»Auf zur Schalterhalle.«

Riding ging voran und überprüfte die Büroräume, die vom Flur abgingen. Am Türbogen, durch den man in den Bereich hinter dem Schalter gelangte, blieb Riding stehen. Er ließ seine Blicke durch den Raum wandern und ging dann erst hinein. Wyatt folgte mit Nurse und dem Wachmann. Hier stießen sie auf zwei weitere verglaste Büroräume mit Schreibtischen, Aktenschränken, Kopierer und Faxgeräten, Computern und Schreibmaschinen. Überall war Papier – in Aktenordnern, an den Wänden, in Kartons und Kisten, die sich an den Wänden stapelten. Der Schalter selbst war bis zur Decke mit Panzerglas gesichert

Hinten führte ein zweiter Türbogen in den Tresorraum. Wyatt sah auf die Uhr. Viertel vor neun. Gleich würden die Angestellten auftauchen. Zusammen mit Riding brachte er Nurse und den Wachmann in den Kundenraum auf der anderen Seite des Schalters. Der Wachmann musste sich an der Tür postieren, um die

Mitarbeiter hineinzulassen. Riding stand in seiner Nähe, die Schrotflinte auf ihn gerichtet, damit er nicht auf mutige Gedanken kam. Die nächsten vierzig Minuten hieß es einfach warten.

Einunddreißig

Wenige Minuten später kam die Erste – es war die stellvertretende Leiterin der Niederlassung. Als sie die Bank betreten hatte, nahm Riding sie mit dem Gewehr in Empfang. Sie starrte in die schwarzen Löcher des Doppellaufs, dann auf seine schwarze Sturmmaske und fing an zu schreien. Wyatt legte ihr die Hand auf den Mund und unterbrach so das Geschrei. »Wenn Sie ruhig bleiben, wird Ihnen nichts geschehen.« Er drehte ihren Kopf langsam in Nurses Richtung. Der lag auf dem Bauch unter einem der Stehpulte an der Wand, an denen die Kunden die Überweisungen ausfüllten. »Legen Sie sich zu ihm.«

Es behagte Wyatt wenig, die Sache so aufzuziehen, aber er hatte keine andere Wahl. Im Idealfall würde ein Mann die Leute in Empfang nehmen und einen nach dem anderen in einen Nebenraum führen, wo ein weiterer sie in Schach hielt. Doch sie waren nur zu zweit, deswegen mussten alle im Schalterraum bleiben, bis der Letzte eingetrudelt waren.

Die fünfte Angestellte betrat die Bank um zehn nach neun und Wyatt verschloss die Tür hinter ihr. Sie war hübsch, zumindest war sie vollbusig und fing nicht sofort an zu schreien. Nurse schaute vom Boden auf und sagte: »Angie, kommen Sie her zu uns, meine Liebe. Machen Sie sich keine Sorgen, es ist nur ein Banküberfall. Sie werden uns nichts tun.« Der Chef versuchte also, seine Mitarbeiter zu beruhigen. Angie kniete sich hin und kippte dann – behindert durch ihren Wickelrock – etwas ungeschickt zur Seite. Schließlich lag sie ausgestreckt auf dem Bauch. Zuletzt nötigte Wyatt den Wachmann, sich zu den anderen zu legen. Eine Frau fing an zu weinen. Ein junger Angestellter schluckte schwer und zitterte am ganzen Leib. Wyatt bemerkte, dass er bemüht war, nicht die Fassung zu verlieren.

Wyatt kniete sich vor die Gruppe und forderte sie auf, ihre Köpfe zu heben und ihn anzuschauen. Nurse, der Wachmann, die stellvertretende Leiterin und die vier Mitarbeiter. Es waren zu viele. Es missfiel ihm. Seine Haut fing unter der Sturmmaske an zu jucken, und instinktiv fuhr er mit dem Lauf seines Revolvers darüber. Angie fielen fast die Augen aus dem Kopf.

»Hören Sie mir bitte zu. Wir wollen niemandem etwas tun. Nur wenn einer von Ihnen unüberlegt handelt, dann müssen wir reagieren. Um neun Uhr fünfundzwanzig werden die Zeitschlösser des Tresorraums aufgehen. Dann wird Mr. Nurse die Zahlenkombination des Safes eingeben und wir werden den Safe danach ausräumen – das wird nicht länger als fünf Minuten in Anspruch nehmen –, und dann sind sie uns los. Haben Sie das verstanden?«

Alle starrten ihn an. Manche ängstlich, andere skeptisch, als vermuteten sie mehr hinter seinen Worten. Wie sollte er sie überzeugen, dass er genau das meinte, was er eben gesagt hatte?

Er wandte sich an den Dicken, der sich vor Nervosität in die Wange biss. »Bitte, Mr. Nurse. Erklären Sie es ihnen.«

»Tun Sie, was der Mann sagt. Die Anweisung der Zentrale hierzu ist eindeutig: Kein aktives Eingreifen während eines Überfalls. Diese Männer sind längst weg, wenn der Kundenverkehr beginnt.«

Wyatt nickte. »Gut. Stehen Sie jetzt bitte alle auf.«

Er ging einige Schritte zurück. »Umdrehen.«

Sie sahen Riding und die schwarzen Augen des Doppellaufs seiner Schrotflinte und drängten sich instinktiv aneinander. Für einen kurzen Moment legte Nurse einen Arm um Angie.

»Begeben Sie sich jetzt hinter den Schalter«, sagte Wyatt.

Riding gab ihnen ein Zeichen mit der Schrotflinte und scheuchte sie in Nurses Büro. Dort mussten sie sich wieder auf den Bauch legen. Riding bezog Stellung im Türrahmen und hielt die Waffe auf sie gerichtet. Unterdessen ging Wyatt mit Nurse in den Tresorraum. Von dort rief er Phelps an. »Bist du noch da?«

»Na logo«, kam es prompt aus dem Hörer.

»Gib mir seine Frau.«

Wyatt reichte Nurse das Handy. »Reden Sie mit ihr. Sagen Sie ihr, dass alles in Ordnung ist.«

Alle zehn Minuten dasselbe Ritual. Nurse betete in etwa die gleichen Sätzen herunter wie die Male zuvor – »Ja, mir geht es gut. Und euch? Alles in Ordnung mit Mignon? Ich muss jetzt aufhören«, und damit gab er Wyatt das Handy zurück.

Es war gleich neun Uhr fünfundzwanzig. Wyatt sagte, »Bleibt dran«, und steckte das Handy wieder in seine Tasche.

Sie warteten. Dann ein weiches Summen, gefolgt von dem leisen Klicken gut aufeinander abgestimmter Metallteile. Wyatt drängte Nurse zur Tür. »Öffnen Sie.«

Nurse musste beide Hände nehmen, um die massive Tür aufzuziehen, doch gleich darauf schwenkte sie wie von selbst auf. Innen war der Tresorraum mit poliertem Stahl verkleidet.

Neben Regalen voller Dokumente stand der riesige, mit zwei Zahlenschlössern ausgestattete Safe.

»Jetzt den Safe. Und keine Dummheiten.«

Von Ferne hörte man Sirenen. Die Brandsätze waren hochgegangen. Nurse hielt inne und sah Wyatt mit einer Mischung aus Hoffnung und Erwartung an. »Ein Feuerwehreinsatz«, sagte Wyatt und spannte den Hahn seines Revolvers. »Keine Dummheiten, hab ich gesagt.«

Nurse schien entmutigt. Er ließ die Schultern hängen, und man merkte ihm die Anspannung an, als er sich nach vorn beugte, um die Scheibe des oberen Zahlenkombinationschlosses zu drehen. Erst im Uhrzeigersinn, dann gegen den Uhrzeigersinn. Mit dem unteren Schloss verfuhr er ebenso. Dann trat er einen Schritt zurück, öffnete die Tür, und in diesem Augenblick zog Wyatt ihm den Revolver über den Schädel. Nurse ging zu Boden wie ein Stein. Wyatt holte das Handy heraus und sagte: »Wir sind drin«, dann verstaute er es wieder in seiner Tasche.

Das Geld befand sich in acht Metallkassetten, genau wie Anna Reid gesagt hatte. Außerdem waren da noch ein großer Polizeirevolver und Bargeld, gebündelt und mit Banderolen. Barbestände der Niederlassung. Wyatt stopfte die Bündel in seine Taschen, dann zog er die erste Kassette heraus und rannte damit zum Korridor. Er kam an Nurses Büro vorbei und sagte kein Wort. Auch Riding schwieg.

Als er an der Hintertür war, stellte er die Kassette ab, entriegelte die Tür, zog sie auf und rannte zum Volvo. Er öffnete den Kofferraum, rannte zurück und holte die Kassette mit dem Geld. Etwa eine Minute war vergangen. Er schätzte, dass sie in fünf Minuten abhauen konnten.

Er wuchtete die Kassette in den Kofferraum des Volvos und war bereits wieder im Flur, als er die Stiefel draußen auf dem Asphalt hörte.

Zweiunddreißig

Am Sonntagabend hatten sie ihn bereits erwartet. Gegensprechanlage, Sicherheitsschlösser, das Apartment im ersten Stock gelegen, ausgestattet mit einer Alarmanlage, vergitterten Fenstern und einem Balkon – und sie saßen in seinem Wohnzimmer, um ihn zu begrüßen. Lovell hatte keine schwarze Limousine vor dem Haus gesehen, also hatten sie irgendwo auf der Rückseite des Hauses geparkt. »Mr. Bone!«, war alles, was ihm einfiel.

Bone hatte ein fahles, längliches Gesicht und sein kahler Schädel verlieh ihm das Aussehen eines Mönchs oder Gelehrten. Lovell hatte ihn immer nur in einem anthrazitfarbenen Anzug mit schwarzer Krawatte gesehen und nur einmal allein getroffen. Damals, vor zwölf Monaten, als Bone das Taxi bestellte, sich seine Geschichte anhörte und ihm ein Angebot unterbreitete, das er nicht ausschlagen konnte. Danach hatte er ihn nur in Begleitung seines Fahrers getroffen, einem Mann mit riesigem Unterkiefer, der unablässig auf den Zehen wippte und seine Hände merkwürdig verdreht am Körper hielt.

Lovell hatte den Fahrer im Auge behalten, seine Reisetasche in die Ecke geworfen und war hinüber zur Bar gegangen. »Kann ich Ihnen etwas anbieten?«

»Nein danke. Aber bedienen Sie sich ruhig«, hatte Bone erwidert.

Die Situation hatte etwas mit Biss erfordert, einen Jack Daniels zum Beispiel. Lovell war sehr darauf bedacht gewesen, dass der Flaschenhals den Rand des Glases nicht berührte. Seine Hände hätten ihn verraten.

Er hatte sich Bone gegenüber gesetzt. Der Fahrer schien sich verdrückt zu haben, doch nach einer Weile hörte Lovell hinter sich die tiefen, regelmäßigen Atemzüge des Mannes. Es kursierten Gerüchte, dass der Fahrer Leute ausschaltete, von denen Bone wollte, dass sie ausgeschaltet wurden. Zwei hatte Lovell gekannt, Dealer, die selbst abhängig wurden, was in den Augen der Organisation ein Fauxpas war. »Ich kann's erklären«, sagte er.

Bone klaubte einen Fussel von seinem Knie und strich dann sorgfältig den edlen Zwirn glatt. »Das wäre schon ein guter Anfang. Meine Partner und ich sind bereits einige Möglichkeiten durchgegangen. Variante Nummer eins: Ihr Kurier wurde verhaftet. Variante Nummer zwei: Ihr Kurier hat Sie bestohlen. Variante Nummer drei: Ihr Kurier wurde bestohlen. Variante Nummer vier: Sie haben uns bestohlen.«

Er blickte kurz auf. »Nicht dass die Abfolge irgendeine Rangordnung darstellt.«

Spätestens da war Lovell klar gewesen, dass Bone bereits mit Rice gesprochen hatte. »Es gab ein Problem mit dem Kurier«, sagte er.

»Haben Sie sich dessen schon angenommen?«

»Das habe ich.«

»Sehr gut. Dann bleibt nur noch die Frage nach dem Defizit, nicht wahr?«

»Ich werde es ausgleichen.«

»Selbstverständlich werden Sie das. Immerhin ist es Ihre Pflicht, und wir setzen großes Vertrauen in Ihre Fähigkeiten. Das Problem ist nur, durch die Ereignisse des letzten Wochenendes haben wir bereits wichtige Kunden verloren.«

»Aber Mr. Bone, die gibt es doch wie Sand am Meer.«

»Freut mich zu hören.« Bone erhob sich. »Wir sind nämlich dabei, Marktanteile an eine libanesische Organisation zu verlieren.« An dieser Stelle reagierte Bone für seine Verhältnisse recht emotional. »Ziemlich verrückte Leute. Für Geld würden die selbst ihre Mutter umbringen.«

»Ich bin nicht dafür verantwortlich, was auf dieser Ebene passiert.«

»Doch, das sind Sie, wenn Sie Ihren Auftrag nicht ordnungsgemäß erfüllen und wir dadurch Kunden verlieren.«

»Ich werde Ihnen das Geld zurückzahlen.«

Bone und sein Fahrer standen bereits an der Tür. Bone sagte: »Darum geht es nicht. Unsere Organisation lebt von regelmäßigen Zahlungen regelmäßiger Kunden.« Er schwieg für einen Moment. »Was machen Ihre Flüge nach Papua-Neuguinea? Läuft alles reibungslos?«

Lovell schluckte. »Selbstverständlich.«

Daraufhin lächelte Bone. »Schön, Ian. Wir sprechen uns wieder. Sie haben achtundvierzig Stunden.«

Lovell brummte der Schädel, nachdem sie gegangen waren. Ein Band aus Stahl, das sich immer enger um seinen Kopf schloss.

Er schlief schlecht. Um zwei Uhr am Montagmorgen wurde er wach und dachte: Warum eigentlich nicht noch einen zweiten Kredit aufnehmen?

Die Öffnungszeiten der Bank waren von zehn bis sechzehn Uhr. Doch Lovell tauchte bereits um neun Uhr sechsundzwanzig bei der Niederlassung in Logan City auf. Nurse musste man bearbeiten, wenn er noch nicht richtig wach und somit leichter zu überreden war. Sollten Nurse die Argumente nicht ausreichen, Lovell hatte noch eines auf der Pfanne: seine .22er, die in ihrer kalten, klaren Form an eine Strahlenpistole erinnerte.

Er klopfte an die Glasscheibe der Bank.

Als sich nichts tat, klopfte er noch einmal. Als sich immer noch nichts tat, fragte er sich, ob vielleicht Feiertag sei. Bei seiner Tätigkeit waren Feiertage ohne Belang. Nein. Die Läden hatten geöffnet. Die Post hatte geöffnet. Bankangestellte arbeiteten von neun bis fünf. Dreißig Minuten vor Öffnung, sie mussten längst da sein, Kaffee kochen, das Geld in die Kassen legen. Warum waren die Sichtblenden noch zugezogen? Wieso sah hier alles so verdammt geschlossen aus?

Lovell war zum Hintereingang gegangen. Dort stand Nurses silberner Volvo. Der Kofferraum war offen. Ebenso die Hintertür.

Die Schweine waren also doch da. Sie hatten bloß keine Lust gehabt, ihm aufzumachen. Na gut, dann eben durch die Hintertür.

Doch plötzlich tat sich etwas im Türrahmen. Ein Mann im Anzug kam herausgelaufen und wuchtete eine Kassette in den Kofferraum des Volvo. Der Wagen ächzte buchstäblich unter der Last.

Interessant, der Mann trug eine schwarze Sturmmaske.

Lovell blinzelte ein paar Mal. Wenn hier gerade ein Bankraub abging, dann war das seine Kohle, die sie da abräumten.

Dreiunddreißig

Wyatt zog den Kopf zwischen die Schultern, wirbelte herum und brachte seine Waffe in Anschlag, alles in einer einzigen Bewegung.

Ein Mann, den er noch nie gesehen hatte, stand geduckt in der Tür und zielte mit einer Pistole auf ihn. Es war eine niedliche .22er. Wyatt hörte es einige Male scharf knallen, doch die Schüsse verfehlten ihr Ziel. Er erwiderte das Feuer, dann ging er wieder in Deckung.

Plötzlich stand Riding neben ihm, tänzelnd, und wollte sein Ziel ins Visier nehmen. Er war bereit zum Schlagabtausch. Wyatt schob ihn zurück in Nurses Büro. »Bleib bei denen.«

Schon waren auf der Straße die ersten aufgeregten Stimmen zu hören. Wyatt zog sich weiter zurück, nutzte Schreibtische und Aktenschränke als Deckung. Er wartete ab. Im Flur sollte er sich besser nicht sehen lassen. Riding und er konnten versuchen, durch den Vordereingang zu entkommen, doch das hieße, sich auf offener Straße zu präsentieren. Wenn der Kerl mit der Knarre sie nicht schon vorher gestoppt hatte.

Wer war das? Hatte ihn Anna Reid schon wieder aufs Kreuz gelegt?

Wyatt hatte es bis zum Schalter geschafft und hockte sich dort hin, etwa zwei Meter vom Flur entfernt. Sein Gegner bewegte sich zuerst. Geduckt kam er angelaufen und gab eine Serie von Schüssen ab. Wyatt versuchte, den Lauf des Revolvers auf ihn zu richten.

Riding starb zuerst. Er stellte sich dem Schützen in den Weg, brachte die Schrotflinte in Position und fing sich oberhalb des Wangenknochens eine Kugel ein. Wyatt sah, wie er sich um die eigene Achse drehte und gegen eines der verglasten Büros prallte; Glas splitterte und Riding brach inmitten der Scherben zusammen.

Mittlerweile war der rätselhafte Typ an Wyatt vorbei in den Schalterraum vorgedrungen. Wyatt rollte sich vom Schalter weg, suchte eine Position für seine Schusslinie und sah, dass der Typ getroffen wurde.

Es war Nurse – benommen, blutend und aufgewühlt. Hass! schoss es Wyatt durch den Kopf. Der Revolver aus dem Safe, in Nurses zitternder Hand hatte er etwas von einem verlängerten drohenden Zeigefinger. Doch der der Schein trog, Nurse drückte mehrmals ab und der Typ fiel nach hinten auf den Rücken.

Jetzt erst sah Nurse Wyatt und trat den Rückzug in den Tresorraum an.

Bewegung kam in Wyatt. Er hatte nicht vor, Katz und Maus mit Nurse zu spielen, sondern rannte direkt zum Volvo und überließ sieben Geldkassetten der Bank.

Der große Wagen schlingerte ein wenig, als er mit quietschenden Reifen losfuhr, und er hörte, wie der Deckel des Kofferraums zuknallte. Passanten auf der Straße rissen die Augen auf und sprangen zur Seite. Als er das Einkaufszentrum hinter sich gelassen hatte, verlangsamte er das Tempo und zog die Sturmmaske vom Kopf. Im Osten zog dicker schwarzer Rauch auf.

An der Tankstelle stellte er den Wagen neben dem Camira ab. Er handelte jetzt ruhig und nach Plan. Er verfrachtete die Kassette in den Camira, setzte sich hinters Lenkrad und ließ den Motor an. Er setzte zurück und fuhr langsam davon. Niemand hatte von ihm Notiz genommen. Die wirklichen Dramen spielten sich im Augenblick woanders ab; beißender Rauch lag in der Luft, von der Schnellstraße drang Sirenengeheul.

Er sah auf die Uhr. Neun Uhr vierzig. Phelps würde nun das Haus von Nurse verlassen.

Gegen zehn schaltete er das Radio ein. Zweiunddreißig Grad, leichter Wind. Wyatt hielt die Tachonadel auf neunundneunzig und schaute auf die Skyline in der Ferne. Schon jetzt lag sie unter einer Dunstglocke. Die Topmeldung der Nachrichten war, dass es unbestätigten Berichten zufolge zu einem Banküberfall mit anschließendem Schusswechsel in einer Bank in Logan City gekommen sei.

Er machte leiser. Zwei Millionen Dollar in acht Geldkassetten. Wenn man davon ausging, dass die Kassetten jeweils gleich viel enthielten, dann hatte er gerade mal eine Viertelmillion erbeutet. Riding war draußen, somit bliebe jedem genau dreiundachtzigtausenddreihundertdreiunddreißig Dollar. Sagen wir, achtzigtausend für ihn und Phelps, neunzigtausend für Anna zur Deckung ihrer Auslagen.

Oder Anna ging leer aus, wenn sich herausstellen sollte, dass der Typ mit der Knarre auf ihr Konto ging. Wyatt verließ die Schnellstraße und fuhr am Fluss entlang bis St. Lucia. War sie wirklich so dumm? Ihm fielen bessere Mittel und Wege ein, wie sie ihn hätte aufs Kreuz legen können.

Und um an die Beute zu kommen, hätte sie sich einen günstigeren Ort als die Bank aussuchen können. Er fuhr zur Rückseite des Women's College und hielt kurz an. Dort drüben stand der Commodore, Phelps saß am Steuer. Wyatt rollte vorwärts, steuerte den Camira langsam von der Straße runter, bis er neben dem Commodore zum Stehen kam. Phelps schien vom Anblick zweier Mynahs unter der Kasuarine vor ihm völlig gefesselt. Er streifte Wyatt mit keinem Blick, stieg auch nicht aus. Da stimmte etwas nicht, und Wyatt legte sofort den Rückwärtsgang ein. Weiter kam er nicht, denn ein schwarzer Range Rover hatte sich ihm in den Weg gestellt und zwei Männer mit gezogenen Waffen sprangen heraus.

Vierunddreißig

Nachdem Wyatt und Riding mit dem Banker abgezogen waren, hatte Phelps Milch in seinen Nescafé gegossen und sich Joyce gegenüber an den Tisch gesetzt. Als er über den Tisch langte, um sich die Zuckerdose zu greifen, räusperte sich die Frau und er hatte plötzlich ihren Auswurf am Handgelenk. Gelblich weißer Qualster, Phelps schüttelte angewidert seine Hand, um ihn loszuwerden.

Die Frau grinste hämisch. Phelps stand auf und ging um den Tisch herum. Sie wand sich unter ihren Fesseln, konnte jedoch nicht verhindern, dass Phelps sein Handgelenk an ihrem Nachthemd abwischte.

Niemand sagte etwas. Phelps verzichtete auf die Zuckerdose, nahm stattdessen Zucker aus einer Tüte, die er auf dem Regal über dem Kühlschrank entdeckt hatte. Er rührte seinen Kaffee um, nippte daran und zog seinen Stuhl vom Tisch weg.

»Herkules kommt sich mächtig stark vor«, sagte die Frau. »

Phelps vermutete, dass Wyatt ihn seiner Größe wegen für diese Rolle in dem Job vorgesehen hatte. Er hatte Schultern wie ein Zehnkämpfer und einen gedrungenen Nacken. Harte Arbeit und ein hartes Leben hatten ihn gestärkt und gestählt, aber auch Spuren hinterlassen. Doch das alles beeindruckte diese Frau wenig.

Phelps betrachtete das Mädchen. Feuchte Strähnen hingen ihr im Gesicht, sie schniefte. Phelps konnte ihre Augen nicht sehen, also hätte er auch nicht sagen könnenn, ob sie weinte oder ob ihr die Nase lief.

Das Telefon klingelte. Die Frau im Blick, hob er den Hörer ab. Wyatt gab die erste Meldung durch. In der folgenden Stunde drehte sich alles nur um das Telefon. Phelps sprach mit Wyatt, die Frau mit ihrem Mann und die Tochter mit ihrem Vater.

Er trank seinen Kaffee aus und fuhr sich mit beiden Händen ins Gesicht. Wangen, Stirn, Ohren, Kinn – es juckte überall unter der Sturmmaske.

»Nehmen Sie sie doch ab«, sagte das Mädchen. Ihre Lebensgeister schienen zurückgekehrt zu sein.

»Meine Güte, Herzchen, willst du wirklich wissen, wie er aussieht?«

Sie kicherten.

Phelps brachte das alles nicht aus der Fassung, und um ihnen das zu zeigen, stand er auf, ging zur Spüle, öffnete seine Hose und urinierte ausgiebig auf ein paar Teelöffel.

Das Mädchen zappelte auf ihrem Stuhl, dass ihr die Haare nur so ums Gesicht flogen. »Das ist ja ekelhaft! Igittigitt!«

»Wir sollten Mitleid mit ihm haben«, meinte die Frau

ironisch. »In der Schule war er nicht besonders gut und er kommt aus einem Umfeld, wo man das eben so macht.«

»Aber der Geruch!«

»Ich weiß, Kleines.«

»Und was ist, wenn wir jetzt mal müssen?«

»Das reicht jetzt. Reiß dich zusammen. Er ist völlig unwichtig. Du solltest dich in seiner Anwesenheit nicht so gehen lassen,« stieß die Frau hervor.

Phelps hatte sich seit Jahren nicht mehr so amüsiert. »Genau, sagen Sie's ihr, Madame! Vielleicht will ihre Kleine mit meinem Kleinen Bekanntschaft machen?«

»Nein, aber ich«, sagte die Frau und spitzte dabei vulgär den Mund. »Bringen Sie ihn her, aber wischen Sie ihn vorher ab.«

Phelps wurde rot unter seiner Sturmmaske. Er drehte sich weg und bugsierte seinen Kameraden zurück in die Unterhose. Sie hatte die Ausdrucksweise einer Nutte aus Fortitude Valley. Es war ihm zu dumm, sich weiter mit ihr zu unterhalten. Sie gehörte zu den Frauen, die einen immer blöd von der Seite anmachten, so dass man nie wusste, woran man war. Am liebsten hätte er ihr das Grinsen aus dem Gesicht geprügelt, doch das hätte ihr nur bewiesen, dass sie einen Treffer gelandet hatte. Also beschäftigte er sich besser mit dem weiteren Vorgehen in Bezug auf den Job. Auf Wyatts Nachricht warten, dass der Safe offen war, dann weitere fünfzehn Minuten warten, das Telefon ramponieren und abhauen. Mit dem gestohlenen Commodore zur Uni fahren, die zwei Millionen in den Commodore umladen – das muss man sich mal reinziehen: zwei Millionen – und ab über Toowoomba und Kingaroy nach Noosa an der Sunshine

Coast, dann weiter zur Gold Küste, nach Surfers, wo Wyatt ein preiswertes Motelzimmer reserviert hatte. Den Commodore nicht so entsorgen, dass er sofort gefunden wird. Damit er aber von der Straße ist, ihn statt dessen zwecks Überprüfung einiger Ventile in eine Werkstatt geben, denen sagen, dass es nicht eilt damit. Die Beute teilen und sich dann trennen. Wyatt wollte noch eine Weile vor Ort untertauchen. Phelps war sich sicher, das er was mit dieser Frau hatte. Riding wollte sich nach Europa absetzen. Phelps hatte noch keinen konkreten Plan. Um nicht weiter von den anderen gelöchert zu werden, hatte er schließlich behauptet, er wolle eine Kneipe in Manila aufmachen. Wyatt wollte immer alles ganz genau wissen und wurde gleich unwirsch, wenn irgendwas nicht sofort klar war.

So verging die Zeit. Kurz vor neun Uhr fünfundzwanzig sprach er noch einmal mit Wyatt, Nurse noch einmal mit Frau und Tochter. Phelps wartete.

»Wir sind drin«, sagte Wyatt. Phelps grinste Joyce und ihre Tochter an. »Bald seid ihr mich los. Ihr werdet mich sicher vermissen.« Ungefähr eine Viertelstunde später knallte Phelps den Telefonhörer gegen die Tischkante. Das kam mit so unerwarteter Brutalität, dass beide Damen erschrocken zusammenzuckten.

Um neun Uhr vierzig verließ er das Haus des Bankers und war froh darüber. Er fuhr zur Universität, hielt sich genau an alle Geschwindigkeitsbeschränkungen und ließ sich auch durch gelbe Ampeln nicht verführen.

Ihm fiel auf, dass die Frauen beim Sport weniger Shorts, dafür mehr und mehr knappe Höschen trugen, eine Entwicklung im Frauensport, die er begrüßte. Er fuhr langsam und beäugte die Mädels, die am Flussufer entlangjoggten oder auf den Hockey-Feldern ihre Dehnübungen machten. Vielleicht sollte er die halbe Million einsetzen, um als reiferes Semester die Hörsäle unsicher zu machen.

Er hatte gerade den Wagen geparkt und die Handbremse angezogen, als sich hinter ihm auf der Rückbank etwas tat und eine Stimme ihm ins Ohr flüsterte: »Vergiss niemals, auf den Rücksitz zu schauen, bevor du einsteigst.«

Danach hörte er nur noch ein Rauschen und spürte Finger, die sich in seine Halsschlagader bohrten und den Blutstrom zum Hirn unterbrachen.

Fünfunddreißig

Wyatt zog den Revolver aus dem Hosenbund. Sie trugen Blaumänner und hatten Strumpfmasken übergezogen. Insgesamt machten sie den Eindruck eines eingespielten Teams; einer der Männer lief zum Heck des Camiras und stemmte die Klappe des Kofferaums auf, der andere bezog Stellung an der Fahrertür und zielte mit einer imposanten .45er auf Wyatts Kopf. Die Botschaft war klar: Bleib wo du bist.

Wyatt wollte nicht riskieren zu schießen. Bei einem Schuss durch die Tür könnte die Kugel stecken bleiben oder durch den Tür- und Fenstermechanismus abgelenkt werden. Um durch das Fenster zu schießen, hätte er einen Arm heben müssen. Doch eine solche Bewegung wäre für den Gegner eine Einladung zum Kopfschuss.

Besser, er legte den ersten Gang ein und trat das Gaspedal durch. Der Camira machte einen Satz nach vorn und die Vorderreifen stießen gegen die niedrige Betonumrandung, die die Parkbuchten vom Hockeygelände trennte. Er trat weiter aufs Gas. Eines der Räder kam auf der Umrandung zum Stehen und der Camira brach leicht nach rechts aus. Man hörte einen Aufschrei, als der Wagen den Mann mit der .45er rammte und zu Boden warf. Auf dem Kies bekamen die Hinterräder keine Bodenhaftung und drehten durch; Wyatt trat das Gaspedal voll durch. Langsam überwand auch der zweite Vorderreifen die Betonumrandung, der Camira war fast zur Hälfte drüber. Wyatt hörte, wie die Ölwanne aufsetzte und abriß. Mit einer angeschlagenen Karre würde er nicht weit kommen.

Hauptsache, er kam weit genug.

Die Hinterräder mühten sich, das Hindernis zu überwinden. Wyatt warf einen Blick nach hinten und sah, dass der andere Typ in den Kofferraum griff, um die Kassette herauszuholen. In diesem Moment hatten es auch die Hinterräder geschafft, und er bemerkte jetzt die kompakte, bläulich schimmernde Automatik in der anderen Hand des Mannes. Den Revolver in der Hand, drehte sich Wyatt zur Hälfte um, und für ein paar Sekunden trafen sich ihre Blicke. Auch jetzt wieder eine eindeutige Botschaft an Wyatt: Du bist ein toter Mann, bevor du dich richtig umgedreht und auf mich angelegt hast. Also hau ab! Dann machte er einen Schritt zur Seite, setzte sich rittlings auf den Mann am Boden und jagte ihm eine Kugel in den Kopf.

Wyatts Zähne schlugen aufeinander, als die Hinterräder plötzlich griffen und der Camira beschleunigte. Die Entfernung zwischen der Betonumrandung und dem weißen Geländer rund um das Spielfeld betrug sechs

Meter. Er spürte eine leichte Verzögerung, als der Camira das Geländer durchbrach. Der Aufprall reichte aus, um den Wagen nach links zu schleudern. Bevor Wyatt gegensteuern konnte, war der Camira bereits in eine riesige Rasenwalze gefahren. Die Maschine war zwar außer Betrieb und hatte bereits Rost angesetzt, doch sie war groß wie ein Schiff und schwer genug, Unebenheiten im Spielfeld auszugleichen. Wyatt wurde heftig durchgeschüttelt und sein Kopf prallte gegen die Nackenstütze.

Dann soff der Motor ab. Wyatt würde mit dem Camira nirgendwohin mehr fahren. Er stieg aus. Es waren zwei Minuten vergangen, zwei Minuten, in denen Schreie und Schüsse sich abgewechselt hatten, doch die einzigen Zeugen waren ein Sportwart auf einem Traktor in einiger Entfernung und ein paar Radfahrer auf der Straße. Die fuhren nun langsamer, sahen aber, dass mit Wyatt augenscheinlich alles in Ordnung war, und radelten weiter.

Dennoch würde irgendjemand in absehbarer Zeit den Sicherheitsdienst der Universität benachrichtigen. Der Sportwart würde ihn zur Rede stellen, warum er mit seinem Wagen durch ein Hockeyfeld pflügte, für dessen einwandfreien Zustand er schließlich bezahlt wurde.

Wyatt rechnete sich etwa eine Minute Vorsprung aus. Er setzte sich in Bewegung. Der schwarze Range Rover schoss davon und hinterließ eine dunkle Spur auf dem Asphalt. Im Commodore war Phelps unterdessen wieder zu Bewusstsein gekommen. Die Hand im Nacken, bewegte er seinen Kopf hin und her.

Er war Wyatts einzige Chance. Er rannte los.

Panik stand im Gesicht des Muskelpakets. Er tastete nach dem Schlüssel, ließ den Motor an und setzte zurück. Wyatt erreichte ihn noch, hämmerte gegen die Seitenverkleidung. Ohne Erfolg, denn Phelps gab Gas und raste davon.

Wyatt musste jetzt noch die Antwort auf eine Frage finden. Ein Knie aufgestützt, hockte er sich hin. Der Mann am Boden war bereits tot, Blut sickerte aus einer Wunde an der Schläfe. Hinter sich hörte Wyatt Schritte. Er beugte sich über den Toten, so dass zumindest dessen Oberkörper verdeckt war, zog die Strumpfmaske herunter und ließ sie in seiner Tasche verschwinden.

»Was ist passiert?«

Wyatt stand auf, strich sich mit beiden Händen die Haare zurück und setzte seine schwarze Hornbrille wieder auf. Er drehte sich um. Vier oder fünf Studenten. Mit gespielter Verzweiflung sagte er: »Es war furchtbar. Fahrerflucht. Dieser Mann wurde einfach überfahren und mich hat man von der Straße abgedrängt. Das sind keine Menschen, das sind Tiere.«

»Tiere«, murmelte einer.

»Hat jemand das Kennzeichen notiert?«

»Wir müssen den Notarzt rufen.«

»Sieht übel aus. Kann hier einer erste Hilfe leisten?«

»Man sollte ihn in diesem Zustand nicht bewegen.«

»Studiert einer von euch zufällig Medizin?«

Sie würden sich um die Sache kümmern. Wyatt trat ein paar Schritte zurück. Er hatte den Mann erkannt. Vor drei Wochen, an der Grenze von Victoria und South Australia, war ihm dieses Gesicht schon einmal begegnet. Mostyn, der Knabe, der für Stolle arbeitete. Bedeutete also, Stolle hatte jetzt die Kohle. Stolle und auch Anna Reid.

Sechsunddreißig

Wyatt ging über die Straße zum Uferweg, bog dann nach links und marschierte in Richtung Innenstadt. Demnächst würde es hier von Bullen und Sicherheitskräften nur so wimmeln. Seine einzige Chance war die Dutton-Park-Fähre.

Jetzt, am Vormittag, warteten keine Studenten diesseits des Flusses auf die Fähre. Der Verkehrsstrom ging ausschließlich in eine Richtung, von der Stadt zur Universität. Wyatt stand an der Anlegestelle. Am anderen Ufer füllte sich der Parkplatz mit mehr und mehr Autos, und Gruppen von Studenten warteten darauf, übergesetzt zu werden. Die Fähre befand sich auf halber Strecke, beschrieb jetzt einen weiten Bogen und würde gleich anlegen. Wyatt ließ die Menge von Bord gehen. Mit Ausnahme von einigen älteren Leuten – vermutlich Hochschullehrer oder Angestellte – sah man nur verschlafene Gesichter von Studenten, manche sogar von Nervosität geplagt. Einige schoben Fahrräder vor sich her. Der eine oder andere sah Wyatt neugierig an. Auf dieser Fähre waren Anzüge eher selten.

Wyatt bezahlte einen Dollar und setzte sich. Der Fährmann wartete noch ein paar Minuten und als niemand mehr kam, legte er ab.

Zehn Uhr dreißig. Wyatt merkte, wie er zitterte. Seine Hände waren blutverschmiert, und er stand auf und steckte sie in die Jackentaschen. Unweigerlich stieß er auf die Geldbündel aus dem Überfall. Er suchte einen Platz, wo ihn der Fährmann nicht sehen konnte, und zählte nach. Fünfzehntausend Dollar in Fünfzigern und Hundertern. Sein Herz hörte auf zu klopfen, und allmählich verblasste der Schrecken und machte kalter Wut Platz. Sie hatte das zusammen mit Stolle ausgeheckt. Sie hatten ihn dazu gebracht, die Drecksarbeit zu erledigen, hatten ihn für die Planung und Ausführung benutzt, weil er das beherrschte wie kein anderer, und dann hatte ihn Stolle an der einzigen Schwachstelle kassiert – beim Umladen des Geldes in ein anderes Fahrzeug. Mit Bitternis dachte er an seine eisernen Regeln, die er diesmal alle gebrochen hatte. Erstens: Wer dich einmal aufs Kreuz gelegt hat, wird es auch ein zweites Mal tun. Gib ihm nicht die Möglichkeit dazu. Zweitens: Lass niemals zu, dass Gefühle dein Urteilsvermögen beeinflussen. Drittens: Gib denjenigen, mit denen du arbeitest, nur soviel Informationen wie nötig. Er hatte Anna Reid in alle Details des Plans eingeweiht.

Er hörte, wie der Fährmann den Motor drosselte. Gischt spritzte hoch und die Fähre legte mit einem dumpfen Geräusch an der mit Autoreifen gesicherten Anlegestelle in Dutton Park an. Wyatt ging von Bord, bahnte sich einen Weg durch die Menge wartender Studenten und ging die hügeligen Straßen des Vororts entlang.

Er wollte zu Fuß weiter. Zwar besaß er fünfzehntausend Dollar und hätte sich ein schnelleres Transportmittel leisten können, doch es war schon genug, dass der Fährmann ihn gesehen hatte, es mussten nicht noch Hinweise von Taxifahrern oder Busfahrern hinzukommen.

Von Highgate Hill über South Brisbane erreichte er eine halbe Stunde später die Staatsbibliothek. Er ging hinein, fand die Toiletten neben der Kinderbuchabteilung und wusch sich die Hände. Danach entfernte er den Staub von seinen Schuhen. Dann feuchtete er seine

Haare an und zog mit den Fingern einen Scheitel. Eine Locke ließ er in die Stirn fallen. Er nahm die Krawatte ab und legte das Jackett über den Arm. Die .38er verstaute er griffbereit in seiner Tasche. Er ging über die Victoria Bridge Richtung Innenstadt und sah aus wie ein x-beliebiger Angestellter.

Elf Uhr. Er hatte Anna Reid geraten, am Tag des Überfalls nichts zu tun, was die Aufmerksamkeit auf sie lenken würde. Sie musste jetzt also in ihrem Büro sein. Der Sitz der Versicherung, für die sie arbeitete, befand sich in einem Gebäude in der Allenby Street. Ein flacher, unauffälliger Betonklotz, der alles andere war als ein Blickfang. Wyatt ging durch den Haupteingang und direkt zum Fahrstuhl, als hätte er jeden Tag hier zu tun.

Er musste warten. Dann kam ein Aufzug, er ging hinein und drückte die Knöpfe für die siebte und neunte Etage. Er zog sein Jackett an, band sich die Krawatte um und nahm die .38er wieder aus der Tasche, um sie hinten in den Hosenbund zu stecken.

Die Stockwerke flogen an ihm vorbei. Auf einem Schild über der Tür leuchteten grüne Zahlen und verloschen, leuchteten auf und verloschen: 4 ...5 ...6 ...7. Etage, hier arbeitete Anna Reid. Wyatt hatte nicht vor, auszusteigen, doch er musste die Anordnung der Etage sehen. Wo lagen die Büros entlang des Flurs? Wo war das Treppenhaus? Er lehnte lässig im Fahrstuhl, als dieser hielt, ein Typ auf seiner Fahrt nach oben.

Der Aufzug ruckte, die Tür wollte sich nur zögerlich öffnen. Doch dann schoben sich die Metallplatten auseinander und Anna Reid starrte ihn an. Alle Farbe wich aus ihrem Gesicht – als ahnte sie, dass er gekommen war, um sie zu töten.

Niemand rührte sich. Wyatt sah sie gleichgültig an, dann musterte er ihre Begleiter. Einer an jeder Seite. Der eine wollte gerade den Aufzug betreten und zog Anna am Arm, als der andere sagte: »Der fährt nach oben.«

Der erste Mann nickte, trat zurück und verstärkte den Griff um Annas Arm.

Als ob sie mit diesen Handschellen noch große Sprünge machen könnte. Wyatt setzte nun einen neugierigen Blick auf, der biedere Bürohengst, der Zeuge eines kleinen Dramas wird. Diesen Blick behielt er bei, bis sich die Türen wieder schlossen und Anna ihrem Schicksal überließen: den Zivilbeamten und den uniformierten Bullen, die hinter ihr standen.

Wyatt stieg im neunten Stock aus. Ein langer Flur mit Türen auf jeder Seite. Irgendwo hustete jemand, ansonsten keine Menschenseele. Auf einem Schild an der Wand las er, dass sich die Toiletten auf der linken Seite befanden. Wyatt folgte dem Pfeil und gelangte zu einer Tür, die ins Treppenhaus führte. Er drückte die Klinke herunter und ging hinaus. Es roch muffig. Irgendwo weiter unten wurde eine Tür zugeknallt.

Er stieg die Treppe hinunter. In diesem Gebäude konnte er nicht bleiben. Vielleicht hatte sie ihnen gesagt, wer er war, um sich aus der Affäre zu ziehen. Das Blut pochte in seinen Schläfen. Am liebsten wäre er gerannt, doch er zwang sich, langsam zu gehen. Im Treppenhaus könnte ein Bulle postiert sein, oder ein Angestellter machte gerade eine Zigarettenpause. Ein Typ, der die Treppen herunterhastet, wäre verdächtig.

Im Erdgeschoss zog er die Tür auf. Durch die Scheiben der Eingangstür am Ende des Foyers konnte er beobachten, wie Anna von den Zivilbullen in ein Auto geschoben wurde. Für sie war's das, dachte er. Sie kriegt mindestens zehn Jahre.

Wyatt zog die Tür wieder zu und wartete. Er überdachte seine Möglichkeiten. Fünfzehntausend hatte er bei dem Überfall einsacken können, das war besser als nichts. Jedenfalls genug, um irgendwo einen neuen Coup zu finanzieren, der ihm über die Durststrecke half, bis er ohne Risiko nach Melbourne zurückkehren und den Mesics endlich sein Geld abjagen konnte. Er kam zu dem Schluss, dass Stolle und Mostyn ohne Hintermänner gearbeitet hatten. Seine Gedanken kreisten jetzt ausschließlich um Stolle, um dessen Wohnung in Melbourne und die Viertelmillion, die irgendwo versteckt war. Und TrustBank gehörte für immer der Vergangenheit an.

Siebenunddreißig

Stolle brach in Triumphgeheul aus, als er aus der Stadt hinausfuhr. Er konnte nicht anders. Er kicherte in sich hinein und jubelte, schlug sich mit der flachen Hand auf den Schenkel.

Das alles hatte er einer Mischung aus Neugier, Hass und mangelnden Ressourcen zu verdanken. Vor mehr als einer Woche hatte er vor dem Jupiter Casino in die Nachmittagssonne geblinzelt und überlegt, ob er seine letzten zwanzig Dollar dem Poker-Automaten in den Rachen werfen oder sich ein Schinkensandwich kaufen und den nächsten Flug nach Hause nehmen sollte. Dann aber hatte er Wyatt aus einem Touristenbus klettern sehen.

Er hatte sich rasch in eine Boutique verdrückt und hinter einem Ständer mit Tangas Position bezogen, um Wyatt zu beobachten. Er wollte wissen, ob er mit der Frau unterwegs war. Ein Haufen Japaner, zwei Rentner und eine Hand voll leicht bekleideter Rucksacktouristinnen, aber keine Spur von seiner ehemaligen Klientin.

»Kann ich Ihnen behilflich sein? Etwas Hübsches für die Gattin?«

Stolle bedeutete der Verkäuferin, sich zu verziehen. Er drehte sich nicht einmal um. »Perversling«, murmelte sie und zog ab.

Stolle spürte ein Kribbeln auf der Haut. Irgendwas war hier im Busch und er war es sich schuldig, der Sache auf den Grund zu gehen. Wenn Wyatt so dringend in Brisbane gebraucht wurde, weshalb tauchte er dann ein paar Tage später an der Gold Küste auf? Inmitten einer Touristengruppe? Wenn Sex das Motiv war – und Stolle hatte sich mittlerweile mit diesem Gedanken abgefunden –, warum ließ die Frau ihn einfach mit einer Horde langbeiniger Lolitas herumziehen, die seine Töchter sein könnten?

Er sah, wie diese Mädchen ein Café stürmten. Wyatt ging nicht mit. Er machte sich allein auf den Weg und Stolle beschloss, ihm zu folgen. Was sollte diese Vorstellung, warum mimte Wyatt den Touristen?

In großem Abstand verfolgte er ihn eine halbe Stunde lang. Wyatt schlenderte gemächlich dahin und schien überaus interessiert an der Umgebung, ein Fremder in einer fremden Gegend. Er sah sich die Auslagen der Geschäfte an, blieb vor Straßencafés stehen und beobachtete die Gäste. Einmal ging er sogar um ein Motel herum, checkte Fenster und Türen. Wollte er hier was auskundschaften? Der Mann war auf bewaffnete Raubüberfälle spezialisiert, ein banaler Einbruch gehörte nicht zu seinem Repertoire.

Wenn er ihn weiter verfolgte, bestand die Gefahr, dass Wyatt es spitzbekam. Stolle erinnerte sich noch sehr gut daran, wie er Wyatt auf der Farm in die Falle getappt war, auch daran, wie er Mostyn in dem Motel zugerichtet hatte. Das und die kalte Abfuhr der Frau auf dem Busbahnhof hatten den Hass in ihm genährt. Ein paar Minuten später gab Stolle die Verfolgung auf und rief die Busgesellschaft an. Er erfuhr, dass man dort eine ganztägige Bustour anbot, von Brisbane zur Gold Küste, jeden Tag, Ende der Veranstaltung in Brisbane gegen sieben Uhr abends. Ob der Herr ein Ticket nach Brisbane wolle, wurde er gefragt. Es gebe heute noch freie Plätze, Abfahrt punkt sechs vor dem Jupiter. »Ein anderes Mal«, sagte Stolle und legte auf.

Neugier, Hass und mangelnde Ressourcen. Stolle betrachtete seine letzten zwanzig Dollar. Wyatt überfiel Banken und Geldtransporter, und zwar hauptberuflich. Wenn es also nicht um Sex ging, dann hatte die Frau ihm vielleicht einen Job anzubieten.

Stolle hatte die Wahl, entweder er blieb hier und hängte sich dran, oder er flog zurück nach Melbourne. Da das Kribbeln nicht aufhören wollte, schied die zweite Möglichkeit aus. Er verließ sich immer auf sein Gefühl.

Also gut, er blieb in Queensland. Er würde der Frau auf den Fersen bleiben und er würde Wyatt auf den Fersen bleiben. Mal schauen, wo sie sich herumtrieben, wen sie trafen und wofür sie ihre Kohle ausgaben.

Logischerweise konnte er das nicht allein durchziehen. Er opferte einem Münzfernsprecher bei Burger King einige Dollar und rief in seinem Büro in Melbourne an. »Wie weit bist du mit den Aufträgen?«

»Ich hatte eine kleine Auseinandersetzung mit dem Gemüsehändler«, sagte Mostyn. »Das Arschloch hat jetzt seinen Neffen samt Schrotflinte eingestellt. Der Streik bei PLASTICO wurde abgeblasen. Morgen wollte ich die andere Sache angehen.«

»Vergiss es. Das kann warten. Schaff deinen Arsch nach Brisbane, und zwar gleich morgen früh. Denk auch an Waffen und Ausweise und kratz alles Geld zusammen, was du kriegen kannst. Bring die beiden Infrarot-Ferngläser und die Nikon samt Objektiven mit. Ich glaub, ich bin hier einem heißen Ding auf der Spur.«

Blieben noch fünfzehn Dollar. Stolle ging damit ins Jupiter Casino und kam später mit fünfhundert Dollar wieder heraus. Bei Avis mietete er einen Falcon und passte in diesem den Touristenbus ab, der um genau siebzehn Uhr fünfundvierzig vor dem Casino hielt. Er hatte keine Ahnung, ob Wyatt mit diesem Bus wieder zurückfahren würde. Wenn er ein Ding an der Gold Küste plante, musste er nicht unbedingt nach Brisbane. Aber ihn hier zu beschatten war schwierig. Alles zu übersichtlich, Wyatt könnte ihn entdecken.

Doch Wyatt hatte vor, den Bus zu nehmen. Stolle beobachtete, wie er wartete, bis alle anderen eingestiegen waren. Der Mann war ein Profi, allein wie er versuchte, sich den Rücken freizuhalten, ein Automatismus, selbst während einer Stadtrundfahrt und inmitten von Touristen.

Bis zur Auffahrt auf die Schnellstraße fuhr Stolle vor dem Bus her. Dann ließ er sich von ihm überholen. Als die Skyline von Brisbane am Horizont auftauchte, gab er

Gas, holte den Bus wieder ein und überholte seinerseits. Er erwartete ihn dann einen halben Block entfernt von der Endhaltestelle in der Adelaide Street.

Der Abend war für Stolle sehr aufschlussreich. Er heftete sich an Wyatts Sohlen und fand so heraus, wo die Frau wohnte. In einer Mülltonne an ihrem Haus fand er einen Hinweis auf ihre Identität: Anna Reid. Morgens um drei erfuhr er dann, wo Wyatt Quartier bezogen hatte.

Später am Sonntagmorgen fuhr er zum Flughafen. Mostyn hatte dreitausend Dollar auftreiben können, außerdem hatte er zwei .45er Automatik dabei. Sie holten Mostyns Gepäck und fuhren zu Wyatts Hotel. Kurz vor elf Uhr erschien Wyatt auf der Bildfläche, um schon wieder in einen Bus zu steigen.

Sie verfolgten ihn bis zu einem neuen Einkaufszentrum auf halbem Weg zur Gold Küste. Der Mann gab ihnen Rätsel auf. Wollte er dort jemand treffen? Stolle fuhr langsam. Die Straßen waren menschenleer und er wusste, wenn Wyatt zweimal denselben Falcon sah, würde er die richtigen Schlüsse ziehen.

Sie parkten in einiger Entfernung von der Haltestelle, an der Wyatt aus dem Bus gestiegen war.

»Halt die Kamera drauf. Zoom ihn ran.«

Während Mostyn mit der Technik kämpfte, versuchte Stolle dahinter zu kommen, was Wyatt vorhatte. Zuerst betrat er eine Milchbar. Dort blieb er eine Weile, und als er wieder rauskam, überquerte er gemächlich die Straße und bog in eine Seitenstraße ein. Sie verloren ihn aus den Augen. Doch ein paar Minuten später tauchte er wieder auf.

»Er erkundet die Gegend, was sonst«, sagte Mostyn.

»Was denkst du? Die Bank?«

»Was sonst.«

»Wir werden es herausfinden,« sagte Stolle.

Stolle ließ den Wagen an und sie fuhren zurück nach Brisbane. Wyatt trieb sich zwar immer noch an der Bank herum, doch Stolle wollte nicht weiter an ihm kleben und somit sein Glück herausfordern. Irgendwo in der Innenstadt genehmigten sie sich auf die Schnelle ein paar Sandwiches und postierten sich dann erneut vor Wyatts Hotel. Als Wyatt mit Anna Reid am frühen Nachmittag die South Bank entlangging, wurden sie von Stolle und Mostyn vom gegenüberliegenden Ufer aus fotografiert.

»Was denkst du?«

Mostyn ließ die Kamera sinken. »Was meinst du?«

»Was ich immer versuche, dir beizubringen, Zeichen, Körpersprache.«

»Ach das. Ich würd sagen, der Typ vögelt sie.«

»Was noch?«

»Sieht nicht nach einem typischen Sonntagnachmittagsspaziergang aus. Eher nach Schwerstarbeit. Er erklärt ihr ein paar grundsätzliche Dinge.«

»Braver Junge.«

Sie beobachteten die beiden noch eine Weile, dann gab Stolle Mostyn die Wagenschlüssel. »Bring ihn zurück und besorg was Kleineres.«

Mostyn kehrte mit einem Mazda zurück. An diesem Abend folgten sie Wyatt zu einem Motel etwas außerhalb an der Ipswich Road. Sie wurden Zeugen, wie er den Laden erst eine Weile im Auge behielt, bevor er hineinging. Kurz darauf kam ein junger, verhuschter Typ heraus. Dann diese Reid. Sie schien sich zu entschuldigen und drückte dem Typen Geld in die Hand. Sie ging wieder hinein und der junge Mann kratzte sich am Kopf und trottete davon.

Auch jetzt hörte Stolle auf seine innere Stimme und ließ den Motor an. »Wir sollten ein paar Takte mit ihm reden.«

Sie folgten dem Typ, überholten ihn und wenige Meter vor ihm brachte Stolle den Wagen zum Stehen. Mostyn stieg aus. Er schlenderte den Gehweg entlang, als wollte er einen Blick ins Schaufenster eines Autohändlers werfen. Als der Typ etwa auf Höhe des Mazdas war, öffnete Stolle die Seitentür. Mostyn schoss auf den Typen zu und kam ihm mit der .45er bedrohlich nahe. »Rein mit dir«, zischte er und drängte ihn in den Wagen.

»Mein Gott!«, rief der Typ.

Sie fuhren mit ihm auf den unbeleuchteten Parkplatz eines Hotels. Es kostete sie fünf Minuten und hundert Dollar, und sie hatten die Gewissheit, dass Wyatt und die Reid etwas in Planung hatten. Danach hieß es nur noch abwarten und Tee trinken.

Eine Woche lang beobachteten sie geduldig die weiteren Vorgänge. In den ersten Tagen spielte sich wenig ab. Die drei Männer trafen sich nur zwei Mal, und das auch nur ganz kurz. Anna Reid war nicht dabei, doch merkwürdigerweise schlich Wyatt mehrmals um ihr Haus herum. Ansonsten verhielt er sich unauffällig, wechselte nur alle zwei Tage das Hotel. Am Mittwoch und am Freitag hatte Wyatt ein Haus in Ost-Brisbane im Visier. Dem Besitzer war er bis zu der Bank gefolgt, die er am Sonntag zuvor ausgekundschaftet hatte. Es handelte sich um den Filialleiter, wie Stolle später herausfand.

Am Samstag war bei den dreien Shoppen angesagt.

Als sie am Sonntag schließlich die beiden Autos klauten, wusste Stolle, dass der Coup kurz bevorstand.

Es war nun an der Zeit, Spuren zu vermeiden. Mit gefälschten Papieren und per Barzahlung mietete Stolle einen Range Rover mit Rammschutz. Für das, was er vorhatte, benötigte er etwas Widerstandsfähiges.

Heute Morgen waren Wyatt und die anderen sehr früh unterwegs. Nachdem Stolle realisierte, dass sie direkt das Haus des Bankers ansteuerten, wurde ihm schlagartig klar, wie sie in die Bank eindringen wollten. Als sie später in dem silbernen Volvo wegfuhren, hängte er sich dran und überließ es Mostyn, sich um den Geiselnehmer im Haus zu kümmern. Mostyn hatte dafür das geschicktere Händchen.

Jetzt, drei Stunden später, gehörte ihm das Geld allein. Auf seinem Weg zur Autobahn hatte er noch rasch ein Päckchen aufgegeben. Es musste keinen weiten Weg zurücklegen. Nur bis ins Polizeipräsidium. Eine kleine Lebensversicherung. Oder eine kleine Abrechnung. Wie man's nahm.

Seine nächste Station würde der International Room im Flamingo sein. Wo die großen Tiere zockten.

Einen Moment lang war Stolle nachdenklich. Schade um Mostyn.

Dann brach er wieder in Triumphgeheul aus, kicherte in sich hinein und schlug sich mit der flachen Hand auf den Schenkel.

Achtunddreißig

Hätte es sich um etwas anderes gehandelt – Computerkriminalität, Veruntreuung von Geldern –, wäre sie vermutlich gegen Kaution freigekommen. Doch es war ein bewaffneter Raubüberfall und man unterstellte ein überproportional hohes Risiko, dass sie sich absetzte. Nun also Untersuchungshaft im neuen, privat geführten Frauengefängnis in Inala. Sie fragte sich, ob Wyatt sie schließlich doch noch drankriegen und Vergeltung üben werde für die Widrigkeiten, die sie ihm in der Vergangenheit beschert hatte. Aber auch für die gegenwärtigen, von denen er sicher glaubte, dass sie auch die zu verantworten habe.

Wenigstens wusste sie nun, dass er am Leben war. Einen Moment hatte sie gedacht, er sei tot. Sie hatte ein kleines Radio mit zur Arbeit genommen und einige Meldungen verfolgt und versucht, sich einen Reim darauf zu machen. Eine Schießerei in der Bank, zwei Männer tot, ein dritter Mann flüchtig mit einem kleinen Teil der Beute. Dann die Nachricht, dass man einen weiteren Toten auf dem Campus der Universität gefunden habe, den man mit dem Bankraub in direkten Zusammenhang bringe.

Sie war nahe dran, die Kontrolle über sich zu verlieren. Drei Partner, drei Leichen. Keine Namen, keine Hinweise darauf, was schief gelaufen war. Wyatt hätte einer der Toten sein können, und in den Minuten, bevor sich die Fahrstuhltür im siebten Stock öffnete, ließ sie sich sogar zu einem Gebet für ihn hinreißen.

Sie hatte nicht geglaubt, dass es etwas für immer und ewig sein werde. Nicht einmal im Nachklang einer Form von Intimität, die ihr gezeigt hatte, dass Sex mehr sein konnte als ein flüchtiger Moment der Hingabe. Sie hatte sich und ihm sechs Monate, vielleicht ein Jahr gegeben. Und vor einer ganzen Ewigkeit, vor drei Monaten in Melbourne, hatte er gesagt, sie könnten zusammenarbeiten, er könne Jobs an Land ziehen, bei denen eine Frau von Nutzen sei. Drei lange Monate, in denen kein Tag verging, an dem sie sich nicht nach seiner Schärfe, seiner Wachsamkeit und seinem hintergründigen Witz gesehnt hatte.

Sie erinnerte sich an das Gefühl, als sie ihn dann an den Schließfächern der Busstation wiedergesehen hatte. Die Augen in dem asketischen Gesicht wirkten müde und erschöpft, sein Körper aber war drahtig wie eh und je, jederzeit bereit zum Kampf oder Absprung. Es war offensichtlich, dass er auf seiner Flucht harte Zeiten durchlebt hatte, bewältigt allein durch seine Willensstärke. Ein Tanz auf dünnem Eis, das nun unter ihm zu brechen drohte.

Später, im Bistro in der Mall, dann das Tauziehen. Es hatte etwas Unnachgiebiges, Endgültiges in der Art und Weise gelegen, wie er sie gemustert hatte, wortkarg und mit dem durchdringenden Blick der dunklen Augen. Hätte sie etwas zu verbergen gehabt, sie hätte diesem sezierenden Blick nicht standhalten können. Wäre ihm auch nur der leiseste Zweifel an ihrer Geschichte gekommen, er hätte sie umgebracht, dessen war sie sich bewusst.

Vielleicht käme es eines Tages dazu. Nie würde er verzeihen oder vergessen, der Schaden war irreparabel.

Im Bistro hatte er sie nicht einmal berührt. Auch als er später zu ihr kam, hatte er es anfänglich vermieden. Als er es dann aber tat, beide Hände an ihren Hüften, die Handflächen warm, aufgeladen, hatte es sie durchzuckt und sie hatte beobachten können, wie seine Schutzhülle dahinschmolz und das wahre Ich zum Vorschein kam.

Eine Zukunft mit Wyatt wäre für sie denkbar gewesen – eine kleine, sechs Monate, ein Jahr. Zu Männern, die mit Feingefühl und Rücksicht an ihr Ziel zu kommen versuchten, hatte sie sich nie hingezogen gefühlt.

Nun hatte sie alles verloren. Und es war nicht einmal ihre Schuld.

Die Fragen hatten nicht aufgehört. Detectives vom Raubdezernat hatten sie abwechselnd vernommen, zuerst auf dem Revier, dann im Untersuchungsgefängnis. Sie hatten sie weder über die Vorfälle informiert noch hatten sie verraten, wie man auf sie gekommen war.

Sie hatten Fotos.

Dann musste sie ihre Kleidung ablegen – Rock, Seidenbluse, Nylonstrümpfe – und gegen einen Trainingsanzug mit Anstaltsemblem und Leinenschuhe eintauschen. Man brachte sie in einen Verhörraum. Dort lagen ein Dutzend Schwarzweißaufnahmen ausgebreitet auf dem Tisch.

Eine Wasserkaraffe. Drei Gläser. Aschenbecher. Drei Stühle. Auf den einen wurde sie gedrückt, auf dem zweiten, ihr gegenüber, nahm ein Detective Platz und der dritte Stuhl war für eine Polizistin, die es aber vorzog, hinter Anna stehen zu bleiben. Von Zeit zu Zeit beugte sie sich zu Anna hinunter und Anna roch ihr billiges Parfüm.

Eine weitere Frau stand an der Tür.

Er hieß Vincent, die Frau hinter Anna war Clyne. »Fangen wir also noch mal von vorn an«, sagte Vincent.

»Ein paar Namen!«, Clynes abgestandener, warmer Atem verfing sich in Annas Haar.

Mit den Fingerspitzen drehte Vincent mehrere Fotos in Annas Richtung. Zwei grobkörnige Bilder aus großer Entfernung, die Riding und Phelps auf dem Parkplatz des Motels an der Ipswich Road zeigten. Noch einige andere, die die beiden in einem Wagen vor einem Geschäft abbildeten, zwei gestochen scharfe Nahaufnahmen von Männern, die sie nie zuvor gesehen hatte, beide tot, beide in riesigen Blutlachen, der eine auf einem Teppich in irgendeinem Raum, der andere im Freien auf einem Kiesweg.

»Wer auch immer diese Nachtaufnahmen gemacht hat, er versteht was von seinem Geschäft«, bemerkte Vincent. »Zoom, Infrarot-Technik, gute Arbeit.«

»Ich weiß nicht, wer diese Leute sind. Ich habe sie nie gesehen.«

»Ach kommen Sie!«, Vincents Stimme klang matt und lustlos. Er war klein, wirkte zugeknöpft, ein Bürokrat - beide, auch Clyne, waren so.

»Habe sie nie gesehen.«

Wortlos drehte er zwei weitere Fotos in ihre Richtung. Sie zeigten sie an der Tür des Motels, wie sie zuerst Riding, dann Phelps hereinließ.

»Ich darf doch wohl Freunde treffen, wenn mir danach ist?«

Clyne beugte sich über ihre Schulter und stach mit ihrem abgekauten Zeigefingernagel auf einen der Männer vor dem Motel ein. »Dieser Mann wurde in der Bank erschossen. Wir kennen seine Identität, es handelt sich um Jeffrey Riding. Dieser Mann – «, sie zeigte auf Phelps, » – ist uns ebenfalls bekannt, er heißt Brian

Phelps. Nach ihm wird noch gefahndet.«

Vincent deutete auf die Aufnahmen der Toten. »Dieser Mann wurde ebenfalls in der Bank erschossen und der andere wurde tot auf dem Campus der Universität aufgefunden. Ihre Identität kennen wir nicht.«

Er machte eine kurze Pause. Zwei weitere Aufnahmen lagen mit der Rückseite nach oben vor ihm auf dem Tisch und nun deckte er eine davon auf. »Der Mann, der uns jedoch am meisten interessiert, ist dieser hier.«

Wyatt beim Verlassen des Motels, eine grobkörnige, verwackelte Aufnahme, die durch Wyatts Vorsichtsmaßnahmen zusätzlich an Aussagekraft verlor. Er hatte den Kragen hochgeschlagen, eine Mütze tief ins Gesicht gezogen und die Brille mit dem dicken schwarzen Gestell auf der Nase.

Anna versuchte es mit einer Gegenfrage. »Ihnen waren die Pläne also bekannt? Sie haben uns die ganze Zeit beschattet?«

Vincent blickte über ihre Schulter hinweg zu Clyne. Sie gaben sich ein Zeichen und die Frau blies ihren schalen Atem erneut in Annas Haar. »Sieht so aus, als hättet ihr da draußen ein paar Feinde, Anna. Diese Aufnahmen haben wir vor einigen Stunden per Kurier erhalten. Mit einem anonymen Begleitschreiben.«

Vincent beugte sich vor zu ihr. Anna schauderte. Jetzt ließen bereits beide die notwendige körperliche Distanz vermissen. »Ein Bürger, der seine Pflicht tut?«, fragte Vincent. »Oder die Konkurrenz? Klären Sie uns auf.«

»Im Prinzip kräht kein Hahn danach«, sagte Clyne hinter ihrem Rücken. »Wir haben genug Beweismaterial, um Anklage gegen Sie zu erheben. Wir werden schon eine Erklärung für die Toten – «

»Es waren Mitglieder Ihrer Gang, zum Beispiel. Alle hatten einen Anteil zu bekommen«, sagte Vincent.

»Und damit wäre der Fall abgeschlossen«, ergänzte Clyne. »Sobald wir Phelps und den anderen Typen gefunden haben.«

»Phelps zu kriegen ist ein Kinderspiel«, meinte Vincent. »Den hier, den wollen wir haben. Den wollen Sie doch auch haben, nicht wahr, Anna? Da war doch was zwischen euch?«, bohrte Clyne.

Anna zog den Kopf ein, ein verzweifelter Versuch, der Frau in ihrem Nacken zu entkommen. »Ich habe noch nicht telefonieren dürfen. Schließlich habe ich das Recht auf einen Anwalt.«

»Kein Anruf, nicht wenn begründeter Verdacht besteht, dass Sie Ihre Komplizen warnen wollen«, erwiderte Vincent.

Er drehte das letzte Foto um. Wyatt war immer noch etwas verschwommen, aber es war klar zu erkennen, dass er ihr den Arm um die Schultern gelegt hatte. An diesem Sonntagnachmittag vor einer Woche an der South Bank. Stolle, dachte Anna plötzlich. Wer außer den Cops konnte eine solch umfassende Überwachung durchführen? Irgendwie hat er mitbekommen, was wir vorhatten, hat seine Nase reingesteckt und ist gierig geworden.

»Ist er gut im Bett, Anna?«, Clyne atmete tief aus und klopfte sacht mit der Hand auf Wyatts Foto. »Hat er's Ihnen gut besorgt?«

Vincent lehnte sich zurück und verschränkte die Arme. »Behalten Sie's in guter Erinnerung, Schätzchen. Es war der letzte Schwanz, den Sie für lange Zeit gesehen haben.«

»Eine attraktive Frau wie Sie«, begann Clyne von neuem, »mit schönem Haar, makelloser Haut, aus gutem Hause, gebildet, eine Frau, die sich auszudrücken weiß. Was glauben Sie, wie lange jemand wie Sie es hier aushält?«

Anna erwiderte nichts. Auch sie hatte sich diese Frage bereits gestellt.

»Nicht reden, niemandem trauen, keine Gefühle, so werden Sie Ihre Zeit hier verbringen müssen. Aber das wird Ihnen nicht helfen. Es gibt Elemente hier, die genau das hassen, was Sie repräsentieren. Der kleinste Hinweis, dass Sie hier die große Nummer raushängen lassen, und man wird Ihnen den Arsch aufreißen.«

»Vielleicht spielen die auch Muschilecken mit Ihnen. Wer weiß, im Laufe der Zeit finden Sie sogar Gefallen daran«, sagte Vincent.

»Das sollte sie dann aber besser für sich behalten, oder was meinst du?«

»Absolut.«

Anna versuchte, die Worte abtropfen zu lassen. Es war reinste Gemeinheit und vulgäres Gerede von Leuten, die aussahen wie Anhänger einer Sekte. Das musste sie nicht an sich heranlassen. Sie presste die Lippen zusammen und beschloss, nichts mehr zu sagen.

»Kommen Sie schon, Anna. Wer ist er?«, drängte Clyne.

»Haben Sie Angst? Vielleicht können wir ja auch etwas zu Ihrem Schutz arrangieren. Was meinst du, Lesley?«

Die Frau an der Tür trug das scheußlichste Kostüm, das Anna je gesehen hatte. Es war die improvisierte Aufmachung eines Filmstars aus den fünfziger Jahren in blauem Polyester. Sie kam herüber und setzte sich zu

Anna an den Tisch, und ihr Lächeln war falsch und eisig. Vincent stand auf und steckte die Fotos in eine Aktentasche aus Kunstleder. »Detective Constable Clyne und ich werden jetzt gehen. Wir sehen uns wieder.«

Sie verließen den Raum. Nach einer Weile zwang sich Anna, die Frau in dem blauen Kostüm anzusehen. An ihrem Revers hing ein Namensschild. Lesley Van Fleet. Sie war offenbar kein Cop, sondern Angestellte der Firma, die das Gefängnis betrieb. »Was geschieht nun?«

»Wir beide werden uns ein bisschen unterhalten.«

»Warum sollte ich? Sie sind kein Cop.«

»Machen Sie es sich nicht so schwer«, sagte Van Fleet. »Reden Sie mit mir.« Sie lehnte sich zu ihr hinüber. »Fangen wir mit dem Geld an.«

Neununddreißig

Anna sprach nicht mit ihr. Van Fleet sagte: »Es wird Ihnen noch Leid tun, dass Sie nicht plaudern wollten«, und ging hinaus. Eine Aufseherin führte Anna durch lange Gänge, vorbei an einer Methadon-Ausgabestelle, einem Fernsehraum, an einer Bibliothek und an einem Raum, in dem Tischtennis und Schach gespielt wurde. Es war gerade die Phase der Freizeitgestaltung und Anna begegnete abschätzenden Blicken, kühler Herausforderung, aber auch dem einen oder anderen Grinsen. Sie wussten bereits alles über sie. »Was für ein Abstieg!«, bellte ihr eine hinterher.

Auf ihrem langen Weg kam sie auch an Zellen vorbei. Sie waren hell und sahen bewohnt aus. Bücher und Kerzen auf Regalen, Poster und herausgetrennte Seiten aus Illustrierten an den Wänden, Batiktücher, die über Lampenschirme gebreitet waren, die Abdrücke der Körperformen der Benutzerinnen auf Kissen und Decken. Annas Zelle war schmal, nüchtern und kahl.

Die Aufseherin drückte ihr Bettzeug und Bezüge in die Hand und wollte gerade verschwinden, als Anna fragte: »Und was jetzt?«

»Evie wird dir alles erklären. Evie, komm mal her!«

Aus der Nachbarzelle kam eine Aborigine, jung, langgliedrig und sehr schüchtern. Sie starrte unverwandt auf den Boden, bis die Aufseherin gegangen war.

»Freut mich, dich kennen zu lernen«, sagte Anna und streckte ihr die Hand entgegen. Evie berührte sie nur leicht und zog ihre Hand sofort wieder zurück. Sie wich Annas Blick aus und lächelte unmerklich.

»Na dann«, sagte Anna und verlagerte das Bettzeug von einem Arm in den anderen.

Evie sah sie neugierig an. »Du warst das mit der Bank?«

»Wird zumindest behauptet.«

»Dein Typ konnte abhauen?«

»Ich hoffe es.«

Evie nickte.

Einen Moment standen sie unschlüssig herum. Dann setzte sich Anna auf die Matratze, es war Schaumstoff und der Bezug schien neu zu sein. Sie deutete auf einen Stuhl in der Ecke. »Setz dich doch.«

Evie setzte sich und betrachtete die Wände. »Morgen muss ich mir wohl was einfallen lassen«, sagte Anna.

»Kannst ein paar Bilder von mir haben, solange du dein Zeug noch nicht hast.«

»Danke.«

Evie kehrte mit einem Stapel Hochglanzseiten aus verschiedenen Zeitschriften zurück. Madonna in BH und Jeans, wie sie an einem Mikrophon herumnagt, Demi Moore nackt und schwanger, eine Unbekannte mit vom Wind zerzaustem Haar vor einer Meereskulisse, eine schlafende Labradorhündin, an deren Bauch sich ein Schildpattkätzchen zusammengerollt hat.

»Vielen Dank.«

Evie fummelte in den Taschen ihres Trainingsanzugs herum. »Tesafilm.«

»Danke dir, das ist wirklich nett.«

Anna glättete Madonna auf ihren Knien. »Weshalb bist du hier? Darf ich das fragen?«

»Hab meinen Alten umgebracht.«

»Wirklich?«

»Kam total besoffen nach Hause und wollt mir an die Wäsche. Als ich nein gesagt habe, hat er mich verprügelt. Ich hatte die Schnauze voll. Fünf Jahre ging das so. Nachdem er endlich eingepennt war, hab ich ihm ein Messer in den Bauch gerammt.«

»Hat er dich öfter geschlagen?«

»Das und der ganze Rest«, sagte Evie. »Fünf Jahre lang.«

»Warum hast du keine Anzeige erstattet? Du hättest Polizeischutz anfordern oder eine einstweilige Verfügung beantragen können.«

Evie zuckte mit den Schultern. »Hat mir keiner was gesagt.«

»Wie lange?«

»Sie haben geglaubt, dass ich's geplant habe«, sagte Evie, »also hab ich fünfundzwanzig Jahre bekommen.«

»Großer Gott.«

»Ich wollte es ja auch.«

Ein Schatten fiel in die Zelle. Die beiden Frauen, die Anna jetzt ansahen, machten einen freundlich-belustigten Eindruck, doch dahinter steckte unverhohlene Neugier. Sie waren groß und sportlich, die eine schwarzhaarig, die andere dunkelblond. Bis auf einige lange Strähnen am Oberkopf hatten beide extrem kurzes Haar. Blauschwarze Tätowierungen bedeckten ihre Arme von den Schultern bis zu den Handgelenken. Lautlos und voller Energie. Bei ihrem Anblick musste Anna unwillkürlich an einen Panther und einen Leoparden denken und sie wurde unsicher. Von Evie konnte sie nicht allzu viel Unterstützung erwarten. Die Frauen betraten die Zelle. Die Dunkelblonde setzte sich neben Anna auf das Bett und grinste breit: »Hi, ich bin Blaze.«

Der Panther lehnte sich gegen die Wand und lachte nur.

Anna nickte erst der einen, dann der anderen zu. »Anna«, stellte sie sich vor.

»Wissen wir schon«, sagte der Panther. Sie schraubte sich von der Wand los und streckte ihre Hand aus. »Ich bin Lauris.«

Zurückhaltend schüttelte Anna beiden die Hand.

Dann deutete Lauris auf das Bild von Madonna auf Annas Knien. »Evie! Warum bringst du ihr so einen Scheiß!«

Blaze schüttelte sich vor Lachen, ihr ganzer Körper bebte.

»Scheiß-Tusse, zeigt ihre Titten und denkt, das ist Emanzipation. Schmeiß das endlich weg.«

Anna sah zu Evie hinüber. Evie hatte sich in ihr Schneckenhaus zurückgezogen und starrte vor sich hin. Anna blätterte die Bilder durch, dabei flatterte ein Blatt

Papier zu Boden. Sie hob es auf und sah eine großzügige, runde Handschrift; es waren ein paar Gedichtzeilen, die von Schmerz und einer Wunde im Herzen sprachen.

Evie riss es ihr aus der Hand, wütend und verlegen zugleich.

»Wusste nicht, dass das dabei ist.«

»Hast du das geschrieben?«, fragte Anna.

Lauris baute sich vor ihr auf. Das Grinsen war verschwunden und ein spitzer Zeigefinger richtete sich auf Anna. »Eins merk dir am besten gleich, Anwaltsschnecke. Hier gibt's Leute, die solche Sachen gegen dich verwenden. Insassen, Aufseher - scheißegal, sie lieben es, in persönlichen Dingen rumzuschnüffeln, um dann die Messer zu wetzen. Verstehst du?«

Anna wusste, dass es ein Nachteil wäre, quasi ein Gesichtsverlust, sich jetzt einschüchtern zu lassen. Sie stand auf und war jetzt mit Lauris auf Augenhöhe. »Und du merkst dir am besten gleich, dass ich nicht zu diesen Leuten gehöre.«

Lauris verzog keine Miene. Sie zuckte mit den Schultern und sagte: »Schätze, das werden wir noch herausfinden.«

Blaze wollte vermitteln. »Viele schreiben hier, um nicht durchzudrehen. Ich war zehn Monate in Einzelhaft und hatte nur diesen Stern vorm Fenster. Ich habe ihn angestarrt und geschrieben.«

»Zehn Monate?«

Blaze wirkte jetzt sehr angespannt. »Sie haben gesagt, ich bin widerspenstig.«

Lauris ging auf sie zu, nahm ihren Kopf, drückte ihn kurz an ihren Bauch und wuschelte durch die Haarsträhnen. Blaze schloss die Augen, alle Anspannung verschwand aus ihrem Gesicht.

Dann öffnete sie die Augen und befreite sich aus der Umarmung. »He, hast du irgendwelche geilen Bücher, Anwaltsschnecke?«

Anna setzte sich wieder. »Ich hab überhaupt nichts.«

»Ich leih dir meinen Magier von Deverry.«

»Danke.«

»Ich hab noch eins von Dean Koontz«, sagte Evie.

»Danke.«

Sie schwiegen. Anna spürte Lauris' Kraft, ihre Furchtlosigkeit und den Blick ihrer dunklen Augen.

»Hey.«

Anna sah auf. »Ja?«

»Wenn wir Briefe schreiben müssen, Gesuche und so, hilfst du uns dabei?«

»Offizielle Schreiben?«

Lauris nickte. »Man muss die richtigen Worte finden und die kennen wir nicht. Ein Wörterbuch bringt da nicht viel.«

»Mal sehen, was sich machen lässt«, sagte Anna.

»Eine Hand wäscht die andere«, meinte Lauris.

Anna sah Blaze und Lauris an.

»Mir wurde bereits Hilfe angeboten.«

»Ich wette, von Van Fleet«, sagte Blaze.

Anna nickte.

»Wenn du dich mit Van Fleet einlässt, bis du geliefert, finito«, sagte Lauris und fuhr mit der flachen Hand durch die Luft, als wollte sie sie zerschneiden.

»Ich hab ihr gesagt, sie soll sich verpissen.«

Blaze kicherte. »Dumm gelaufen. Den Rest des Jahres wirst du Latrinen schrubben.«

»Bleibt immer noch die Möglichkeit, auszubrechen«, meinte Anna leichthin.

Schweigen. Schließlich sagte Blaze: »Für dich vielleicht. Du kannst dich draußen durchschlagen. Wir nicht. Wo sollten wir hin?«

Anna sah sie überrascht an. Lauris ließ sie nicht aus den Augen. Sie war wie Wyatt, ein Gedankenspürhund. Unvermittelt sagte sie: »Wir helfen dir, hier drin zu überleben.«

»Überleben«, wiederholte Anna matt.

»So wie du aussiehst, bist du Ware für den Fleischmarkt.« Lauris streckte die Hand nach ihr aus und Anna zwang sich, still zu halten. Sie spürte, wie Lauris' Finger sanft an ihren Haaren zupften. »Das muss ab.«

Blaze kicherte wieder. »Als Tusse überlebst du hier drinnen keine fünf Minuten.«

»Ich bin hier die Friseurin. Mach gerade meinen Meister«, grinste Lauris.

Anna überdachte ihre Lage. Sie war auf der Hut; mit diesen Frauen war nicht zu spaßen, aber sie waren auch potentielle Verbündete. Mit einem kurzen, zögerlichen Nicken willigte sie ein.

Blaze und Evie begleiteten sie am nächsten Morgen zum Friseursalon. Lauris arbeitete tatsächlich dort, zusammen mit einer anderen Frau, zwischen neun und zehn Uhr morgens. Anna hörte das Klappern der Schere, sah ihre Haare büschelweise zu Boden fallen, bis die Verwandlung perfekt war.

Im Gegenzug formulierte sie Anschreiben und Briefe, beriet auch in juristischen Angelegenheiten. Sie half auch auf andere Weise. Wo immer sie auftauchte, war eine der drei Frauen bei ihr. Es war nicht als Drohung zu verstehen, sondern als Botschaft: Anna Reid ist eine von uns.

Es half ihr nicht immer. Am Donnerstag stand sie mit Evie zum Essen an. Von einer Gruppe von Insassinnen wurde Evie mit den Worten angerempelt »Was willst ’n hier, Affenfresse?«, nur um zu testen, wie Anna reagierte. Die Anführerin der Truppe war eine hochgewachsene Frau, eine ehemalige Leichtathletin, die sich Petra nannte. Man hatte Petra wegen Handels mit Anabolika drangekriegt. Mit Vorliebe trug sie ein enges Sprinterhöschen und ihr wasserstoffgebleichtes Haar fiel in großzügigen Wellen bis auf die Schultern. Anna ignorierte den Rest der Truppe und konzentrierte sich auf sie. Breit grinsend streckte sie ihr die rechte Hand entgegen. Petra brachte das für einen Moment aus dem Konzept. Bei dem Gedanken, Anna jetzt die Hand schütteln zu müssen, runzelte sie die Stirn. Annas Attacke war wie aus dem Bilderbuch. Ihre rechte Schulter ging in Petras Richtung, gleichzeitig duckte sie sich, vollführte eine leichte Drehung und schlang den linken Arm um Petras Taille.

Wäre Petra etwas kleiner gewesen, hätte der Trick wahrscheinlich funktioniert. So aber stolperte Anna und ging zu Boden. Petras Gefolgschaft bildete sofort einen Kreis um Anna und bearbeitete sie mit den Füßen. Ein paar Aufseherinnen unterbrachen das Ganze ziemlich schnell, doch Anna hatte einiges einstecken müssen. Noch Stunden später fühlte sie Petras Speichel auf ihrer Wange und hörte sie zischen: »Du bist Geschichte, Alte.«

Sie blieb in ihrer Zelle. Lauris, Blaze und Evie spendierten ihr zwar einige Ratschläge, aber keinen Trost. »Immerhin hast du nicht gekniffen, das ist die Hauptsache. Du kriegst deine Revanche.«

Am Freitag kam eine Aufseherin auf sie zu und sagte: »Sie haben Besuch.«

Anna war in Brisbane aufgewachsen, nur gab es aus dieser Zeit niemanden, den sie hätte sehen mögen. Doch die Neugier trieb sie hin. Ein Journalist? Ein Pflichtverteidiger?

Der Besucher, der sie dann erwartete, war Wyatt, verkleidet als Priester. Der Blick, den er ihr zuwarf, war nicht der eines Killers, sondern der eines Mannes, der versprach, »Ich bin gekommen, dich zu retten«.

Vierzig

»Ich hab dich nicht gelinkt«, hörte Wyatt sie leise sagen.

»Ich weiß.«

Sie saßen sich gegenüber, sie mit geröteten Wangen und strahlenden Augen. Anna blühte auf, als wäre Wyatt ihr Erlöser.

»Stolle?«, fragte sie.

»Ja.«

»Bist du dir sicher?«

Wyatt erzählte ihr von Mostyn. »Stolle ist mit der Kohle abgehauen.«

»Die Cops haben Fotos. Stolle muss uns die ganze Zeit beobachtet haben. Er hat das Umladen als Schwachstelle erkannt und uns dann ans Messer geliefert.«

Wyatt erstarrte. Fotos. »Was für Aufnahmen sind das?«

Er bemerkte, wie Annas Blick den Besucherraum nach unerwünschten Zuhörern durchforstete. Ein Dutzend kleinerer Tische samt Stühlen, einige Sessel, an den Wänden Poster mit Regenwaldmotiven. Ganz in ihrer

Nähe zwei Aufseherinnen, die mit ein paar Besuchern und Insassinnen herumalberten. Stühlerücken, Gelächter, Kinder, die umherrannten. Er war der einzige Mann, doch in seiner Soutane warf ihm niemand einen zweiten Blick zu, geschweige dass sie jemand belauschte.

Anna berührte seinen Arm. »Sei beruhigt, sie haben keine Ahnung, wer du bist und die Aufnahmen sind ziemlich unscharf. Natürlich haben die Bullen ein Interesse an dir. Sie wissen genau, dass Phelps und Riding die Sache nicht allein geplant haben können.«

Wyatt starrte auf ihre Hand und dachte an ihre bloße Haut, samtweich und schimmernd. Dann sah er hoch. Unter ihrem übergroßen T-Shirt verlor sich jede Kontur. Es war von einem verwaschenen Schwarz und an einigen Stellen aufgerissen. Die weite, ausgeblichene Trainingshose tat ihr Übriges. Anna hatte etwas mit ihren Haaren gemacht – oder machen lassen müssen. Ein Bürstenschnitt, die Seiten ausrasiert, und einige lange Strähnen mit eingeflochtenen Bändern, die ihr über die Schultern hingen. Ein strammer Knast-Look, der sie auf eine eiskalte Art sexy machte.

»Was hast du ihnen gesagt?«

Sie zog die Hand zurück und über ihrer Nasenwurzel zeigten sich zwei tiefe Furchen. »Nichts. Ich könnte ausrasten, weil du glaubst, von mir würden die irgendwas erfahren. Deshalb bist du hier, nicht wahr? Nicht meinetwegen. Du wolltest herauskriegen, was sie über dich wissen. Du denkst, ich bin ein Risiko. Du denkst, ich würde mich auf einen Deal mit denen einlassen.«

Wyatt schwieg zunächst. Dann sagte er: »Ich will dich hier rausholen. Kommst du im Moment einigermaßen klar?«

»Ich hab Freunde hier.«

Seine Augen starrten ins Leere. »Ich bin keine Knast-Pussy, falls du das denkst. Das hier – «, sie zog an ihrem T-Shirt, berührte dann ihr Haar, » – ist überlebensnotwendig hier drinnen. Mittlerweile gefällt's mir sogar.«

Wyatt erwiderte nichts darauf, sondern wechselte das Thema. »Was haben die Bullen über den Kerl gesagt, der uns in der Bank in die Quere gekommen ist?«

»Sie haben mich gefragt, ob ich kokse, ob ich womöglich Gras rauche. Sein Name war Ian Lovell, ein Dealer.«

»Er hat mit Stolle nichts zu tun. Schließlich wollte Stolle uns auf dem Campus abfangen.«

»Ein Einzelkämpfer also?«

Wyatt ließ das Fiasko in der Bank noch einmal Revue passieren. Er erinnerte sich an die Entschlossenheit, mit der Nurse auf Lovell geschossen hatte, immer wieder, bis sämtliche Kammern des Revolvers leer waren. Für Wyatt sah das nach einer ganz persönlichen Abrechnung aus. »Vermutlich. Ist aber auch egal.«

»Es tut mir Leid, Wyatt.«

Er zuckte mit dem Kopf, war irritiert. Man entschuldigt sich nicht für ein Ärgernis, das man nicht zu verantworten hat. Und für ein Ärgernis, das man zu verantworten hat, sollte es immer einen plausiblen Grund geben. »Wir müssen dich hier rausholen«, sagte er.

Wieder diese Falten über der Nasenwurzel, dieser Ausdruck des Misstrauens gegenüber seinen Motiven. »Hoffentlich nicht, um mich dann für immer zum Schweigen zu bringen.«

»Willst du hier alt werden?«

Sie sah plötzlich sehr niedergeschlagen aus. Er bemerkte, wie der natürliche Schimmer ihrer Haut dem stumpfen Grau der Inhaftierten wich. Leise, mit stockender Stimme sagte sie: »Ich werde hier verkümmern und zugrunde gehen. Es ist keine staatliche Anstalt, aber das sagt gar nichts aus. Ich habe zwar Freunde hier, aber ich kann nicht vierundzwanzig Stunden am Tag auf der Hut sein.« Sie sah ihm in die Augen. »Ich halt's hier nicht aus, Wyatt.«

»Vorsicht. Für dich Pater Kennedy.«

Sie sahen sich beide um. Niemand nahm Notiz von ihnen. Anna zeigte wieder einen Anflug von Humor. »Na dann eben irgendein Pfaffe.«

Man hätte Wyatt den hochgeistigen Priester nicht abgekauft, auch nicht den ambitionierten oder den Günstling einer reichen Diözese, dazu war seine Haut zu wettergegerbt und er insgesamt eine zu raue Erscheinung. Deshalb gab er den geistlichen Gefangenenbetreuer, einen mit gebeugten Schultern, der im Gemüsegarten selbst Hand anlegt und seine Zeit den Unglücklichen widmet, mit denen andere nicht in Berührung kommen wollen. Wyatt hatte in seiner Kindheit solche Geistlichen kennen gelernt.

Er spürte plötzlich, dass die Atmosphäre im Raum sich verändert hatte. Er sah hinüber zu einem Tisch gleich neben der Tür. Eine Frau sprach mit zwei anderen, einer Insassin und ihrer Mutter, und es war unschwer zu erkennen, dass beide sie hassten, ihre Gegenwart aber ertragen mussten. Es war ein merkwürdiges Bild; das Trio erinnerte an einen Zuhälter, der seine beiden Nutten abkassiert.

Anna bestätigte seine Vermutung. »Oh Scheiße, die schon wieder.«

»Wer ist sie?«

»Sie arbeitet hier. Als ich hier angekommen bin, hat sie versucht, mich auszuquetschen. Sie ist davon überzeugt, dass ich weiß, wo das Geld ist, und möchte gern einen Anteil herauspressen. Auf ihre Art. Falls ich mehr Zigaretten möchte oder einen Walkman brauche oder Seidenunterwäsche, falls ich die Schnauze voll habe, Zwiebeln zu schälen und lieber in den Schreibdienst wechseln möchte. Falls ich Aufputschmittel brauche oder Schlaftabletten oder Gras für meine Selbstgedrehten.«

Wyatt musterte die Frau. Sie trug ein mauvefarbenes Kostüm mit geschlitztem Rock und stark taillierter Jacke. Ein dünnes Halstuch bauschte sich um ihren Hals und auf der Nase saß eine verspielte Brille mit großen, getönten Gläsern in einem eckigen, goldgesprenkelten Gestell. Ihr dunkles, dauergewelltes Haar türmte sich zu einer Gewitterwolke. Unter all diesem albernen Firlefanz schlug jedoch ein berechnendes Herz.

»Was hast du ihr gesagt?«

»Ich hab ihr gesagt, sie kann mich am Arsch lecken, mit dem Ergebnis, dass ich seitdem Zwiebeln schäle und von anderen Häftlingen drangsaliert werde.«

Die Frau sah zu ihnen hinüber, lächelte und nickte dem Priester zu.

»Mach dich auf Ärger gefasst.«

Wyatt sah, wie die Frau sich zwischen den Tischen hindurchschlängelte. Die anderen Häftlinge und ihre Besucherinnen senkten den Blick und hörten auf zu reden, entspannten sich erst wieder, als sie sicher sein konnten, dass die Frau jemand anderen in Beschlag nehmen wollte.

»Anna, wie geht es dir!«

»Hau ab«, erwiderte Anna eisig.

»Willst du mich nicht vorstellen?«

»Pater Kennedy«, sagte Anna knapp.

Ein Wortschwall brach los über Wyatt. Auf ihrem Namensschild stand Lesley Van Fleet. Sie hatte Lippenstift an den Zähnen und ihr Make-up war verschmiert.

»Anna hat sich hier gut eingewöhnt, Pater Kennedy. Sie weiß, dass ich sie immer unterstütze. In jeglicher Beziehung. Sie muss nur einen Ton sagen.«

Zwar sah Van Fleet Wyatt an, doch ihre Worte waren für Anna bestimmt. Er spürte ihren Hang zu Intrige und Manipulation und stellte sich vor, wie ihre Wohnung mit lauter kleinen, teuren Dingen voll gestopft war, erworben mit dem Geld der Häftlinge.

»Das ist sehr freundlich von Ihnen«, sagte Wyatt.

Als Van Fleet sich an einen anderen Tisch verzogen hatte, sagte er: »Das ist dein Ticket in die Freiheit.«

Einundvierzig

Um acht Uhr am selben Abend sagte Van Fleet: »Das wird nicht reichen.«

Wyatt blickte sie ruhig an. Offenbar verabschiedete sie sich von ihrer Maskerade, sobald Feierabend war. Vor ihm saß eine reduzierte Version von Van Fleet, das Gesicht ungeschminkt und irgendwie schutzlos. Ein Eindruck, den ihre Plüschhausschuhe und der pinkfarbene Seidenpyjama noch verstärkten. Als Wyatt vor wenigen Minuten in ihr Wohnzimmer getreten war, hatte sie gerade eine Zigarette geraucht. Er hatte das Schloss an der Hintertür ihres Hauses geknackt und war mit gezogener Waffe durchs Haus geschlichen. Sie saß im Sessel und las ein Buch, als er sie überraschte. Die Zigarette qualmte im Aschenbecher vor sich hin, während sie sich einen Sherry genehmigte.

»Das wird nicht annähernd reichen.«

Nicht etwa, machen Sie, dass Sie hier rauskommen! ... Was erlauben Sie sich eigentlich! ... Nein, niemals werde ich das tun! ... oder: Ich rufe sofort die Polizei! Er hatte ihr Geld angeboten und sie wollte es bar auf die Hand. Wortlos blätterte er noch einmal fünftausend Dollar hin. Die ersten fünftausend lagen in einem Stapel druckfrischer Zwanziger und Fünfziger bereits vor ihr.

»Ich hab gleich gerochen, dass Sie kein Pfaffe sind.«

Sie hatte bereits ein paar Drinks intus, doch die hatten ihr keine Entspannung gebracht, sondern lediglich ihre Verbitterung gefördert. Das Geld und ihre Gier danach erinnerten sie an ihren Selbsthass. Für Wyatt empfand sie nur höhnische Verachtung und wusste, dass die Sterne günstig für sie standen. »Leute wie ihr machen mich krank.«

Wyatt zählte ihr Schein für Schein hin.

»Ihr macht auf Bonnie und Clyde, dabei seid ihr bloß Abschaum. Da sind mir die, die ihren Alten umbringen, wesentlich lieber.«

Wyatt sah sie aufmerksam an. Irgendwo da drin nagt der Neid, dachte er. Sie steckt in einer Sackgasse und meint, ihre Chancen im Leben verpasst zu haben. Er sah sich im Zimmer um: weiche Vorhänge vor den Fenstern, auf dem Boden ein weißer, flauschiger Kaminvorleger, Tapeten mit einem Hauch Rosa und viel weißer, kalt schimmernder Lack an den Fußleisten, Türen und an der Kamineinfassung. Kleine Porzellanfigürchen, Milchmädchen und Schäfer, arrangiert auf einer antiken

Kommode. Die Couchgarnitur war neu und aus cremefarbenem Leder. Aus dem Radio tönte ein Dudelsender und ihre Lektüre, ein dicker Wälzer, trug den Titel ›Sirenengesang.‹

»Zehntausend«, sagte er.

Sie nippte an ihrem Sherry und starrte auf den zweiten Stapel Scheine auf dem Couchtisch. Ihre Fingernägel waren lange Krallen, hellrosa lackiert, und mit einem von ihnen fuhr sie nun zwischen die bretthartten Schichten aus Haarspray, um sich am Kopf zu kratzen. Angewidert vernahm Wyatt dieses Geräusch.

Sie sah zu ihm hoch. »Wieviel, sagten Sie?«

Wyatt wiederholte es.

Sie verschränkte die Arme. »Nein. Das reicht nicht. Zu gefährlich.«

Ohne sie eines Blickes zu würdigen, packte Wyatt schweigend beide Bündel zusammen und steckte das Geld wieder in seine Tasche. Er war bereits an der Tür, als sie ihm nachrief: »Warten Sie.«

Mit dem Rücken zu ihr, blieb er stehen.

»Fünfzehntausend«, sagte sie.

Wyatt kehrte noch einmal um. Er setzte sich, legte die zehntausend Dollar auf den Tisch und sagte: »Zehn.«

»Sagen wir, zwölf.«

Wyatt hatte sich ein Limit von fünfzehntausend gesetzt. Wichtig war, dass sie richtig heiß auf das Geld war, ob nun zehn- oder fünfzehntausend. Er wartete einen Moment, dann blätterte er noch einmal zweitausend Dollar hin.

»Da haben Sie zwölf.«

Gierig leerte Van Fleet ihren Sherry und füllte sich nach. Wyatt roch ihr abgestandenes Parfüm, den Zigarettenrauch und den süßen Sherry, und ihm wurde fast übel. Er wollte raus hier, aber schließlich war das erst der Anfang.

Van Fleet verschränkte wieder die Arme. »Okay. Ich brauche drei Tage für die Vorbereitungen. Wir brauchen einen Raum, wir müssen es ankündigen und die Genehmigung der Bildungsbeauftragten einholen. Vor allem muss der Papierkram in Ordnung sein, nicht dass es nachher heißt, ich hätte das Angebot leichtfertig an die Bildungsbeauftragte weitergeleitet, weil ich gedacht habe, dass es in Ordnung ist.«

»Ich verstehe.«

»Rufen Sie mich morgen an.«

Sie wollte gerade nach den Scheinen greifen, aber Wyatt war schneller. Sie verschwanden in seiner Tasche und Van Fleet rief entsetzt: »Nein!«, als würde sie der Verlust in Armut stürzen.

Wyatt stand auf und sah sie an. Er holte das Geld wieder hervor. »Tausend sofort. Den Rest bekommen Sie am Tag der Aktion.«

Er konnte sehen, wie sie in Gedanken Gewinn und Verlust kalkulierte. »Für den Fall, dass Sie vorhaben sollten, die tausend Dollar zu kassieren und mich an die Bullen zu verpfeifen, denken Sie immer daran: Zwölftausend sind besser als tausend, und – «, er deutete kurz auf seine Waffe, » – ich bringe auch Menschen um.«

Van Fleets Mund verzog sich zu einem Schmollen und ihre Hand schnappte nach den tausend Dollar. »Sie finden allein hinaus.«

Während der nächsten drei Tage wechselte Wyatt zwei Mal das Hotel. Mehrmals telefonierte er mit Van Fleet. Als sie endlich sagte, dass alles klar sei, rasierte er sich den Kopf und ließ sich in einem Schmuckgeschäft Ohrlöcher schießen und Ohrringe einsetzen. Er kaufte eine Jeans für hundert und ein Hemd für siebzig Dollar sowie schwarze Schnürstiefel mit gelben Nähten. In einem Surfer-Laden kaufte er eine Baseball-Kappe, bei einem Trödler eine abgewetzte Schultasche und in einem Antiquariat einige Bücher mit Titeln wie ›Stil – Wie man sich richtig ausdrückt‹ und ›Erfolg – Wir zeigen Ihnen, wie's geht‹.

Um halb eins am nächsten Tag wurde er von Van Fleet abgeholt. Sie verlor kein Wort über sein verändertes Aussehen, sondern hielt nur ihre Hand auf. Er zählte fünftausend Dollar ab, steckte sie dann aber in einen wattierten Umschlag, der an sie adressiert und bereits frankiert war. Er wusste, dass sie besessen war von der Gier nach Geld, und das wollte er noch anstacheln. »Da an der Ecke ist ein Briefkasten.«

Sie hielt, er stieg aus und warf den Umschlag ein. Als er wieder im Wagen saß, sagte sie: »Sie schulden mir noch sechstausend. Die will ich jetzt.«

»Denken Sie mal nach«, sagte Wyatt. »Man wird uns filzen, so lautet die Vorschrift. Wollen Sie, dass die sechstausend Dollar in Ihrem Büstenhalter oder im Handschuhfach finden?« Er zog einen zweiten Umschlag heraus, ebenfalls frankiert, doch ohne Anschrift. Er steckte das restliche Geld hinein und verstaute den Umschlag wieder in der alten Schulmappe. »Wir sind an einem Punkt, wo wir uns gegenseitig vertrauen müssen. Wenn Sie versuchen, irgendjemand im Knast zu informieren, werde ich die Bullen bitten, sich morgen mal um Ihre Post zu kümmern. Läuft alles glatt, werfe ich den Umschlag ein, sobald wir draußen sind.«

»Sie halten sich für besonders clever.«

Das war alles, was sie dazu sagte. Um fünf vor eins waren sie an der Haftanstalt, pünktlich zum Schichtwechsel des Wachpersonals. Er steckte Van Fleets Autoschlüssel in die Schulmappe und deponierte seine Waffe unter dem Fahrersitz ihres Wagens. Sie trug ihn in eine Liste ein und er bekam einen Besucherausweis, den er sich ans Hemd stecken musste. Dann mussten sie ihre Taschen abgeben, schritten nacheinander durch den Metalldetektor und erhielten ihre Taschen zurück. An der Panzerglastür ertönte ein lautes Summen, und Wyatt war drin.

»Zur Bibliothek«, sagte Van Fleet knapp.

Mit wippendem Schritt ging Wyatt durch die Gänge. Die Kappe hatte er lässig verkehrt herum aufgesetzt. An einigen Stellen hing ein Aushang, der auf einen Workshop in der Gefängnisbibliothek hinwies, der Punkt ein Uhr heute Mittag beginnen sollte. Er hoffte, dass Anna ihren Teil erledigt hatte.

Die Bibliothek war ein großer, heller Glaskasten am Ende des Korridors. Die Bücher in den grauen Metallregalen hatten verschiedenfarbige Buchrücken, je nach Sachgebiet. Gelb – Belletristik – dominierte und das meiste hiervon waren Fantasyromane. Drei lange Lesetische und ein Paar PCs vervollständigten das Bild. Zwischen den Regalen waren mit Tesafilm Poster und Buchankündigungen an die Glasscheiben geklebt. Der Raum war nicht leer. Anna Reid saß an einem Tisch mit einer forsch wirkenden Frau, auf deren Schild am Revers ›Bildungsbeauftragte‹ stand. »Hoffentlich kommen noch ein paar Frauen, die Ankündigung kam so kurzfristig. Wäre doch schade«, sagte sie bedauernd.

Wyatt grinste sie nonchalant an. »Daran bin ich gewöhnt«, meinte er.

»Also dann. Überlassen wir Sie Ihrem wichtigen Tun. Es ist Zeit für meine Mittagspause.«

Ein amüsierter Seitenblick auf Wyatt und ein knappes Nicken mit dem Kopf Richtung Van Fleet, und schon war sie hinausgeeilt. Kurz darauf schlüpften drei Insassinnen in den Raum. Annas Freundinnen. Sie schienen etwas nervös, grinsten und waren offensichtlich mächtig gespannt auf Wyatt. »Auf solche Typen stehst du also«, feixte die eine.

Plötzlich ging alles sehr schnell. Eine energische Frau nickte ihm zu und postierte sich an der Eingangstür. Ihr Job war es, all denjenigen die Sache auszureden, die die Ankündigung des Workshops für bare Münze genommen hatten. Wyatt spürte, wie ihre dunklen Augen ihn musterten, ihn buchstäblich durchleuchteten. Als Mann war er für sie nicht interessant, anders hingegen sein Leben, seine ständige Gratwanderung.

Die beiden anderen nahmen sich Van Fleet zur Brust und zerrten sie hinter ein Bücherregal. Er hörte die Geräusche hastigen Entkleidens, das Rascheln von Stoff. Kaum fünf Minuten hatten die Frauen gebraucht, um Anna in Van Fleets Kleider zu stecken, ihr eine Perücke überzustülpen, Make-up aufs Gesicht zu kleistern und die Brille aufzusetzen.

Sie stand vor ihm, Van Fleets Aktentasche und Klemmbrett in der Hand, und sah aus wie deren Doppelgängerin. Van Fleet lag unterdessen gefesselt und geknebelt hinter dem Bücherregal. Die drei Frauen verabschiedeten sich. Beim Hinausgehen berührten sie Anna leicht am Arm oder an der Schulter und die, die Wache geschoben hatte, sagte: »Schick uns 'ne Postkarte.« Wyatt ignorierten sie völlig.

Wyatt folgte Anna zum Haupttor. Es war zehn Minuten nach eins und die Nachmittagsschicht nahm keinerlei Notiz von ihnen, als Anna sie aus der Liste austrug und Wyatt seinen Besucherausweis zurückgab. Das schwere Tor fiel hinter ihnen ins Schloss, kurz bevor sie Van Fleets Wagen erreicht hatten. Anna strauchelte plötzlich, als hätte man auf sie geschossen, und Wyatt hörte ein verhaltenes Stöhnen der Erleichterung.

Zweiundvierzig

Sie hatten ihn überall gesucht, in Broadbeach und Surfers Paradise, doch Stolle war weder im Jupiter Casino noch im Monte Carlo. Blieb nur noch das Flamingo übrig, ein Casino, das in keinem Reiseführer erwähnt wurde. Klein und sozusagen ein Geheimtipp, war dem Flamingo ein Hotel angeschlossen, das über fünfzig Suiten ab tausend Dollar die Nacht verfügte. Fünf Stockwerke, zehn Suiten auf jeder Etage, ein allgemeiner Spielsalon und für die, die höhere Einsätze bevorzugten, der International Room. Sie hatten herausgefunden, dass Stolle für tausend Dollar die Nacht Suite 306 gemietet hatte und zwischen fünfzig- und hunderttausend Dollar die Nacht im International Room verlor.

Sie stiegen ebenfalls im Flamingo ab. Später sagte Anna: »Er hat vor einer Woche eine Million gewonnen und das meiste vor zwei Tage in den Sand gesetzt.« Wyatt glitt mit seinen Fingern ihre Wirbelsäule hinab. Sie hatte abgenommen während der einen Woche im

Knast. Ihr Hintern war klein, knabenhaft, und als er ihn berührte, hob sie leicht die Hüften an.

»Das Mädchen an der Rezeption hat dir das alles erzählt?«

»Mit freundlicher Unterstützung eines Scheinchens. Die Bezahlung ist hier nicht besonders. Die Geschäftsleitung hat ihnen weisgemacht, sie kämen durch die Trinkgelder auf ihren Schnitt. Aber was das betrifft, sind die Herren hier alles andere als spendabel.«

»Was hast du ihr erzählt?«

Anna lachte und drehte ihren Kopf herum, um ihn anzusehen. »Stolle selbst hat mich auf die Idee gebracht. Ich habe behauptet, ich sei Privatdetektivin und von seiner Frau beauftragt worden, Beweise in Bezug auf seine Finanzen zu sammeln – Einnahmen, Ausgaben – um eine für sie befriedigende Scheidungsvereinbarung durchzusetzen.«

»Ziemlich kostspielige Beweissicherung, wenn die private Ermittlerin im Flamingo logiert.«

Von dem Geld, das Wyatt aus Nurses Tresorraum hatte mitgehen lassen, waren nicht einmal mehr tausend Dollar übrig. In Brisbane waren es noch dreitausend gewesen, eintausend hatten sie in einen neuen Haarschnitt für Anna, Garderobe und Koffer investiert, Dinge, die es ihnen ermöglichten, in einem Etablissement wie dem Flamingo abzusteigen. Suite 506, zwei Stockwerke über Stolle, hatte sie weitere tausend Dollar gekostet. Vom Balkon aus hatte man einen Blick auf die Klippen, den kleinen Jachthafen und wunderschöne Sandbuchten, aber sie waren nicht der schönen Aussicht wegen gekommen.

Wyatts Finger strichen unablässig ihren Rücken hinunter, über die Rückseite ihrer Schenkel und schließlich vergrub er seine Hand zwischen ihnen. Anna hob ihr Becken, krümmte leicht den Rücken und ließ eine Hand unter ihren Bauch gleiten. Sie griff nach seiner Hand und brachte sie dorthin, wo sie sie haben wollte und ein Spiel mit zehn Fingern begann. Sie sagte, sie wolle ihn in sich spüren, jetzt sofort, und er kniete sich aufs Bett und drang in sie ein.

Hinterher nahm sie zuerst den Faden wieder auf. Auf ihren Ellbogen gestützt, beugte sie sich über ihn, während er fast am Einschlafen war. »Es ist nicht in seinem Zimmer.«

Er war sofort hellwach. Sie sah, dass er die Augen geöffnet hatte und sprach weiter. »Im Hotel gibt es Schließfächer. Das Mädchen an der Rezeption hat mir erzählt, Stolle geht jeden Tag an sein Schließfach, um Nachschub zu besorgen. Was hast du vor, einen Showdown mit rauchenden Colts?«

Er schüttelte den Kopf.

Sie schmiegte sich an ihn. »Wie wollen wir es dann durchziehen?«

Sie dösten ein. Wyatt wurde zuerst munter; er war jetzt völlig wach und konzentriert: »Wir werden ihn dazu bringen, das Geld für uns zu holen.« Die Augen geschlossen, die Lippen leicht geöffnet, murmelte sie vor sich hin. Die Anspannung in ihrem Gesicht war noch nicht gewichen, das Haar, streichholzkurz, bedeckte ihren Kopf wie eine schwarze Kappe und sie sah zart und abgehärmt aus. Er ließ sie weiterschlafen und ging unter die Dusche. Als sie erwachte, war er gerade dabei, das Türschloss zu inspizieren. »Was machst du da?«

Er antwortete nicht, sondern steckte den Kopf durch

die Tür. Als er sah, dass niemand im Flur war, probierte er mehrere Feilen und Dietriche aus. Er gab auf. Das Flamingo hatte spezielle Sicherheitsschlösser einbauen lassen, um Hoteldieben das Leben schwer zu machen. Es würde zu lange dauern, in Stolles Suite einzudringen. Er schloss die Tür. Anna sah ihn gedankenverloren an. »Der Balkon«, entfuhr es ihr schließlich.

Er nickte.

Es war fünf Uhr nachmittags und die Sonne stand bereits tief am Horizont. Mit dem Bus fuhren sie in das Oasis-Einkaufszentrum, den wahrscheinlich grellsten und quirligsten Flecken der Goldküste. Dort kauften sie Arbeitshandschuhe aus Leder, Gummihandschuhe, einen Overall, ein Seil und Gurtwerk für Kletterer.

Zurück im Hotel, interviewte Anna ihre Informantin, während Wyatt in der Suite auf sie wartete. »Stolle ist gerade im International Room und hat fast den ganzen Tag dort zugebracht«, berichtete sie, als sie wiederkam. »So geht das bereits die ganze Woche. Gegen acht Uhr abends unterbricht er kurz fürs Abendessen, danach geht es weiter.«

»Abendessen, ein paar Drinks – der ist doch um neun zu träge, um weiterzumachen!«

»Was hast du vor?«

Er griff zum Telefon. »Wir tippen einen kleine Nachricht für ihn.«

Zehn Minuten später klopfte es und ein Zimmermädchen brachte eine Reiseschreibmaschine. Wyatt diktierte, Anna tippte.

»Du Dreckskerl«, begann er, »ich habe Mostyn vor seiner Abreise getroffen und er hat mir erzählt, was ihr am Start habt. Wir müssen reden. Ich bin im Sunset Strip an der Esplanade in Surfers Paradise. Raum 101. Whitney.«

Annas Finger flogen über die Tastatur. »Meinst du, das zieht?«

»Es klingt jedenfalls plausibel. Mostyn und Whitney haben immer zusammengearbeitet, bis Whitney sich abgeseilt hat. Stolle hat's mir selbst erzählt. Er wird vermuten, dass Whitney Mostyn hierher gefolgt ist, alles mitbekommen hat und ihn, Stolle, nun zur Kasse bitten will. Stolle hat auf Risiko gespielt und es hat sich ausgezahlt. Eine Menge Dinge hat er jedoch nicht bedacht, und jetzt wird's eng. Noch dazu auf fremden Terrain. Ich wette, der schwitzt Blut und Wasser, wenn er das hier liest, und wird versuchen, sich abzusetzen.«

Noch drei Stunden. Am Beispiel der Balkontür demonstrierte Wyatt, wie man mit Feilen und Dietrich ein Schloss manipuliert. Als sie die Sache beherrschte, sagte Anna: »Das reicht jetzt«, zog ihn langsam aus und führte ihn hinüber zum Bett.

Um neun Uhr abends rief sie die Rezeption an. Stolle war bereits wieder in den International Room zurückgekehrt. Sie zogen sich an und Wyatt ging auf den Balkon. Sichelmond und dichte Wolkendecke. Er lehnte sich über die Brüstung und sah das dunkle Mauerwerk hinunter. Neonlicht und Strahler tauchten die anderen Gebäude in der Gegend in helles Licht; das Flamingo verzichtete auf dergleichen. Er kam wieder zurück ins Zimmer. Anna hatte bereits den Overall über ihr schwarzes Cocktailkleid gezogen und befestigte die Klettermontur an Hüften und Schultern. Er zog die Laschen fest und befestigte das Seil an die dafür vorgesehenen Ringe.

»Hast du die Dietriche?«

Sie klopfte mit der flachen Hand auf eine Ausbuchtung an ihrem Overall. Wyatt streifte die Arbeitshandschuhe über.

»Okay, kann losgehen.«

Sie schwang sich auf die Brüstung des Balkons und wartete, bis er das Seil unterm Geländer durchgezogen und befestigt hatte. Er zog das Seil straff, stellte seinen rechten Fuß auf das lose Ende und sagte: »Alles klar.«

Nach und nach gab er das Seil frei. Nach zwei Minuten erschlaffte es. Er zog daran, spürte einen Gegenzug und sah nach unten. Anna winkte ihm von Stolles Balkon aus zu. Kurz darauf zog sie wieder am Seil und er holte es Meter um Meter ein. Der Overall und die Werkzeuge waren ein leichtes Bündel. Sie war drin.

Er ging über die Treppe in die dritte Etage, klopfte dreimal an Stolles Tür, wartete, klopfte noch einmal. Anna öffnete und er schlüpfte hinein. Ihr Gesicht war gerötet, die Augen glänzten. »Es war total einfach.«

Er zog einen Umschlag aus seiner Tasche, in Schreibmaschinenschrift adressiert an ›Macarthur Stolle‹. »Bring das weg.«

Als sie verschwunden war, durchsuchte er die Suite. Ein paar Kleidungsstücke, ein Koffer, Kleinkram, ein Beweis, dass Anna Recht hatte. Das Geld befand sich unten im Schließfach.

Das vereinbarte Klopfzeichen. Wyatt öffnete Anna. »Alles klar?«

»Sehr edel. Ein Diener in weißer Livree hat es ihm auf einem Silbertablett überreicht. Ich hab noch gewartet, bis Stolle rausgekommen ist. Er ist sofort zu seinem Schließfach gestürmt.«

»Dann dauert es nicht mehr lange«, sagte Wyatt und machte das Licht aus.

»Wo soll ich mich verstecken?«

»Hinter der Tür.«

»Und wenn er auf dem Bett liegt, fessle ich ihn an Armen und Beinen.«

»Ja«, sagte Wyatt, doch sein Tonfall ließ sie aufhorchen.

»Ich soll das wirklich so machen, Wyatt?«

»Ja, das sollst du so machen.«

Sie schwieg. Minuten des Wartens. Dann hörten sie, wie jemand den Schlüssel ins Schloss steckte. Ein Klicken und die Tür ging auf. Stolle betrat die Suite, in seinem Anzug hing der Geruch von Angst und teuren Zigarren. In der Hand hielt er eine Ledermappe. Wyatt griff danach, versetzte der Tür einen Tritt, sie fiel ins Schloss und er rammte Stolle den Revolver unters Kinn. Sein Kopf wurde durch den Stoß nach oben gedrückt und Stolle fing an zu röcheln.

Wyatt trat einen Schritt zurück und lockerte den Druck ein wenig. Ohne Stolle aus den Augen zu lassen, reichte er die Ledermappe nach hinten an Anna weiter. »Hinsetzen«, befahl er Stolle und dirigierte ihn rückwärts in einen Sessel. Ein harter, präziser Schlag ließ den Mann vornüberkippen.

»Wyatt«, mahnte Anna.

Wyatt überhörte es. Der Tod kam schnell. Der Schlag hatte Stolle den Atem genommen und er war unfähig, sich zu wehren. Wyatt platzierte seinen Revolver in Stolles rechte Hand, führte ihm die Hand an den Mund und schob den Lauf zwischen Ober- und Unterkiefer. Er drückte ab. Stolle machte einen kleinen Satz und seine Beine zuckten noch, während er starb.

Dreiundvierzig

Anna zog ihn am Ärmel. »Das war nicht nötig.«

»Doch, das war's.«

Wyatt blickte hinunter auf Stolle und betrachtete ihn mit den Augen eines Cops. Genug Schmauchspuren an Stolles Fingern. Der Einschusswinkel deutete auf Selbstmord hin. Er drehte sich um und ließ sich von Anna die Ledermappe geben. Die Geldbündel steckten noch in der Banderole der TrustBank. Er nahm ein Bündel Fünfziger aus der Mappe, zog den größten Teil der Scheine heraus und ließ den Rest samt Banderole neben Stolles Füßen auf den Boden fallen. Natürlich würden ein paar Fragen offen bleiben, aber Selbstmord erklärte einiges. Stolle hatte fast das gesamte gestohlene Geld an den Zockertischen durchgebracht und in seiner Verzweiflung war ihm nur der Selbstmord geblieben.

»Wir müssen weg«, sagte Wyatt zu Anna.

Sie hatte ihre Arme um den Körper geschlungen und betrachtete entsetzt die Leiche. »Du hattest von Anfang an vor, ihn umzubringen.«

»Er war ein Killer.«

»Was hast du damit zu tun?«

Er nahm ihren Arm. »Komm.«

Sie gingen zurück zu ihrer Suite. Sie war noch immer sichtlich schockiert. »Du hättest ihn nicht töten dürfen.«

Wyatt nahm ihr schmales Gesicht in beide Hände. »Ihm ist es als Einzigen gelungen, mich aufzuspüren. Er hätte mich wieder gefunden. Und dich auch.«

Sie senkte den Blick. Er spürte die warme Haut ihrer Wangen, als sie kaum merklich nickte. Er ließ sie los. »Mal sehen, was wir hier haben.«

Sie saßen auf dem Bett und das Geld lag gebündelt zwischen ihnen auf der Decke. Er sah ihr beim Zählen zu, sah ihre schlanken Hände und hatte ein Gefühl von Verlust.

Ohne aufzublicken, fragte sie: »Wieviel sagtest du, hast du in Logan City erbeutet?«

»Eine Geldkassette, etwa eine Viertelmillion.«

»Weniger als die Hälfte davon ist übrig geblieben. Einhundertfünftausend Dollar.«

Sie starrten auf das Geld, vermieden es, sich anzuschauen. Nach einer Weile hörte Wyatt Anna sagen: »Sie sind hinter dir her, aber sie haben keine Ahnung, wen sie suchen. Sie haben keine Fingerabdrücke, gar nichts. Von mir haben sie Fotos und Fingerabdrücke und sie drehen durch, weil ich aus ihrem tollen Gefängnis herausmarschiert bin.«

»Ja.«

»Ich kann nirgendwohin, ist es nicht so, Wyatt? Zumindest was Australien betrifft. Ich müsste ständig auf der Hut sein. Für dich wäre ich nur eine Belastung.«

Unablässig fuhr ihre Hand durch die Geldscheine. Er umschloss ihr Handgelenk und augenblicklich schien die Hand kraftlos und schlaff.

»Du hast mich rausgeholt, aber eigentlich weiß ich nicht genau, warum. Weißt du es?«

Er wollte diese schlaffe Hand nicht länger halten. Er ließ los und für kurze Zeit lag die Hand wie ein Gegenstand zwischen ihnen auf der Bettdecke.

»Ich habe immer das Risiko im Leben gesucht und alles Enge und Gradlinige verachtet. Habe mir immer eingebildet, ich hätte deine Nerven und deine Übersicht«, sagte sie und schüttelte den Kopf. »Dem ist nicht so.«

Dann sah sie ihm traurig in die Augen. »Aber das wird sich ändern, jetzt, auf der Flucht, ich werde dazulernen. Der Punkt ist nur, du brauchtest es nie zu lernen, du bist so und deshalb werde ich nie so sein wie du.«

Wyatt unternahm noch einen sinnlosen Versuch. »Wir schaffen dir eine neue Identität. Eine Person, die du immer sein wolltest. Zwei oder drei Mal im Jahr verschwinde ich für eine Woche, für einen Monat, komme nach Hause und erspare dir die Einzelheiten.«

Sie musste lachen und nahm seine Hand. »Ich als Heimchen am Herd, Wyatt? Niemals.« Ihr Gesichtsausdruck verfinsterte sich wieder. »Niemals. Ich würde mich ständig verfolgt fühlen. Ich kann hier nicht bleiben.«

Er wusste, dass sie damit nicht nur das Hotel meinte. »Wohin?«

»Nach Europa. Es gibt Leute, die können mir das ermöglichen.«

Sie verstärkte den Druck auf seinen Arm. »Wyatt, ich brauche das Geld. Alles.«

Er starrte Löcher in die Luft. Dann sagte er: »Lass mir fünftausend.«

Fünftausend spärliche Dollar.

Einige Tage später, als sie längst weg war, irgendwo auf einem Hochseedampfer in der Korallensee, trug er die fünftausend Dollar ins Jupiter Casino. Ein Hinauszögern seiner Flucht nach Süden. Wyatt glaubte nicht an Schicksal, an Glück oder Pech, aber er wusste, dass ab jetzt alles nur besser werden konnte.